泰伯故事新编

卢 群/著

古吴轩出版社

中国·苏州

策划：苏州市泰伯文化研究会
资助：苏州市文学艺术界联合会　苏州市财政局

本书编辑委员会

目　录

第一辑

泰伯出世 ·· 002

公子演耕 ·· 006

悼寿叟窟 ·· 011

采药疗母 ·· 016

南迁岐山 ·· 021

全胜薰鬻 ·· 026

第二辑

伯仲密议 ·· 032

一难大任 ·· 037

二难幼侄 ·· 041

三难季历 ·· 046

四难姬昌 ·· 051

亶父动容 ·· 056

第三辑

兄弟夜遁 ·· 062

借道旬邾 ……………………………… 066

义释荆俘 ……………………………… 071

受困彭蠡 ……………………………… 076

骑鳄渡江 ……………………………… 082

定居震泽 ……………………………… 086

第四辑

蕃离置邑 ……………………………… 092

巧用筷子 ……………………………… 096

碰一鼻灰 ……………………………… 100

蛇与老鼠 ……………………………… 105

手足相争 ……………………………… 110

入乡随俗 ……………………………… 114

第五辑

新娘潮涌 ……………………………… 120

恩威并施 ……………………………… 124

瞄上吴族 ……………………………… 128

鲤鱼化龙 ……………………………… 133

穿渎筑城 ……………………………… 139

建立勾吴 ……………………………… 145

第六辑

收服野牛 ··· 152

弃镬用犁 ··· 157

女红绣衣 ··· 162

绸被吴中 ··· 167

漕湖驱凶 ··· 172

积谷防荒 ··· 176

第七辑

借重诸祖 ··· 182

寓教于谜 ··· 186

岩下宣孝 ··· 191

甘为鳏夫 ··· 196

兄终弟及 ··· 201

荠供苇挂 ··· 205

第八辑

周章获封 ··· 210

寿梦迁都 ··· 215

诸樊效祖 ··· 220

季札让国 ··· 224

阖闾强吴 ··· 228

夫差称霸 ……………………………… 232

第九辑

三吴首祠 ……………………………… 238

贤相留庙 ……………………………… 242

元璙移建 ……………………………… 247

元祐赐额 ……………………………… 251

汤斌进香 ……………………………… 256

庚申奇迹 ……………………………… 261

第十辑

清歌吴趋 ……………………………… 266

羽客凭吊 ……………………………… 271

殷殷嘱托 ……………………………… 276

操咏酖狱 ……………………………… 281

惺惺相惜 ……………………………… 286

建文题壁 ……………………………… 290

【第一辑】

泰伯出世

距今三千多年前,渭水流域岐山以南,有个地方叫"周原"(今陕西岐山),因为这里居住着一个周部落而得的地名。

周人的始祖是黄帝的玄孙,姓姬名弃,史称"后稷"。后稷和他的子孙世代为农官,直至传到不窋。这时已到了夏帝孔甲时期。孔甲好淫乱,废农事,不窋非常不满,弃官出走,率族人离开原居地邰(今陕西武功),西迁至郁郅(今甘肃庆阳)。郁郅虽好,但处于戎族和狄族之间,常遭这些游牧部族的侵犯,所以他的孙子公刘继位后,率周人东进南下,落脚在了豳(今陕西旬邑)。自公刘起,又经九世传位,到亶父为部族首领时,始终在这块地方休养生息。

在豳地,亶父迎娶了元妃。元妃很漂亮,又很贤惠,亶父十分喜欢她,夫妻恩爱,日子过得舒心惬意。不久,元妃怀了孕。

这是一件大喜事。周人一向把生育当作极其重大的事情,这从部落的图腾上就能看到。周族的图腾上画一条龙,龙是黄帝创造出来的神兽,原形为蛇。蛇一次产下一个大卵块,卵块中的卵少到八枚,多至十五枚，因此在远古人类的眼中，它的生殖能力特强。原始社会普遍流行生殖崇拜，由于当时社会生产力极端低下，人就是生产力的全部，人口的多少、体质的强弱决定部落的兴衰，故而对人口繁衍十分重视。黄帝创造的龙借蛇的躯干，正是希望自己的族人具有蛇一样的生育本领。后稷接过了黄帝的图腾，既继承了黄帝的血脉，也传承了黄帝繁衍人口的想法。可惜，等到亶父掌权时，周人也还只有两千多口。亶父为了壮大人丁，采取了奖励措施。当时部落分三个阶层，一是贵族，二是平民，三是奴隶。亶父规定，贵族生子奖帛，平民生子奖粟，奴隶生子，其子不再是奴隶，可以变作平民。有了这样的规定，周人上至贵族，下及奴隶，得胎生养都是喜气洋洋的。别人家尚且如此，何况部落首领呢！亶父自从有了即将当爹的资格，原本一天到晚严峻的神色，现在由从早到晚的笑呵呵替代了，两边嘴角咧到耳朵上，一张脸看上去活像被敲开的木鱼。

"十月怀胎，一朝分娩。"可是，掰指头算算，元妃受孕已经三百多天，鼓鼓的肚子却一点动静也没有。亶父不安地问："怎么样？娃娃在里面还好吧？"元妃知道他是怀疑胎儿过期未娩，可能死在腹中了，只因忌讳说出那个不吉利的意思来，这才换了句话问她。元妃说："好着哩，活活的，你放心吧。"亶父伸手摸摸妻子腹部，果然感觉一动一动的，想来是胎儿在蹬腿打拳。亶父心上一块石头落了地，笑笑说："大概舒服着哩，赖着不出来。"

又过了几天，元妃仍不见临盆征兆，亶父愈发着急，围着妻子团团转，连连自语道："怎的还不想出来？怎的还赖在娘肚里？"元妃宽慰道："相传，黄帝在娘肚里待了三年，所以有天下；禹在娘肚里待了两年，所以创夏朝；弃在娘肚里待了一年，所以开周族。我听说凡担大任者，都不比寻常孩子急于堕地。我们的娃娃谅必也是这个缘故吧。"亶父焦躁地说道："但愿诚如你言，不过我总有些不定心，不如明日请个巫师来，让他催上一催。"元妃点头道："也好。其实，我方才的话也是在宽自己的心，这些天我私下也在发愁。只是请来巫师，不须作法驱邪，问他可有催生的药草便可。"亶父道："这个自然! 我的娃娃，有何鬼魅敢为难他? "

这天晚上，元妃临睡抚着肚子，轻轻喃语："娃啊，娘揣着你多辛苦，你要体谅娘，不要再留恋娘肚推迟出生了。你没听见爹白天的话吗? 他不是在吓唬你，他真的要让你尝尝药的苦了。娃你乖，听娘的，明天赶在巫师到来之前，你从娘肚里钻出来吧。"说罢，躺下睡了。

睡着了，元妃做了个梦，梦见一尾大鲤鱼，浑身金鳞，从东南方天空而来。大鲤鱼由一朵洁白的云托着，云一会儿化作莲花，一会儿化作麒麟，看得她眼花缭乱，惊奇莫名。隐约又闻琴鸣埙吟，编钟齐奏，乐曲声中糅进歌唱，歌词是"鱼儿蹦，鱼儿跳，头新鲜，尾巴翘。渭水清清固然好，鱼儿多了养不了，鲤鱼鲤鱼明白了"。歌声一停，大鲤鱼从云朵上跃起，径直扑入她的怀里。元妃一惊，顿时梦醒。

醒来但见红光满室，正是朝阳初升时分。元妃正待回味梦境，忽觉肚腹阵痛，情知临盆了，忙唤侍女前来伺候。忙了足足六个时辰，一个大胖小子呱呱坠地。因是长子，亶父为他取名泰伯，又称"太伯"。

长大后，泰伯听母亲讲过自己出世时的奇事，母亲还告诉他，亶父曾召巫师、耆老析这个梦，却析不出其中的吉凶休咎。鱼入母怀，此为何兆? 成年后的泰伯苦苦想了好些天，也是百思不得其解，辨不出这里头的玄妙。及至让王奔吴，看到吴地土著族旗上画的一条大鲤鱼，他才恍然大悟。这是后话。

接着说泰伯出生那天的事。元妃黎明腹痛，断黑产子，折腾了整整一天, 累得筋疲力尽, 骨头几乎散架, 淋漓大汗浸得她像被从水里捞起来一般。为了不让等候在门帘外的丈夫担心, 她咬着嘴唇, 将下唇都咬烂了, 硬是没呼一声痛。终于熬到胎儿娩出, 产妇已近虚脱, 她顾不上喘口气, 挣扎着撑起身, 在火把照耀下亲自料理初婴, 用牙咬断脐带, 用温水擦净他润嫩的肌肤, 用自己贴身衣衫将他包裹起来。元妃虽是初产妇, 却因早就向族中妇人请教, 又暗中反复练习, 今天实际操作得心应手, 在婴儿的"哇哇"哭声中, 按部就班, 有条不紊地一一完成了。

婴儿哭声嘹亮, 传到帘外, 灌入亶父耳中, 听得他心痒神醉, 筋麻骨酥, 忙迭声催促: "快快抱来我看, 抱来我看!"好不容易挨到里面收拾停当, 一个侍女小心翼翼捧着褓褓碎步趋出, 亶父张开两条臂膀, 夺宝似的把儿子揽到胸前, 仔细端详。说也奇了, 婴儿一到他手上, 哭声戛然而止, 两只闭着的小眼睛睁了开来, 圆圆的, 也在瞧父亲。亶父大悦道: "娃娃认我, 认我, 好, 好, 好!"说话间, 他的目光中多了几分慈祥。只见这婴儿天庭饱满, 地角方圆, 面目俊朗, 五官端正, 尤其两个耳朵招人喜, 大大的, 厚厚的, 长长的。亶父满意地说: "这是个有福之人!"唤人抬来秤一称, 婴儿重九斤九两, 亶父高兴得扯开嗓门喊道: "好一个壮小子! 来啊, 办宴庆贺!"

猪羊是提前宰杀了的, 瓜果也是提前预备着的, 只等一声婴啼响起, 便可烹煮开宴。泰伯作为亶父的长子, 是周族首领理所当然的继承人, 亶父按宗法仪规可以为他举行盛大的诞生庆典。而且亶父还格外提高规格, 将宴请的范围扩大到全部落, 连奴隶都赏赐了酒肉。亶父这么做, 不用说便是在有意识强调这个长子的地位。

公子演耕

　　亶父是个很有雄心的部落首领，他生活在商朝末期，看出了这个王朝行将衰亡，便存了取而代之的心思。可是，他也清醒地知道，周人的力量过于弱小，何况，常言道"百足之虫，死而不僵"，商朝纵然内囊已朽，毕竟仍是个庞然大物，他一条小蛇吞不下那头大象，尚须积蓄力量，从长计议。亶父告诫自己，要想让周人壮大到能够与商朝抗衡，绝非一朝一夕的事，须数代人的努力。故而，亶父对自己的继承人寄予了厚望，对泰伯予以全面培养。

　　首先是从学习着手。泰伯六岁那年，亶父派人悄悄潜入商朝都城朝歌（今河南淇县），寻访到七八位高人，用重金将他们聘至豳地，办了个学馆。亶父将一脸稚气的泰伯召到膝前，和颜悦色地问道："儿啊，现在是春暖花开的季节，明天你打算带弟弟到哪儿去玩呢？"

　　泰伯三岁时，元妃又生了个儿子，取名仲雍。小兄弟俩一母所生，年龄相近，关系密切，常在一起玩。亶父这么问，似乎很自然。然而，泰伯听出了弦外之音，小眼睛眨巴眨巴，摇了摇圆乎乎的小脑袋。

亶父又问道："不想玩了？玩腻了？"

泰伯又摇了摇头。

亶父问："看来，你还未玩够？"

泰伯点点头。

亶父感到奇怪了，盯着儿子的眼睛问："既然还想玩，怎么又不准备去玩了？不玩，你干甚？"

泰伯小嘴巴一张，吐出一句脆生生的话来："我要去上学。"

亶父心中一喜，问："儿啊，怎么突然有此念头了？"

泰伯说："爹您请了这些先生来，我若不去学馆，先生不是白请了吗？"

亶父抚抚儿子的小脑袋，夸一声："聪明！懂事！"

就这样，泰伯开始了学习生涯，他学文化、学礼仪、学音乐、学地理，都认真学，学得很好。长成少年，他学骑射、学格斗、学狩猎、学农耕，也是学一样精一样，样样拿得起。

亶父决定考考这个儿子。为了激发泰伯的竞争心，亶父非但把仲雍也送进了学馆，还将部落里的所有贵族子弟都集中起来当泰伯的伴读。这十几个贵族子弟，都比泰伯年纪大，有的已有十二三岁，据先生说，他们学得都不如泰伯。亶父听了这话，固然高兴，但他搞不清先生是否奉承他才这么说的，所以要亲自测试一下。

这是一对一的面试。

亶父问："我们周人的血统是怎样的？"

泰伯答："我们是黄帝的一支，故而我们也是姬姓。黄帝的曾孙帝喾娶了姜嫄。有一日，姜嫄郊游，踩到了一个巨人足印，就此受孕，产下一子，因嫌其来路蹊跷，把他抛入隘巷，巷中过往牛马都自觉避开，绝不踩到婴儿身上。姜嫄又把婴儿抛到河冰上，却见一只大鸟飞来，用丰满的羽翼把婴儿盖住，以防婴儿冻僵。姜嫄省悟到这是神示，便将婴儿抱回精心抚养。因原本是要抛弃他的，所以给他起名叫'弃'。弃长大后精通农事，被尧举为农师，舜表其教民耕种之功，命为'后稷'。舜禅位于禹，禹之子启建立夏朝，历四百七十一年，为商朝所代。然而，无论朝代如何转换，国之农师皆由后稷的后裔、我们的先人担任，这是周人的骄傲！"

说到这里，泰伯脸上洋溢起了自豪的神色。亶父频频颔首，接着问道："除了后稷，你还能举出几个值得骄傲的先祖？"

泰伯答："不窋徙郅邰，开周人酝酿隆兴之地；公刘迁豳乡，创周人辟疆立业之基。不过，若让我们的后人来说，于周族厥功至伟的还有一人……"泰伯停顿下来，表情变得有些神秘了。

亶父心头微微一震，知道儿子所言"还有一人"指的正是自己。亶父一向自视甚高，认为自己定能成为周人发展史上一个承上启下的关键人物，但这份心思他深藏不露，相信不会被人看破。此儿小小年纪，竟有如此烛照之能，实乃他始料未及的。亶父原本只是想通过部落历史的问答，测一测此儿学业究竟有多少长进，顺便给一些莫愧对先祖、应加倍自强自立的教诲，谁知儿子一开口便是侃侃而谈，谈论族史如数家珍，臧否人物神定气闲，话锋一转已陈仓暗度，轻轻一笔便角色调换，仿佛不再是老子在考儿子，而是儿子在探老子了。亶父暗暗长舒一口气，心里说：

"此儿日后必成大器！"

既已下了这个评语，那就不用再考下去了。亶父沉吟片刻，说道："我儿，你已长大，可以辅佐为父了。有什么职位适合你？你自己选吧。"

泰伯说:"我们周人以农起家,父亲不妨让我在农耕职位上历练历练。"

亶父欣慰地说:"你这要求,甚合我意。自十二世祖不窋中断的世业,有望接续上了。从明日起,你就做部落的农师吧。"

泰伯说:"父亲且慢应允,先让我在田里操练一番,若做得好,您再任命也不迟。我尚年少,不让族人见到我确是耕作好把式,恐难服众。"

亶父说:"我儿考虑得周全。如今正逢春耕,你亮一手也好。"

第二天,泰伯下到田头,发现有一头牸牛在等着他。这头健硕强壮、脾气暴躁的公牛,在豳地所有家牛中最不听话,最会闯祸,平时没人敢接近它,更谈不上驭它干活了。亶父却亲自挑选了它,让它与泰伯较较劲。亶父为何不选一头温和的牛呢?难道他不怕这头野性十足的牛伤了长子吗?亶父当然清楚这里头的危险性,但他认为,唯其如此,方能一举收效,令部落全体人员对未来的首领泰伯心悦诚服。故而,他做了这样的安排。

自从人分等级,贵族就不干体力活了,而不窋辞去农官之职后,周人首领也渐渐丢失了亲身力田的传统。今日长公子泰伯驾牛耕地,成了新闻,整个周人部落聚来观看,里三层外三层围着田亩,人头攒动,议论纷纷。突然,全场一片静寂,男女老少都停止了说话,一个个睁大双眼,上千目光聚焦在了泰伯身上。

原来,拴在一棵大树上的牸牛被解开了,泰伯却并未紧紧攥住牛鼻绳,而是把绳绕在了牛角上。脱离了牛鼻绳牵绊的牸牛起初呆立着,仿佛一时未搞明白这个年轻人为何冒此险,竟然轻易放掉了对它的控制。牸牛侧着头,用一只眼睛斜瞄泰伯,半晌之后,像是想明白了:这个后生大概是个傻瓜，连"牵牛要牵牛鼻绳"的简单常识都不懂，或者是个冒失鬼，做事毛毛躁躁，丢三落四的。不管他，反正这是个难得的机会，可以乘机冲出去，奔向旷野，奔向山林，去过没人管束、自由自在的好日子。牤牛打定主意，闷吼一声，一低头，扬起角，朝泰伯撞来。围观人群全都屏住了呼吸，替泰伯捏了把汗。只见泰伯不慌不忙，将身一闪，让过牤牛，牤牛本可以冲向前方，却兜个圈，又用它那锐利的角向泰伯刺去，大概是想干脆撞死这个不知死活、一味逞能的对手，从此再也无人敢来对付自己。说时迟，那时快，泰伯又一闪身，躲到牤牛右侧，一只手抓住一只牛角，身一偏，人已上了牛背，另一只手及时抓住了另一只角，两条大腿夹紧牛腹，稳稳端坐。牤牛四蹄翻飞，横冲直撞，上蹿下跳，拼命耸动，使尽浑身解数要把泰伯颠下来，无奈泰伯如焊在牛背上一般，纹丝不动，稳如泰山。如此搏命大半个时辰有余，牤牛累得筋疲力尽，只得认输，停住四蹄"呼呼"直喘粗气，放弃了对抗，人群爆发出了一阵欢呼。

泰伯微笑着跳下牛背，出气均匀，面色如常。他拍拍牛头，给它套上了犁。牤牛在牛鞭的轻轻抽打下，乖乖地犁起田来。泰伯成功了！

悼寿叟窟

　　泰伯听人说了这么一个故事，说的是从前有个氏族，族里有一户祖孙三代的人家。老爷爷年过六十，体弱多病，做不动活儿了。儿子嫌他老迈无用，光吃饭，不干活，是个累赘。孙子却机灵可爱，十分孝敬爷爷。一天，父亲把病重的爷爷装在箩筐里，拿了一根扛棒，唤孩子来和他一起把老人抬出去。抬到了一座荒山的山脚下，放了下来。父亲拉着孩子就走，孩子问："爷爷不跟我们回去了？"父亲不吭声，拉着孩子继续走。孩子又问了一句："怎么箩筐也不带回去了？"父亲说："不要了，你只管跟我走。"孩子说："不，你停一下，等我去把箩筐拿上。"父亲呵斥道："你这娃真缠人，你非要那箩筐干啥？"孩子说："丢了它，等你老了，我用什么来抬你呢？"父亲听了一怔，停下脚步，顿时省悟过来，羞愧地拍拍孩子的肩，和孩子回转身，把老爷爷重新抬回了家去。从此以后，这个父亲对自己的老爹孝顺了，好好地侍奉老人。他的孩子呢，变得对自己的父亲更恭顺。祖孙三人其乐融融，相亲相爱地生活着。

　　泰伯不大相信这个故事，认为根本不可能发生这样的事。他断定这是部落长老为了教育小辈尽孝，编出了这么一个荒诞的故事。泰伯很困惑：周人一向提倡孝敬老人，为什么还要编这种让人听了非常不舒服的故事呢？有这个必要吗？

带着这样的疑惑，泰伯向他的先生请教。这位先生也是从朝歌请来的，是公认的当世大学问家，连黄帝以前的许多事也知道。什么盘古开天辟地，女娲补天，后羿射日；什么黄帝战炎帝、克蚩尤，燧人氏钻木取火，神农氏尝百草，有巢氏构木为巢；还有什么嫘祖始蚕，仓颉造字，大禹治水；什么太康失国，鸣条决战，盘庚迁殷，等等等等，都是这位先生灌输给泰伯的。在泰伯眼里，先生上知天文，下知地理，从古至今，无所不晓，去向他讨教，定会得到满意的解答。

泰伯将听来的故事学说了一遍，然后问："先生，弃老这种事，果真出现过吗？"

先生肯定道："曾有过，你们周人以前做过这种事，其他部落也做过，早先几乎所有的部落都做过，现在有些蛮荒之地的部落还在做。"

泰伯一愣，说："怎么可以呢？老人衰迈了，病倒了，无力养活自己了，将他丢弃，不是要活活饿死他吗？怎可如此残忍呢？"

先生说："比让他饿死更残忍的事还有呢，有时就直接杀了。"

泰伯大骇，突然感觉胸闷，差点透不过气来。他瞪大两只眼睛望着先生，怀疑自己的耳朵出了问题，完全听错了。

先生说："你不用如此惊诧，在我们太爷爷的太爷爷，太太爷爷的太太爷爷，总之是很远的时候，这是允许的，普遍的。那时候没人觉得这么做有什么不对，相反，不这么做倒是不合风气了。那时候让老人自生自灭，已经算相当仁慈了。假如还给老人非常少的食物，让他们多活几天，就太有良心了。除了将老人抬到荒郊野外，还有在族人迁移营地时，故意把老人留下的。那时候老人走失，是没人问没人找的，或许，这是老人自己离开的，是一种自杀方式。"

泰伯的脑袋摇得像拨浪鼓，抵制道："不可能，不可能。蝼蚁尚且贪生，何况人乎？老人怎会出走饿死自己呢？"

先生说："这有什么奇怪的？那时候老人到了不能干活的年岁，为了不成为子孙的累赘，选择自杀的多矣！老人倘若连自杀的力气也没有了，他会要求家人或族人帮助，将他勒死、刺死或是活埋。自杀虽然很苦恼，但总比不肯自己了断，让人把他杀害少一点血腥吧。"

泰伯不解地瞅瞅先生，鼓足勇气问道："先生，说这些话，您的语气怎么还能这么平静呢？难道您没听说过'家有一老，胜过一宝'吗？"

先生依旧平静地说："老人确实是个宝。老人是知识保存者，尤其是在尚无文字的年代，老人的记忆有助于族人的生存，老人拥有的知识往往是部落存续的关键。此其一。其二，虽说老人能做的事，年轻人也做得到，但老人有专长，特别是需要有多年经验累积才能做的事，尤其适合老人来做。其三，老人有手艺，可制造成年子女需要使用的东西，如工具、武器、篮子、罐子或织品。另外，老人还可帮着做些家务，比如照顾孙子孙女，替家人做饭。"

看到泰伯翕动嘴唇，似有话要说，先生摆摆手，示意他莫插嘴，往下听。先生说："我猜想你是要问，既然知道老人这么有用，为何还要抛弃、杀害他们？我这就告诉你缘故，那时候之所以有弃老之风，并非人特别残忍，也不是部落崇尚野蛮，只因食物时常短缺，没有余粮，不可能喂饱每一个人，部落不得不牺牲最没有生产力或没有用处的老人，不然，整个部落的生存将会遭到威胁。加上居无定所，狩猎、采集需要时常迁移营地，迁移时什么都得背在背上，婴儿、孩童、武器、工具、锅盆，以及旅途所需的食物和水，都得靠青壮族人背负，如果还要再背老人，实在很难走得动。为了部落的发展，留下老人就成了必须的选择。"

泰伯沉默良久，叹息道："我明白了。谢谢先生的教诲。"

过了几天，泰伯对父亲亶父提出，他听了先生讲述周人先祖创业的艰辛，很想前往始祖后稷的发祥地凭吊一番。亶父同意了，说："带上你弟弟一起去吧，让他也感受感受祖宗的伟大。"

弟兄俩从豳地出发，晓行夜宿，跋涉三百多里，到达位于八百里秦川腹地的邰乡。在这块始祖后稷率领周族先人拓荒植粟的土地上，还留存着已经久远的关于后稷教耕的传说。据说，当年后稷看到族人仅靠打猎，常常吃了上顿没下顿，心里非常难过。他想，人们为什么总要渔猎吃肉呢？满山遍野的树木果实、茎叶能不能吃呢？后稷亲口尝了各种野生植物的滋味，为族人找到了大量的食物。可是，靠采集植物无法保障食源的稳定。后稷继续动脑筋，他反复思考、观察，惊奇地发现飞鸟嘴里衔的种子掉在地里，人们吃剩下的果核扔在地上，到第二年就会发出新芽。后稷受到启发，指导族人种植，结束了周人茹毛饮血的生活。

泰伯问当地人："懂得耕种之后，不愁没吃的了，不该再有任由老人饿死的事了吧？"

当地人说："这种事确实少了。不过，逢到连年天灾，食物奇缺，仍有老人走进山洞，让小辈封堵洞口，把自己饿死在洞里，省下粮食供子女活命的。这儿附近就有个寿叟窟，听上辈的上辈讲，正是饿死老人的地方。"

泰伯问清寿叟窟方位，和仲雍结伴登上了一座山岭，找到了那个山洞。洞口有大小石块堵着，弟兄俩花了九牛二虎之力，将石块统统搬掉，钻进洞一看，里面横七竖八躺着二三十具骨骸。泰伯凄然说："年高谓之寿，谁知高寿也夺命。不知这些先老，临终是个什么心情。食足方可言孝，这句话我现在相信了。"

仲雍也面容悱恻，说："好在如今食物丰足些了，昨日此俗已不再。兄长，此地阴气太重，不宜久留，我们回去吧。"

泰伯说："我要你同来寻访，是想让你记住，有朝一日，你我兄弟若是有幸掌管部落，第一要务就是带领族人多产粮食，人人吃饱。这样，方能天下太平，知耻识礼。雍弟，你说是这个道理吗？"

仲雍说："兄长所言极是。"

两人又盘桓了一会儿，才沐着夕阳下了山。

采药疗母

亶父的元妃、泰伯的母亲病了，一病就很重。

泰伯非常着急，每天一有空就去母亲居室探望。有时候，母亲正昏睡，他就默默伫立在病榻前，等母亲醒来，问过安，才退出去，去做自己的事情。他不敢和病中的母亲多说话，怕母亲伤津伤神，加重了病情。倘与胞弟仲雍同往，一路上他会反复叮嘱，千万不要让母亲问长问短，要让她省些力气；更不可将不愉快的事讲给母亲听，免得她烦心；进室内后脚步须放轻，万一嗓子发毛定要忍住不咳嗽，鼻子发痒务必忍住莫打喷嚏。凡此种种，都是极细小极琐屑的事，泰伯全想到了。

一日，泰伯又来到母亲身边，恰逢元妃有了点精神，说："我儿，自打我病了，咱娘俩好些日子没有好好唠唠了，你扶我坐起，陪娘说会儿话。"泰伯小心地扶起元妃，自己侧坐在她背后，供她倚傍。泰伯说："娘，您少说，让儿子跟您说话。"元妃笑道："娘老了，你嫌娘唠叨了？"泰伯惶恐道："不敢。"元妃说："娘知道你是怕我费劲，所以让娘少开口。也好，儿说，娘听。"

泰伯在脑子里搜索，拣最近发生的部落有趣事儿，一桩桩一件件娓娓道来。太发噱的事他不讲，唯恐母亲被逗得大笑，也会累着。泰伯说了大约半个多时辰，元妃摇一下手，说："就到这里吧，你也该喘口气了。娘今天很开心，病也好像轻了些。儿啊，你转到娘面前来，让娘好好看看你。"泰伯说："娘，您背后没有倚靠，坐着吃力，儿子扶您躺下，好不好？"元妃点点头，泰伯双手小心地托着她两腋，扶她躺平了，然后垂手站在一侧。

元妃端详了泰伯一会儿，说："娘病了，你也瘦了。儿啊，你帮父亲管理着部落许多事，也够忙的，以后不用天天来看娘，多抽点时间休息休息，你自己身体要紧。"泰伯见母亲皮包骨头，病成如此，还关心着他的身体，鼻子一酸，怕母亲看见眼泪难受，他硬将热泪憋了回去。待到告辞母亲走出门去，泰伯再也忍不住，潸然泪下，泪水给朔风一吹，冰凉冰凉。

因朔风他想到了一件事，就是要找个东西给母亲防湿挡寒。那时候的人都睡地铺，尊贵如元妃也不例外。地铺无论铺多厚的茅草，地上的水气凉气仍是会渗上来的，湿寒对病人极为不利，必须想办法为母亲找一张虎皮。有虎皮垫在身下，母亲就不会受湿寒之侵了。

到哪儿去弄到这么一张虎皮呢？泰伯决定上山打虎。

这真是"与虎谋皮"了，危险性无须说，何况此时是深冬腊月。猎人都知道，有三种虎碰不得，一是发情期的公虎，二是哺乳期的母虎，三是食物断绝的虎。这三种虎都是不顾一切的，撞上谁跟谁拼命，想不给它们撕碎就别去招惹它们，离它们越远越好。可是，泰伯爱母心切，明知虎难惹，偏向虎巢行，带上弓箭斧锤就上了南山。

说巧不巧，泰伯一上山就遇见了一头觅食的饥虎。这虎一见人，便吼叫着猛扑过来。虎啸回响在山谷，令人毛骨悚然，虎行如风，速度之疾让泰伯根本没有机会挽弓射箭，幸亏他身段敏捷，这才勉强闪躲开来。那斑斓大虎一扑落空，将身一旋，虎尾已朝泰伯扫来。泰伯往上一蹿，一个腾空翻，越过虎背，在另一侧落地，就势一滚，滚到虎的脚前，滚动间已抽出腰带上一柄青铜斧，只一挥，便削去了一只虎爪。猛虎负伤，变得越发暴戾，一口叼起断爪，吞下了肚去，又扑泰伯。泰伯抓住它吞爪的空隙，将背插的三十六斤重的大铜锤拔取到手，断喝一声，使出全身之力，一锤击碎了虎额。猛虎蹦跳几下，倒地毙命。

泰伯剥下虎皮，回到家中，拭净血迹，晾干拍松，送给了母亲。他绝口不提打虎之事，只说是买来的，免得母亲担心。

隔了几个月，泰伯又为母亲冒了一次险。这次是屠蟒。

元妃的病情日益严重，亶父请来巫师，作法驱祟。那时巫师就是医师，所以他同时也开了药方。药方中有一味"龙丹"，其实是蛇胆。巫师说"龙丹"越大越灵，泰伯二话不说，拿起一柄短剑，拎一罐猪油，直奔北山。

泰伯在北山上找了一大圈，终于找到了一处蛇穴。穴有一围大，藏在里面的必是一条巨蟒。泰伯守在穴口，耐心地等着。等了一昼夜，巨蟒慢悠悠地游出来了，粗如水桶，长六丈有余，满身褐纹，探出赤舌，样子十分吓人。泰伯口衔短剑，三下两下将自己衣衫扒下，脱得精赤条条，把一罐猪油涂满全身，伸手便去揪巨蟒的尾巴。巨蟒看似慵懒，反应却极其灵敏，尾巴上刚一有感觉，躯干已旋转卷曲，一圈一圈，一眨眼工夫，便把泰伯圈住，并迅速收紧，蟒颈扭转，蟒头昂起，蟒嘴张开，欲待绞死泰伯后就吞了他。巨蟒心内犯疑，想平时无论人畜，见了它无一不连忙逃走，生怕被它缠住了充一餐美味，今日这厮倒好，非但不逃，还来拉它尾巴，真个找死来了！其实，巨蟒有所不知，泰伯今日来找它，是想好了对策的，没见他身上涂满了猪油吗？巨蟒若要将他缠紧，他会滑脱出来，不至于窒息而死。泰伯在蟒身扭圈缠他的当口，不慌不忙，瞅准部位，一手扼住蟒腭，一剑穿透蟒腹，使劲一剜，剜出碗大一个洞，丢了短剑，伸手进去一掏，一颗拳头大的蛇胆已被他摘在手中。巨蟒吃着剧痛，身躯剧烈收缩，泰伯给死死缠紧，换了常人，再无挣脱的可能，幸亏他油身滑腻，巨蟒将他这么一挤压，"滋溜"一下，他被挤了出来。泰伯一跃落地，跳出蟒圈，任由它翻滚挣扎，他捧着蛇胆扬长而去。

可是元妃已经病入膏肓，纵有灵丹妙药，也是回天乏术。巫师已黔驴技穷，无奈道："只能指望灵芝仙草来多留她几天了。"东山有灵芝，泰伯于是去了东山。

灵芝长在断崖半腰，崖高壁削，猿猴亦望之生畏，人更无法攀登。泰伯从山的另一边缓坡爬上了崖顶，将一条皮索一头捆在大树上，一头拴在自己腰上，缒索荡落，缘壁而下，到得崖半，眼看就可探手摘取灵芝，一阵狂风陡起，吹得他在半空如陀螺似的旋转，越旋越快，越转越急，皮索随着卷转，卷着卷着，"嘎嘣"一声，竟然崩断。泰伯顿时像断翅之雁，直往崖底坠落，他默默哀叹道："娘啊，儿不能再尽孝了，儿去黄泉路上替您打前站了！"两眼一闭，只等坠亡。

泰伯只道今日无法生还，落到崖底必将骨拆肉糊，不想突然落在了软乎乎的什么东西上，且在冉冉升起。泰伯睁开双目一看，看到自己落在了一只大鹏金翅鸟背上，大鹏金翅鸟扑闪双翅，正驮着他款款上升。想来是泰伯一片孝心感天，故而，上苍遣神鸟来救他、助他。大鹏金翅鸟升到崖半，让泰伯顺利采摘到了灵芝，再往上升，把泰伯送到了崖顶。

　　元妃服用了灵芝煎煮的汤药，果然又延缓了一些时日，但最后仍撒手西去了。临终，她回光返照，有短暂的清醒。从昏迷中醒来的元妃，望着泰伯，清晰地说了这么四个字：

　　"我儿纯孝……"

南迁岐山

　　周人部落在豳地生息繁衍，已历九世，从最初的不足两千人，发展到了万余众，力量比之前大了许多。但是，这样规模的一个部落，仍旧无法保障自己的人身和财产安全。自公刘迁豳始，周人就饱受西戎北狄的掠夺之苦，到亶父为部落首领时，这种状况也丝毫没有改变。戎狄作为游牧部落，生产力远逊于已进入农耕社会的周人，经常食物欠缺。食物一旦欠缺，他们就抢掠。抢同样是游牧部落的人，没多大油水，而且对方会拼死维护那点儿少得可怜的生存资源，战斗会非常激烈，抢夺者和被掠者都死伤严重，很不合算。而周人相对宽裕，只要不把他们抢个精光，留点口粮给他们维持生计，他们就宁肯失财也不愿丢命。豳地周边的戎狄看准了这点，将周人当作了生蛋的鸡，不杀鸡，让鸡自肥多产蛋，蛋积聚到一定数量，或西面的戎族，或北边的狄族，就来掠走一大部分。

　　这种状态严重制约了周人的进一步发展，亶父为此十分苦恼。亶父专门抽出时间，把泰伯找来商量，父子俩面对面跪坐席上，他说："戎狄贪得无厌，没完没了，我们忍了百余年了，我不打算再忍了，想集中部落的青壮年，与其一决高下。"

泰伯低头不语。

亶父问："我儿不以为然？"

泰伯抬起头，直起腰，长跪而答："父亲既有这个想法，做儿子的理该不违拗父亲的意思，只是我担心对戎狄用武，会妨碍父亲心中谋划已久的大计。"

这句话一下触到了亶父心底的隐秘，他油然想起多年前检查儿子学业，父子两人问答周人先祖功绩，泰伯欲言还止、半吞半吐的话语。因那时周人还太弱小，万一引起商王猜忌，恐遭灭族之祸，故而他未与儿子深谈，防止隔墙有耳，走漏风声。既然今天儿子又提起这话题，那就索性摊开来说一说吧。

亶父鼓励道："我儿一定是把为父的心思琢磨许久了，不妨尽情畅言，就算给为父当个参谋。"

泰伯深吸一口气，然后不疾不徐说道："我们部落如今虽有万余人口，但除去老弱妇孺，能征战的也仅三四千丁壮。常言道'杀敌一千，自损八百'，如果我们将这些本钱全用来对付戎狄，未必就会输给他们，但我们自己恐怕也将大伤元气。依儿陋见，未免太不合算，还不如让戎狄不时占些便宜去，换得我们韬光养晦的时间。据儿揣度，父亲的大计方针是壮大周族，为日后取商而代之积蓄财力军力，我们不能把现有的一些本钱提前耗费掉。戎狄，疥癣之疾；商朝，心腹之患。孰轻孰重，父亲比我掂得出分量。"

亶父叹道："我儿所言，正是为父所想。我一直对戎狄隐忍，便是出于如此考虑。不过，现在有个新情况逼迫着我，那就是长期以来我们委曲求全，戎狄以为周人软弱可欺，越来越变得欲壑难填。最近，他们知会我，要求我将豳地田亩和人丁统统献出，如若不从，就用马蹄踏平豳地，老弱一律杀死，其余人充当奴隶。我虽尽力封锁消息，但世上没有不透风的墙，一旦消息传出，族人必定恐慌。倘我不能组织族人抵抗，族人还要我这首领何用！"

泰伯胸有成竹道："父亲不必过于忧虑，我已悄悄请巫师占了卦，龟甲上呈现两字，一是'激'字，一是'让'字。父亲，我们何不就这两字，好好合计合计？"

父子两人合计了整整一宿。

第二天，亶父召集部落里的十多个贵族议事。周人部落最初是若干姬姓氏族的联合体，每个氏族都有家长，这些家长就成了部落的贵族阶层，是世袭的。贵族们享有优先分配权、推选部落首领权和参与决策权，亶父想要贯彻那个"让"字，必须说服贵族们。按照与泰伯商定的步骤，亶父一开口就用起了激将法。

亶父愤慨地大声说："戎狄欺我太甚，得寸进尺，竟然向我索要土地、人口！"接着，他讲了戎狄的要求，问道："我们面临着这样的危机，诸位有何应对之策？"

贵族们被激怒了，纷纷向亶父请缨，愿率各自氏族与戎狄决一死战。

贵族们的态度在亶父父子的意料之中。因为他们如果落入异族之手，就将沦为奴隶，和现在的地位相比，无疑从天堂坠入了地狱，他们怎能不拼死抵抗？亶父怕的就是贵族们持这态度，他们对各自的氏族仍有号召力和统治权，为了一己之利，他们会毫不犹豫将属下的奴隶送上战场。亶父今天使用激将法，不是要激起他们的斗志，恰恰相反，他要让他们同意放弃守土顽抗的念头。

亶父静静地听着贵族们一个比一个激昂的陈词，并不打断他们。待他们嚷嚷得累了，他才用推心置腹的口吻说："我懂诸位的心情，我和你们一样，也舍不得失去土地。这里的土地，除了少量属于平民，绝大部分都是我们在座诸位的，这是祖宗留给我们的，世代都是我们的。然而，也正由于这些土地，诸位想想，谁愿意为了保卫我们的土地，把他们的性命搭上呢？"

贵族们愣掉了。愿意舍命保卫土地的，是他们的子弟，可是，把能参战的子弟一个不漏凑拢来，至多三五百人，想要遏制住戎狄的攻势，无异于杯水车薪。主要的兵源是奴隶，问题在于奴隶兵没有卖命的理由，用奴隶自己的话说，在这个部落是奴隶，到别的部落也是奴隶，总归做奴隶，在哪儿做都一样。身为奴隶，什么也没有，只有一条命，那就设法把自己的命留下吧。贵族们可以将奴隶兵驱逐上战场，但这样的兵怎么战斗，就由不得他们的主人了。

贵族们对迫在眉睫的抗击战的前景不再看好，刚才的亢奋劲，一丈水退了八尺，一个个耷拉着脑袋，显得十分沮丧。

亶父见火候已到，便说："戎狄发出威胁，是为了这里的土地和奴隶。失去了这些，我这个首领也就当不成了，但我不能让部落为我而战，这样会死很多人的父亲、丈夫、儿子。付出这么大的牺牲只为保住我一个人的地位，我于心何忍？大家拥立我当首领，是为了让我给族人谋利，既然我不能保护大家，我会离开这里，以保全大家的性命。"

贵族们听了，又是感动又是绝望，纷纷跪倒，叩头不止，放声痛哭。其中最年长的一个激动地说："您要抛弃我们吗？在您的治理下，我们周人才有了今天,我们宁可死,也不愿做戎狄的奴仆。如果您要走,我们都愿随您一起走。只是不知道有什么地方可去,您能晓示大家吗?"

亶父心中是有底的,因为泰伯已物色好了迁徙之地。近些年来,泰伯经常外出,短则十天半月,长则三五个月,亶父只道他是丧母之悲迟迟不能平复,故而不断外出漫游散心。谁知他深谙"人无远虑,必有近忧"的道理,未雨绸缪,在悄悄寻找周人下一个发展基地。昨夜父子合计时,泰伯才将自己相中的地方透露给了父亲,亶父喜出望外,最终定下了率部南迁的方针。

亶父告诉贵族们:"地方我当然选好了,但路途遥远,辛苦非常,愿不愿受这份苦,诸位要想好了。"贵族们异口同声:"即便死在半途,我们也要跟随您!"亶父欣慰道:"既然大家不反对,就分头去做准备吧。"

南迁到目的地后,亶父将建一座都城,名为"岐城"。这个地方,也将称为"周原"。

全胜薰鬻

正像俗语所说"蚂蟥叮牢螺蛳脚"，亶父率族人迁到周原仅三年，游牧部落薰鬻就跟来了。薰鬻是西戎的一支，而且是最凶悍最贪婪的一支。薰鬻认为周人这只"母鸡"，在周原养了三年，应该生下不少"蛋"了，到了来掠夺一遍的时候了。在薰鬻眼里，周人是个软柿子，可以任由他们捏，他们到周人的地盘上抢劫，马队呼啸而来，呼啸而去，周人多步卒，哪能与四蹄绝尘的骑兵比，过去很多年他们就是靠这样的优势，将周人搞得毫无办法。

周人在豳地，确实兵寡怯战，与西戎北狄交战常常吃亏，只得用牺牲财货换取苟存。尤其是逢到薰鬻来抢掠，疾如旋风的马队中，武士个个剽悍，人人健硕，一律仅在腰间围一块兜裆布；身上肌肉鼓突，还涂了油，阳光一照，迸发出雄性原始的冲击力；脸上用白垩和朱砂描了条纹，就像今天我们见到的京剧脸谱，在三千多年前很容易让对手错当神怪，未曾交手就起到了震慑作用。这样一支凶神恶煞的骑兵，少则几百，多则数千，集团冲锋，一面挥动戈矛，一面嗷嗷吼叫，周人奴隶兵的步战阵线哪里抵挡得住？何况心理上先已崩盘。因此，十有八九是周人稍一接战，便四散溃逃，留下家畜粮食听凭入侵者取去。

薰鬻以为这次入侵周原，肯定是以前情景的再版，可是他们打错了算盘。因为，周原的周人，已不复是豳地的周人。亶父带领族人定居周原后，开始推行一种"助耕"的新制度。周原比豳地地域广大，可垦殖的面积多数百倍，亶父比照在豳地时贵族、平民拥有的田亩，按同等数量分配给他们，其余皆充作公田。公田为国家所有，生产的粮食输入国库。亶父鼓励平民和奴隶耕种公田，收成十分之一交国库，九成自留。当时平民有一点私田，年产不足以全家吃饱，奴隶更是劳苦一年，粒粟无份，全凭主人给些猪狗食，而且总是半饥半饱的。亶父的新政一出，应者踊跃，当年就见成效，平民家有余粮，奴隶不再受饥，国库满囷。亶父匀出部分库粮赐予贵族，贵族也高兴，对亶父这位国君更加拥戴。更重要的收获是，平民乃至奴隶，通过"助耕"得到了实实在在的好处，便将这个国家看作自己的国家，若有外敌来侵，愿为国家执戈守疆，不惜捐躯。

国库充盈了，亶父就有了打造一支军队的财力。他意识到奴隶兵的战斗力差，除了被迫参战之外，临时征召、缺乏训练也是重要原因。这种凑合起来的武装，用于氏族间械斗尚能应付，一旦投入生死厮杀，对抗马背上的戎狄就不堪一击了。亶父拨出粮食，雇平民中的工匠制造战车，又用粮食从贵族们那里购买了五百名年轻强壮的奴隶，教以车战之术，建成了周国的精锐之师。

亶父的另一个重大措施是替周国正名。虽说商朝已日落西山，亶父悄悄积蓄着推翻这个王朝的力量，但商王毕竟还是天下的共主，只有取得了商王的承认，周国方能跻身诸侯的行列。而获得了诸侯的正式名分,周国才不再被视为"野狐禅",今后的发展可以在合法的外衣下进行,将减少许多阻力。当时的商王武乙是商朝第二十八任君主,昏庸无道,贪于享受,亶父针对他的特点,送了大批大批贡品去。武乙一高兴,认可了周国,封亶父为周公。诸侯爵位分公、侯、伯、子、男五等,亶父一下就晋为第一等,可想而知他奉献给商王的贡品该有多少,这也从一个侧面反映了周国富裕的程度。

薰鬻不辞长途颠簸,倾巢来袭,恰恰赶上了亶父完成这一切之后。亶父说:"来得正好,我正欲一雪前耻,他们就送来供我祭旗了!"亶父将这场战斗交给泰伯指挥,泰伯说:"父亲,我还须借样东西。"亶父问欲借何物,泰伯说:"全国的牛羊粮食。"亶父问他要这些物资何用,泰伯说出了他的道理,亶父频频点头。

到了薰鬻前来攻打周国的这一天,泰伯只在岐城城头上布置少量兵力,稍做守御,便弃城而走。薰鬻轻松入城,从人去一空的各家各户牵出牛羊,抬出粮食,牛羊拴在马后,粮食驮在马背,兴高采烈撤离。本来薰鬻骑兵队列齐整,行动划一,现在人粮共用一马,马不堪重负,行走缓慢,又有拴在马尾巴上的牛羊拖累,队列更不成队列,松松垮垮,一片混乱。泰伯要的正是这个效果,他在薰鬻回程路上,设下了埋伏。薰鬻大队人马拖拖拉拉行至一处山谷,只听得一阵鼓声,周国的五百精兵,驾驶战车从两旁树林驰出,堵住了谷道两头。薰鬻酋长叫一声:"不好!上当了!"慌忙调整队形,怎奈牛羊杂沓,无法布阵,战马疲惫,难以驰骋,武士在马背上与堆叠的粮袋挤作一团,连抽刀拉弓的空间也不剩。周国的战车劲旅训练有素,瞬间布好阵容,并不冲锋,而以车为屏障,箭如雨发。泰伯清楚,战机一纵即逝,若不能迅速消灭敌人,待薰鬻缓过气来,扔掉粮食,驱散牛羊,编组成列,他用诱饵搅乱对方阵脚制造的优势便会丧失，父亲交给他的军队再精锐，也只有五百余众，与两三千薰鬻骑兵贴近交手，难免寡不敌众，胜算不大。故而，泰伯严令部下，不准越过战车组成的壁垒，只需依靠硬弓强弩。

周兵发箭，只射马上之人，不射人下之马，薰鬻骑兵成了活靶子，纷纷落马，马受惊狂奔，将躲避箭镞跳下马背的骑兵踩作肉泥。两个多时辰过去，薰鬻两三千人所剩不足一千，泰伯一声号令，周兵杀出，尚能喘气的敌人张皇失措，像被掐了头的苍蝇四处乱窜，已毫无斗志，一个个束手就缚，被牵回城内分配给贵族们做了奴隶。

此役周国完胜，牛羊粮食全部收回，还缴获战马两千余匹，为周国日后组建骑兵部队打下了基础。从此，西戎北狄的任何一支，都不敢再冒险深入周原抢掠财物，周国赢得了宝贵的和平发展时间。

【第二辑】

伯仲密议

　　亶父在周原立住脚跟后，续弦了一房妻室，名太姜。太姜为亶父生下一个儿子，称季历。季历小泰伯二十一岁，小仲雍十八岁，泰伯和仲雍对季历这个小弟弟都很喜爱。

　　季历长到十六岁，成了亲，夫人名大任，是归附了周国的挚任部落的酋长的女儿。周国的实力壮大后，很自然地走上了扩张之路。扩张有两条途径，一是武力兼并，二是吸引投靠者。武力兼并要流血，亶父更愿意采取后一种方式。挚任部落是最早自愿归并到周国的，亶父有心树这部落为榜样，就加紧笼络，与挚任的酋长结为儿女亲家便是出于这方面的考虑。虽说这是政治联姻，但大任又美丽又顺从，季历十分满意，夫妻感情似胶如漆。一年多后，大任产下一子，亶父亲自为这孙儿取名，叫作姬昌。

　　这是个不寻常的信号。泰伯有三个儿子，仲雍也有三个儿子，亶父从未替前面六个孙子取名。为何独独为三儿的孩子取名呢？这里头有无深意呢？泰伯犯起了思量。想父亲娶太姜时已四十多岁，继母却还是二八妙龄，老夫少妻，多些宠爱，乃至爱屋及乌，把宠爱延伸到幺儿，再从幺儿延伸到幼孙，也是人之常情，这在普通人家并不奇怪。可是，父亲并非普通家翁，而是一国之君，这里头就有大讲究了，父亲通过取名这个貌似小事的举动，打算告诉人们什么呢？

泰伯还在这儿琢磨呢，亶父在为小孙儿姬昌举办的满月酒宴上，又传出了一个信号。首先是酒宴的规格，超过了当年泰伯的庆生宴。再者，酒过三巡，亶父向赴宴的大臣提起了一件奇异的事，他郑重地说道："昨天，季历家飞来一只红雀，口衔一块丝帛，红雀绕着昌的摇篮转了三圈，吐下丝帛才飞走。帛上有字，季历拿来给我看了，是这么四句话：'敬胜怠者吉，怠胜敬者灭；义生欲者从，欲生义者凶。'你们有谁能替我释疑析义？"

当即有个史官离席拱手，面露敬畏之色，恭敬地答道："这四句话的意思是：谨慎战胜懒惰就吉利，反之则败；公德战胜私欲就顺当，反之则危。这话是黄帝传位给颛顼时说的，颛顼乃黄帝之孙。红雀本是神鸟，它衔来的帛书写的是黄帝告诫圣孙的话，这是天大的祥瑞啊！"

亶父惊诧道："难道是上天在晓谕：我世当有兴者，其在昌乎！"

亶父的这声感叹，太意味深长了。亶父发出的这一信号，太明显了。泰伯觉得，自己必须用心考虑，认真对待了，因为，他是长子。

周人奉后稷为始祖，后稷因疼爱其弟台玺而传位给他，台玺传位给自己的儿子叔均，叔均最后又传位给后稷的一个儿子不窋。如此，不窋的子孙得以世代继位。不窋传鞠，鞠传公刘，公刘传庆节，庆节传皇仆，皇仆传差弗，差弗传毁隃，毁隃传公非，公非传高圉，高圉传亚圉，亚圉传诸盩，诸盩传亶父。从不窋始，都是传位给长子的，这传统已经成了周人的制度。按制，亶父应该传位给泰伯。可是，泰伯预感到了，对于国君大位的传承，父亲恐怕另有想法了。

如果是泰伯接班，泰伯的三个儿子已夭折了两个，还有一个也病殃殃的，说不定命也不长。那么，等泰伯寿终，将依照始祖后稷的做法，传位给二弟仲雍，这就采用了"兄终及弟"的模式，仲雍之后可轮到季历，亶父想把最喜爱的小儿子推上君位的愿望也能实现。问题在于季历死后，君位又得回到"父亡子继"的模式，按规矩得由长子之子继承，泰伯可能绝后，但仲雍有子，那就轮不到亶父最疼爱的姬昌孙了。所以，亶父想跳过老大和老二，将国君的宝座交给老三季历，同时为最小的孙子姬昌承袭大位铺平道路。

然而，这样做会破坏了继位制度，万一臣民不服，造成国内大乱，后果难以预料。虽然亶父放出了试探气球，大臣中也有曲意附和的，但大多保持沉默，这让他不得不有所顾忌。何况，泰伯很优秀，为周国建功颇多，又很孝顺，亶父真要硬生生剥夺其继承权，未免于心不忍。再说，老二仲雍各方面也都出类拔萃，本来也有希望当上国君，若是把他这希望之火浇灭，他会不会心生怨恨，从此父子变仇敌？这就太令人伤心了。亶父左右为难，心事重重，为此终日闷闷不乐。

洞察了父亲心思的泰伯，找到仲雍，问："二弟，父亲最近有点烦，你发现了吗？"

仲雍点了点头，没说话。

泰伯又问："你知道原因吗？"

仲雍还是没说话，等着大哥往下说。这个老二，并非不善言辞，只是特别老成，轻易不多言，但一开口，必指要害。泰伯了解仲雍的这一特点，笑笑，话头一转，说："最近我经常想起，小时候在学馆听先生讲的二位先贤，一位是皋陶，一位是伯益。"

皋陶是黄帝之孙,长期辅佐舜,位列舜十大名臣第二。舜命他掌管刑法,他作"五刑"以正民。皋陶理狱,对于无心、过失犯罪者大多宽大处理,而对那些不知悔改的罪犯给予严厉的惩处,因此民众从服。皋陶又认为光靠刑罚还不行,便向舜提出了"九德",倡导以德安民。舜禅位于禹,禹继位后也打算按禅让制举荐皋陶为自己的继承人。因皋陶先于禹而亡故,他对继位到底是何态度并不清楚,但从他儿子身上或许可以窥见一些端倪。

皋陶的儿子伯益,也是个能人,他曾是禹治水的一名主要助手,还发明过一种凿井的新方法。他擅长畜牧和狩猎,曾教会人们用火烧的办法来驱赶林中的野兽。在时人心目中,伯益是仅次于禹的一位英雄。舜十分看重伯益,赐为嬴姓,任为东夷部落的首领,还特制一面黑色的旗旄赏给他,又将女儿嫁给他为妻。由于伯益德高望重,禹在惋惜皋陶早逝之余,依据民心,宣告要将帝位禅让于伯益。禹去世后,伯益并未即帝位,而是请禹的儿子启署理政事。伯益为禹守丧三年后,也像禹避让舜的儿子商均那样,谦让帝位于禹之子启。

泰伯和仲雍一起重温了这段历史,问:"二弟,你明白我的意思了吧?"

仲雍这才开了口,说:"大哥是要我也让三弟。"

泰伯紧逼着问道:"二弟可乐意?"

仲雍说:"大哥能做到,我也能做到。"

泰伯欣慰道:"这就好,可以顺遂父亲的心愿了。你我主动让位,父亲就不会受非议,国家就不会起风波。"

仲雍点头不语,眉宇间似有隐隐阴影。泰伯问:"二弟还有什么放心不下的?"

仲雍说："我在想禹避让的事。"

泰伯暗暗叹道："这个二弟啊，果然是缜密之人！"其实，泰伯自己就反复想过这件事，也有点把握不了。舜看准了禹，举行祭天仪式，算是将禹推荐给了上天，并以此通告天下，禹是自己的继承者。十七年后舜去世，禹为舜服丧三年，辞去帝位，以避让舜的儿子商均，也就是把帝位给了商均。禹去了自己的封地阳城，所有氏族首领都离开了商均，前往阳城朝见禹，禹被请回来重登帝位。为什么会是这样的结果呢？因为商均平庸，缺资历，禹威望高，功绩大，这就是人心所向。那么，季历以后会不会也遭遇这种变故呢？

泰伯对仲雍说："二弟，你之所虑，正是我之所忧。所以，我准备设置难题，测试三弟。"

仲雍眉宇间的阴影消退了，说："但愿三弟不负大哥一片苦心。"

这兄弟俩，在老三问题上达成了一致意见。

一难大任

    泰伯首先测试的，并不是季历，而是他的夫人大任。

    泰伯之母元妃，生前贤良淑德、爱子持家，既是丈夫的好妻子，又是孩子的好母亲。在泰伯印象中，他的母亲贤惠、谦恭、勤劳、宽容、善良、温柔，总之，是个完美的女人。他常想，自己之所以很优秀，得益于母亲的优良品德对他的潜移默化，让他从小就懂得做人要有礼貌、讲道理、知进退、愿谦让，尤其是身为周人"第一家庭"的孩子，长大后要有担当，必须富于牺牲精神。其实，泰伯知道，他的父亲也是非常看重母亲这些品德的，所以会在替儿子们选媳妇时，总是拿元妃当参照，迎聘来的大儿媳、二儿媳都很贤淑，按理说三儿媳应该也是符合标准的，泰伯完全可以相信父亲的眼光，那么，他为什么还想测试这位弟媳呢？

    这是由于泰伯清楚，父亲对于继承问题的考虑很深远，既要子孝，还得孙贤，而孙贤与否，很大程度上和其母有关。农家有谚："沃土苗壮，劣田稗多。"母亲是孩子的第一教师，母亲对孩子的影响是渗到骨髓里的，尤其对孩子的性格、气质、品行的影响，是终生抹不去的。泰伯本人受母亲的影响很深，他根据自己的切身体会，对大任的要求就高了。周国潜在的第三代国君姬昌将来能否当个明主，在泰伯看来，很大程度上与大任怎么灌浇这棵幼苗息息相关，从这个意义上说，大任的品性德行必须是无可挑剔的。

泰伯当然明白，考察季历之妻、姬昌之母，是父亲亶父的事，他把此事揽到自己身上，未免有越俎代庖之嫌，说轻些是多管闲事，说重了是不尊重父亲。但他经过慎重考虑，还是决定不避嫌，将这个责任担起来。父亲再睿智，毕竟上了年纪，宠爱幼孙是老人的通病，可能父亲也难免俗，万一父亲的眼睛被一个"宠"字迷糊了，看孙子百般好，看孙子的爹和娘也无不可了。泰伯为周国的长远计，让自己替代父亲的"眼睛"，义不容辞。

不过，泰伯不能亲自做这件事。试想，一个大伯子老是盯着一个年轻漂亮的弟媳，将会产生怎样的误解？这种误解一旦传开，他满身是嘴也休想辩白得清，那将会给国君家族带来无法修补的名誉损害。果真造成了这种后果，岂不与他的初衷南辕北辙？那就弄巧成拙了，好心办了坏事。思来想去，泰伯把调查大任的任务交给了自己的妻子。他问妻子："记得你曾去三弟媳家做客，你对大任知道多少？"妻子说："我和二弟妹是受邀去过几次，但这是礼节上的往来，去了也不能东张西望，问三问四，故而，对三弟妹的情况其实所知甚少。三弟妹又是深居简出之人，我们很少碰面，就更没有了解她的机会了。"泰伯说："那你设法打探一下，越详细越好。"妻子犹豫道："我们妯娌一向关系很好，如果让三弟妹知道我在暗中窥视她，她会怎么想？我们以后还怎么相处？"泰伯一挥手，说："你这么做，事关几世国运，不用顾忌那么多。"妻子不再多言，默默接受了丈夫的委托。

过了一段时间，泰伯问妻子，调查可有所获。妻子想了一会儿，说："大任不错。"泰伯问："就这么一句话？"妻子的回答更简单了，只有一个字："是。"泰伯猛然想起，他母亲主张女人要内敛，少说多做，免得言多犯了话痨，甚至久而久之变作了长舌妇，搬弄是非，有损妇德。元妃立了家风，媳妇都恪守，自己的妻子平时就寡言，现在要她言人长短，难怪她更谨慎。泰伯说："今天你放开来讲，我要你如此。这是我们夫妻关起门说话，你有啥说啥，不必隐瞒。"对丈夫隐瞒，更为妇德所不容，泰伯把话说到这份上，妻子就必须打开话匣子了。

妻子于是告诉他，为了打听到大任鲜为人知的情况，她用重礼买通了大任身边的使女，终于探得了三弟妹许多秘密。比如，大任怀孕的时候，眼不看不该看的场景，耳不听淫逸无礼的声音，口不讲傲慢自大的言语。又比如，眠从不歪扭睡姿，坐从不偏斜身子，站从不跷脚撇腿，行从不步履凌乱。大任饮食简省，但注重规矩，气味不良的食物不吃，切割不齐的食物也不吃。下人摆放席子稍有不正，她都会察觉，决不坐上去。不过，她不会因此呵斥下人，而是不声不响，自己动手整理席子，将它移到完全符合礼制要求的位置。最有意思的是，每到夜晚，大任入睡，总要请乐师在寝室外抚琴，这个习惯直到分娩后才中止。起初大家都以为这是大任奢侈，后来才知道，她是让胎儿听的。季历府里的人都说，怪不得姬昌生下来就非常聪明，原来是在娘肚里就受美妙乐曲熏陶的缘故。

泰伯听完妻子讲述，说了一句："大任确实不错，姬昌侄儿有幸。"

妻子问："要不要我继续打探？"

泰伯摆摆手。妻子的描述，令泰伯看到了一个站有站相、坐有坐相、睡有睡相、走有走相,心态淡定、神色安详、语言谨慎、举止得体的少妇,一个严于律己,善以待人,从身体、言语、意念三方面保持内心的清静,保证胎儿在纯净氛围当中发育的孕妇。他没有理由不相信大任凡事遵循礼仪,一心一意只做有德行之事,全力以赴为未出生的孩子创造先天之本,有这些,足够矣。所以,他不需要再测试三弟媳了。

顺便提一下,大任孕期的故事,载于典籍,《列女传·母仪传·周室三母》:"大任者,文王(姬昌)之母。挚任氏中女也,王季(季历)娶为妃。大任之性,端一诚庄,惟德之行。及其有娠,目不视恶色,耳不听淫声,口不出敖言,能以胎教。如此,则生子形容端正,才德必过人矣。故妊子之时,必慎所感。感于善则善,感于恶则恶。人生而肖万物者,皆其母感于物,故形音肖之。文王母可谓知肖化矣。"从而我们知道,这位季历夫人是历史上有记载的胎教先驱,可誉为"中国胎教第一人"。

二难幼侄

　　大任所生的姬昌，容貌端正，聪明伶俐。光阴荏苒，姬昌来到世上，已经四年有余。大任亲自教他读书、识字，他总是一学就会，还能触类旁通。亶父心中欢喜，夸为"贤媳生贤孙"。可是，泰伯有意唱反调，多次在公众场合表示："都说这小家伙慧心智胆，但愿不是言过其实，我总得找个机会试试他。"

　　一日，泰伯走进亶父居室，看到父亲置小姬昌于膝头，有说有笑，一幅含饴弄孙的天伦之乐场景。小姬昌见大伯父进来，"哧溜"一下从祖父膝上滑下，说："爷爷，大伯父来和您谈事情了，我先走了，明天再来陪您玩。"泰伯说："侄儿莫走，我只是给爷爷请个安，没什么事要谈。你等一下，有话问你。"小姬昌"嗯"了一声，安静地伫立一旁。

　　泰伯向父亲请过安，拉起姬昌的小手，问："侄儿，你见过羊吗？"

　　小姬昌说："见过呀，母羊、公羊、羔羊都见过。"

　　泰伯问："羔羊喝奶你也见过吗？"

　　小姬昌说："见过，羔羊偎在母羊肚腹喝奶时，两条前腿是跪着的。"

泰伯问："它为何用这姿势喝奶？"

小姬昌说："我知道的呀，娘给我讲过一个故事。"

泰伯问："你能说说是怎样一个故事吗？"

小姬昌一双小眼睛一眨一眨，小嘴巴呱嗒呱嗒，麻利地说了这么一个故事：有一只母羊生了一只小羊羔。羊妈妈非常疼爱小羊，晚上睡觉让它依偎在身边，用身体暖着小羊，小羊睡得又熟又香。白天吃草，羊妈妈把小羊带在身边，须臾不离。遇到别的动物欺负小羊，羊妈妈用角抵抗，保护小羊。一次，羊妈妈正在喂小羊吃奶，一只母鸡走过来说："羊妈妈，近来你瘦了很多，吃的东西都变成奶喂了小羊。你看我多轻松，从来不管小鸡们的吃喝，全由它们自己去觅食。"羊妈妈讨厌母鸡的话，就不客气地说："你多嘴多舌搬弄是非，到头来犯下拧脖子的死罪，还得挨一刀，对你有啥好处？"气走母鸡后，小羊说："妈妈，您对我这样疼爱，我怎样才能报答您的养育之恩呢？"羊妈妈说："我什么也不要你报答，只要你有这一片孝心就心满意足了。"小羊听后，不觉下泪，"扑通"跪倒在地，表示难以报答慈母的一片深情。从此，小羊每次吃奶都是跪着。它知道是妈妈用奶水喂大它的，跪着吃奶是感激妈妈的哺乳之恩。

泰伯问道："照此看来，侄儿你虽小，已懂得羔羊跪乳的道理了。将来，你会依这道理做人了？"

小姬昌说："是呀。不过，光做到小羊那样还不够，我还要学比它做得更好的。"

泰伯说："哦，说来听听。"

小姬昌问："大伯父，您可曾见过鸦鸟吃食？"

泰伯猜到小侄儿要讲什么了，却故意说："难道这里头还有什么讲究? 其中也有故事?"

小姬昌仰起稚气十足的脸，认真地说："故事倒是没有，但侄儿知晓，母鸦捉了小虫子喂小鸦，喂六十日，小鸦长大了，就能自己飞出去觅食了。等母鸦老了，不能飞了，长大了的小鸦会衔了虫子飞回来，一趟一趟，喂给母鸦。我们小孩子长大了，应学鸦鸟。"

泰伯又故意问："鸦鸟用食果真这样的吗?"

小姬昌说："大伯父，我不骗您，是侄儿亲眼看见。"

泰伯点点头，叹道："小小年纪，怎的留神如此?"

小姬昌笑嘻嘻地说："娘指给我看的，给我讲的。"

亶父开始时很有兴致地听着两人说话，脸上布满笑容，很为小孙儿的聪明识理感到高兴，但听着听着，他的笑容退了，心头浮起了疑窦: 这个大儿子怎么了? 对才四岁的小侄儿问个没完没了，似有步步紧逼的味道。小姬昌纵有七窍玲珑心，毕竟还是这么大一个小不点儿，总有脑子转不过来的时候，难不成非要问到他答不上来，哭一场方肯罢休? 做伯父的怎能这般为难亲侄儿! 亶父心里有些不悦了。

亶父当时隐藏起自己的不悦，未说什么。隔了几天，他招来五六个贵族家六七岁娃娃，用同样问题考他们，问: "你们有谁能说出羊的模样? 先说的，说对的，国公爷爷我有赏。"

娃娃们有的一脸懵懂，有的迟迟疑疑说道: "马车我乘过，羊比马大还是比马小?"

亶父说: "看来，你们连羊都没见过，或许见到不认识，也没问大人。那么，羊肉可曾吃过?"

娃娃们活跃起来了，争先恐后道: "吃过吃过，好鲜好鲜! ""常吃常吃，我最爱吃羊肉了。""羊汤比羊肉还鲜，我都是丢掉肉喝汤的。"

亶父双手往下按了按，制止他们乱嚷嚷，问："羊都是从小羊养大的。你们有谁知道羔羊为何跪着喝母奶？"

娃娃们你看看我，我看看你，面面相觑。有个胆大的孩子说："国公爷爷，不会吧，我吃妈妈的奶，妈妈是把我抱在怀里的，羊妈妈一定也是抱着羊宝宝喂奶的。"

亶父又好气又好笑，再也没有兴趣问有关鸦鸟反哺的问题了，挥一下手，打发走了这些娃娃。

由这几个娃娃，亶父想：小孙儿姬昌真的不简单，他的聪明和识理远超那些贵族家的孩子。亶父还进一步想起，泰伯小时候也是这样的，在同龄孩子中最出色。泰伯曾是自己的骄傲，自己对这个儿子寄予很大的希望，坚信他长大后会是周人合格的领袖，会将周族带入更光辉的前景。亶父承认，现在自己的关注点是转移了，转移到了小孙儿姬昌身上。常言道："三岁注老。"他相信一个人在垂髫之岁透出的气势、智力、潜质，注定了一生的发展、贡献、地位。如果说亶父把自己诩为翦商的筹备人，那么，在他的心目中，姬昌将是灭商的奠基者。为了让心爱的小孙儿能够扮演这个角色，亶父需要顺利地将周国的权杖传递到姬昌手上，但是，他还找不到一个好的方式向长子泰伯开口。会不会是泰伯业已窥破了他的心思，故而存心为难小侄儿，以此发泄心中的不满呢？

这么一想，亶父对长子泰伯有了几分恼意。亶父认为有必要给泰伯敲敲木鱼，却碍于父子情面，不宜直接讲，于是叫来次子仲雍，透露了一下自己的不快，示意仲雍代他婉言转告泰伯。仲雍立即去找兄长，劝他适可而止，不要再按原计划试探下去了，免得彻底惹恼了父亲。

泰伯一点也不着急，坦然道："通过诘难侄儿，我觉得姬昌的才智日后必堪大用,这点我放心了。下一步是怎样让国人都放心,所以我不能半途而废。二弟,你还得协助我。"

后来的事实果如泰伯所料,姬昌当上了周国国君后,在位五十年,勤于政事,重视农业,演绎《周易》,广罗人才,善施仁德,开拓疆土,使"天下三分,其二归周",为灭商兴周的最后一役完成了所有的准备工作。他就是被后世历代所称颂敬仰的周文王。

三难季历

    泰伯本来是父亲的得力助手，但现在他变了，变得遇事就推给老三季历，把季历往前拱，让季历承担责任和风险，自己不出头，待在一旁做个看客。亶父一开始还忍着，忍了又忍，终于忍不住了，旁敲侧击说了他几次，一点用也没有，泰伯我行我素，依旧摆出一副事不关己高高挂起的模样，仿佛周国的大小事务均与他无涉，他是个局外人，轮不到他来操心。

    这一年，渭河出现了一条蛟龙。龙分善龙恶龙，周人奉为图腾的是善龙，渭河蛟龙是恶龙。它自封为神，夜间托梦给百姓，令供以牲牢，否则就要兴风作浪，降下灾祸。百姓被吓着了，凑了猪羊抛入渭河，破财买太平。蛟龙见百姓可欺，胃口陡长，吃了整猪整羊，还不满足，竟然想吃人了。它掀起大浪打翻渔舟，生吞了落水的打鱼佬。渭河两岸的百姓都不敢下河了，蛟龙吃不到人，就三天两头掀起大潮，潮水直扑村庄，房屋坍了，人给卷入了河底，做了它的美餐。百姓无法在岸边生存下去，纷纷逃离，跑到都城请求国君为民除害。

亶父觉得消灭孽蛟，保护百姓，责无旁贷。他也可选派其他勇士去做这件事，但又一转念，如果国君家族不首先挺身而出，日后难免遭人诟病。所以，亶父将泰伯、仲雍、季历唤来，说道："国人推选我做国君，是把保境安民的担子搁在了我的肩上。如今，渭河有蛟为妖，搅得民不安生，境无宁日，我有责任斩除孽蛟，还百姓一个太平。可是，岁月不饶人，我老矣，不复当年之勇，不能亲自去与孽蛟搏杀。幸亏我有你们这几个儿子，一个个都是武艺高强的伟丈夫，可以胜任此事。我知道下河斩蛟非常危险，唯其如此，就不能让别人家的孩子前去冒险，不然，将来我们家占着国君之位，人心不服。你们弟兄三人，谁替我去斩蛟？"

亶父说话间，目光轮番扫视着三个儿子，话说完了，他的目光定在了泰伯身上。显然，亶父希望大儿子毫不犹豫地站出来，响亮地应答一声："我是长兄，理所应当我去，谁也不许争！"在亶父想来，泰伯没有理由不表这个态，不至于躲避推却，又把老三往前拱。假如泰伯这次还那样做，岂不是要被国人当成懦夫，受到鄙视，从而彻底失去竞争未来国君之位的资格？

然而，泰伯不吭气。

亶父不免失望，只得将目光移往仲雍。

他没想到，仲雍也不作声。

亶父更失望了，无奈地把目光落到了季历身上。

季历说："我去！"就两个字，干脆，坚定。

亶父心中五味杂陈，辨不清是欣慰还是痛楚。以他私心，他最不愿意让小儿子去冒这个险，这固然有偏心的成分，但也有实力的考量。他三个儿子中，老大魁梧，老二壮硕，老三看上去白面书生一个，让他去对付凶猛异常的蛟龙，胜负更难预料。亶父沉默良久，终于也吐出了两个字："也罢！"

季历揽下了这个任务，决定先去渭河看看。他带着两名随从，划一艘木船下河观察，船到河心，原来风平浪静的河面突然变得风急浪高，只见河底蹿出一条蛟龙，绕着木船来回游弋，巨大的尾巴拍击水面，顿时水花四溅，水柱冲天。船剧烈摇晃，眼看就要倾覆，随从大惊失色，丢下桨就想跳水逃生，季历一手一个将他俩拉住，大声说："下水只有一死，赶紧拼力摇船，看准浪间穿行，船到岸边，方可无殃。"随从一想也对，重新抓起桨来，使出吃奶的劲，拣浪与浪之间的隙缝，把船向岸边摇去。季历圆睁两眼，目光如炬，细细端详着蛟龙。船行如飞，转眼就摆脱了蛟龙，靠到了岸边，安全了。季历和随从跳上岸，两名随从撒腿狂奔，跑出一大截路，躲在大树后面，瑟瑟发抖。季历却留在河边，继续观察。蛟龙在空中旋转闪腾，张牙舞爪，像是在向他示威。季历心里说："孽畜，我正想要你多留些时刻，容我看出你有何破绽。"经过观察，季历发现蛟龙不管怎样的姿势，下颌却始终紧贴着胸口。他暗自点头道："是了，看来这是它的软肋，能否置它于死地，命门十有八九就在此处。"

季历心中有了准星，回到岐城，跨进自家宅院，关起门来，把自己关在屋里，三天足不出户。这三天里，他只做一件事——磨剑。

季历把他的一柄宝剑磨得削铁如泥，这才走出家门，前往渭河除害。渭河两岸，人山人海，聚集了闻讯而来的成千上万百姓，他们拿锣的拿锣，架鼓的架鼓，都是来替季历助威的。季历到了河边，将自己脱得赤条条的，免得衣裤吃水滞重，影响行动。他高擎锋利无比的宝剑，纵身就跳下了河。蛟龙似有感应，他一下水，它就从河底蹿了上来，气势汹汹扑向季历，季历待它近身，从它身侧迅速游到它身后，一把揪住它的尾巴。蛟龙尾巴一甩，想要甩开他，孰料对手正在等待它的这个动作。原来，季历通过观察得知，蛟龙甩尾时尾巴会向上翘，这一翘，正好让他借势跃上了蛟背。季历骑在蛟龙背上，用剑在它身上乱刺。两岸的百姓拼命敲锣打鼓，并放声呐喊，声浪滚滚，震天动地，为季历加油。季历精神倍增，斗志昂扬，两腿夹住蛟龙，与它缠斗。只见河水沸也似的翻滚，浪尖谷底，时隐时现两条身影，白玉色的是人，紫黑色的是蛟，季历与蛟龙绞在了一起，不断打滚，时而沉入水底，时而浮上河面，险象环生，惊心动魄。

　　约莫一个多时辰过后，蛟龙虽被刺了数十下，但这点创伤对它并不致命，它毫不在乎，只要多拖些时间，对手必定体力不支，败下阵来，它便可一口吞了他，用这美餐补淌掉的血。蛟龙的盘算不无道理，随着时间流逝，季历确已感觉疲惫，若再僵持下去，恐怕自己斩不了孽畜，反倒会丢了性命。因为蛟龙下颌始终护住胸口，不给他一剑取它要害的机会，季历不免焦躁起来。正在这节骨眼上，蛟龙头部冒出水面的一刹那间，有两支箭从高处射来，一左一右，正中蛟龙双目。蛟龙负痛一跃，蹿至半空，猛劲摇头，大概是想把箭摇出眼眶，这么一来，它的下颌脱离了胸口，季历终于有了机会，一剑扎进它的心窝，深达剑柄。季历纵身跃下蛟背，蛟龙大吼一声，从空中坠落到河滩上，将河滩砸出一道十余丈的深槽。血从它胸洞汩汩涌出，盈槽溢坡，淌入河中，把河面染赤了一大片。蛟龙被一剑贯穿心脏，哪还有活路？翻卷扭动，徒然挣扎，无多片刻便已气绝。两岸欢声雷动，锣鼓喧天。季历喘着粗气，游到岸边，早已有无数双手伸来，把他拉上了岸。人们将季历抬在头顶，簇拥着奔岐城而去。

　　季历斩蛟成功，使他在国人心目中的威望无人可比。而且，在他与蛟龙殊死搏斗的关键时刻，突然有两箭射来弄瞎了孽畜双目，有人说看到两位天神在云端挽弓，于是，季历有神相助的名声便传开了。亶父大喜，知道自己立小儿子为储君，绝对能够获得全国上下普遍的拥护了。

四难姬昌

　　有句话叫作"天上龙肉，地上驴肉"，用来夸这两种肉极其好吃。驴肉常有，龙肉难觅，所以更令人向往，今天渭河边躺着这么一条死了的蛟龙，岂肯让它白白在此腐烂废弃？周国挑了两百名大力士，"吭育吭育"，把一千三四百斤的死蛟龙扛进岐城，摆放在宫门外，献给国君亶父。

　　全城男女老少都跑到了宫门前的广场上看稀奇，发感慨，人如潮涌，欢声笑语不绝。这一天简直成了岐城盛大的节日，用"万人空巷"形容之，毫不为过。亶父身披绣袍，手执玉钺，步出宫墙，出现在人群面前，显然是为了与民同庆。他的后面，跟着三个儿子和几名大臣。亶父平日衣着朴素，只有在举行国之大典或召开重要会议的时候，才披上绣袍，今天这么打扮，足见他的郑重。至于把玉钺也请了出来，就更加增添了庄重色彩。钺，本是兵器，形状像板斧而较大，倘若是用玉制成的，就不再是战场上的利器，而成了仪仗用的礼器，史有"黄帝出其锵钺""蚩尤秉钺""商汤把钺以伐夏桀"等记载。按礼制，一个人手持玉钺，表示他是掌握最高权力的人物。亶父手中这柄玉钺，钺长一尺三寸，透闪石琢制，米黄色，器表抛光，扁平梯形，弧形刃，刃两端略外翘，钝口，无使用痕迹，一望而知完全是权杖性质的礼器。亶父绕到蛟龙尸身前面，将玉钺举起，广场上的所有人众齐刷刷向它伏拜，呈现出一种摄人心魄的场面。亶父清了清嗓子，高声说道：

"大家听着，我要与大臣在这里商量事情，你们休得喧哗，莫打扰我们议事。"

此言一出，广场上顿时安静下来。只见一班侍从在空地上铺了席子，亶父和臣子按尊卑次序先后坐下，民众则保持着跪伏的姿势，心中都涌起说不清的感动。国君竟然让他们旁听议政，这可是从未有过的恩典啊！

亶父环顾一下臣子，朝季历招招手，说："今日议题，是怎样处置这条蛟龙。你是斩蛟的大功臣，你坐到我旁边来。"按规矩，应该三个儿子坐他左边，其余大臣坐他右边，左边的次序则按年齿，泰伯离父亲最近，其次仲雍，季历最远。今天亶父调座次，谁都看得出，不光是换一下座席那么简单。但是，谁也不能提出异议，因为在他们身后摆着一条死蛟龙。

季历还想辞让，泰伯和仲雍已默默移出位子，他也只好默默地往前挪了。亶父用眼角余光扫了一下那两个儿子，泰伯平静，仲雍安宁，脸上表情都没有丝毫异样，仿佛这哥俩早就料到会如此，这种变动对他们并无影响。亶父真有点捉摸不透这两个儿子的城府了，不由暗暗叹了口气。他不想坏了今天的情绪，很快调整好心态，用愉快的语气开了腔：

"我们真是幸运，有龙肉可吃了。我今已六十多岁，吃过羊肉，吃过牛肉，吃过猪肉，吃过鸡肉，总之吧，凡是豢养的禽畜我都吃过，就是从未尝到过龙肉。为什么？因为不曾豢龙。谅必在座诸位也未曾有过这等口福，未听说过还有把龙当家畜养的吧？"

大臣一齐摇头，说："闻所未闻。"

亶父说："我们的先人是豢养过龙的，舜时有个董父，就是替舜养龙的人，舜吃了他献上的龙肉，很高兴，把鬷川这块地方赐给他，还封他为'豢龙氏'。豢龙氏的后代继承了这个封号，也以养龙为业，用龙肉供应帝室，一直持续到夏朝第十四任君主孔甲的时候。"

亶父停顿了一下，有大臣心急地问："难道到了孔甲时，豢龙就难以为继了？"

亶父说："是啊。那时豢龙氏已衰，养的龙仅剩雌雄各一条。孔甲想吃龙肉，豢龙氏不同意，说：'吃掉其中的一条，龙就绝后了，等它们生下小龙，养大了方可飨帝。'孔甲是个肆意淫乱、沉湎于歌舞美酒、胡作非为的残暴昏君，怎容得豢龙氏抗命？他派兵围困豢龙氏家，断水断粮，逼其宰龙献飨，豢龙氏宁死不从，被活活饿死，两条龙也同时饥渴而死。孔甲命人将龙尸制成肉酱，吃得津津有味，眉飞色舞。可是，从此以后，再也无人有豢龙之术，龙肉也就绝迹了。"

大臣们一齐惋惜道："可惜了，可惜了，实在太可惜了！"

亶父从丹田提气至嗓，发音愈发洪亮，宣布道："我们周国有幸，今日竟然获得了一条蛟龙，能够品尝断绝已久的美味了。我打算将这龙肉剁开，按官职分配，诸位意下如何？"

大臣们一听，个个笑逐颜开，欢欣雀跃，唯有泰伯闭口不言，面无表情。亶父心中一沉，不知这个长子会不会又节外生枝。他让臣子分享龙肉，意图非常明显，是要让臣子感激他和季历，为今后的权力交接再添一枚砝码。看来是泰伯因此不悦，掩饰不住，连必要的修养也不顾了，当场做出与众不同的样子来。亶父有心责备他，却又不得不顾及体统，只能隐忍不发，说道："今日议事就到这里，龙肉我遣人挨户送去，散了吧。"

泰伯这时却开了口："父亲，儿子有句话要说。"

亶父沉声道："今日只议龙肉，其他事以后再谈。"

泰伯说："儿子要谈的正是龙肉。父亲的分配方案，固然很好，但儿子认为若是让全体国人皆能分享这美味，或许更可体现国君爱民之心。"

亶父心中那个气呀，气得他也忘了维护体统，冷笑一声："去骨剔肉，龙肉能有多少？国人上万！照你的分法，嵌牙缝也不够，还谈什么品尝美味？不可不可！"

泰伯争辩道："总会有办法的，父亲不妨召个智者问问。"

亶父讥笑道："我看你既然出这主意，就应该有办法，分配龙肉的差使就交给你！"

泰伯说："儿子有自知之明，没那个能耐。不过，儿子可以举荐一人，他有办法能让全体国人遍尝龙肉美味。"

亶父气呼呼问："谁？遍览国中，有谁如此聪明？"

泰伯说："有啊，父亲不是常夸姬昌最聪明吗？何不唤他一问？"

这不是存心要让姬昌孙儿当众出丑并打他的老脸吗？亶父气得七窍生烟，却又无法一口回绝大儿子的建议，只得勉强命人去把姬昌唤来，把这道难题告诉了他。姬昌这年才八岁，这么小年纪的一个人，面对连见多识广、足智多谋的爷爷都无法解决的难题，不慌不忙，从容不迫地给出了方案，令亶父的眉头立即舒展，在场所有人都赞叹不已。

　　姬昌的方案是把蛟龙肉剁成肉末，做成臊子，放在数百口大锅里熬煮，调成汤，下面条，国人无论老幼，一人一大碗，都可尝到原汁原味的龙肉鲜汤美食。如此，姬昌的聪慧充分得以表现，国人都从这碗面里，体察到了他的仁爱。

　　陕西地方特色饮食臊子面的源头可追溯到姬昌这儿，而直到现在，陕西这道特色饮食仍以岐山臊子面最为正宗。

亶父动容

虽然姬昌通过巧妙破解难题，在全体国人面前大大地挣了脸，给亶父传位季历再传姬昌的计划加了分，但亶父还是无法原谅泰伯，觉得泰伯如此煞费心机为难小侄儿，实在太不应该。而且，泰伯不止针对姬昌一人，他对待姬昌之父季历、之母大任也是很不地道的，这就更令亶父生气了。泰伯过去并非凶险之人，怎么会变成这样的呢？亶父不用多猜，就知道问题出在储君的争夺上。按常规，泰伯作为长子，当个第二代国君本来是三只指头捏田螺，十拿九稳的，由于他感到有了变数，所以才会对威胁到他地位的人事事刁难。倘泰伯果真是因怨生恨，故而乖张，亶父能否权当人之常情，予以谅解呢？不，亶父做不到。亶父并不认为自己的心思有何不妥，他是经过长期考察，再三衡量，才确信老三比两位兄长更贤能，姬昌也是孙儿辈中最出色的，为周国的前程着想，他理应重新考虑未来国君的储备人选。既然亶父坚持自己的想法，泰伯近些年的所作所为，在他眼里，当然就是不可理喻的，甚至是心术不正的。如果说亶父以前尚顾念父子情分，对泰伯采取姑息态度，期待他自己慢慢省悟，改错纠偏，那么，泰伯在龙肉分配事件上的公开叫板，则被亶父看作了当众挑战一国之君的权威，这是亶父万万不可容忍的。

亶父产生了废黜泰伯的念头，准备找个合适的时机，将这个长子派遣到周原的远乡僻邑去，永不召回岐城。名义上是让他镇守边陲，实际上是放逐，剥夺掉他继位的资格。亶父起了此念，难免会有所流露，渐渐地，经由各种渠道，传到了泰伯耳中。泰伯听了只当未听到，该做什么仍做什么，睡得着，吃得香，一副没事人的样子。

仲雍也听到了风声，兄长不急他急了。他劝泰伯去找父亲申辩，泰伯回答他："没这个打算。"仲雍说："你不去，我去。"泰伯说："你也不要去，你为我申辩了，父亲就难煞了。我们不能给父亲添堵，我不怕担坏名声。"

仲雍向来听这位兄长的，这回不肯听了。国公长子被贬，法定继承人被废，事关国本，非同儿戏，总得有个充分的足以服众的理由，理由便是泰伯不仁不义不孝不贤，假如不是这样不可饶恕的大罪，父亲岂能动他！尽管父亲或许于心不忍，不想把这些理由昭告天下，但到时候恐怕由不得他，不宣布不行，否则难向国人交代，难以稳定政局。而一旦父亲以泰伯对待老三一家的种种做法为佐证，公布这些理由，泰伯的罪状便将坐实，将遭到国人唾弃，将在历史上留下骂名，将陷入万劫不复之地。仲雍想到这里，心焦如焚，他必须站出来向父亲说明真相了。

仲雍心急忙慌来到宫门外，请卫士代为通禀，说有要事求见。卫士入内禀告，捎出一句话两个字："不见！"显然，父亲恼他与泰伯合穿一条裤子，也想给他一点教训，有意冷落他，以此促他觳觫。仲雍苦笑笑，暗自说："看来父亲的误解真够深的了，非但大哥，我也成了不受待见之人。城门失火，殃及池鱼。我今日方知此话不虚。正因如此，我更要替大哥洗刷, 还他清白。"仲雍有心闯宫, 但又担心触怒父亲, 更听不进他的话, 所以, 他就在宫门外站着, 等待父亲消了气, 大概就肯让他进去了。

仲雍这一站, 从巳时站到了申时, 午饭也未吃。卫士看不过, 主动代他去禀报, 亶父说: "他这是和我较劲哩, 不用睬他。"仲雍便继续站, 从申时站到了子时。卫士换了两班, 看着不忍, 打算冒着打扰国君休息的风险, 替他进去说情, 仲雍连忙制止。后半夜, 风雨骤来, 仲雍任凭雨浇, 仍旧站在露天。卯时刚到, 宫门"咿呀"一声打开, 亶父撑着一把雨伞, 挟着一顶斗笠, 踏着灰青的薄曙, 颤巍巍走了出来。原来, 他也一宿未眠, 一直在窗后瞅着老二。亶父走到仲雍面前, 把斗笠往他头上一罩, 说: "犟种! 你是在用这个办法打动为父吗?"仲雍说: "儿子不敢, 儿子只是想向父亲陈情。"亶父说: "进去说, 进去说。看你都成落汤鸡了, 还不赶快进去!"一边埋怨, 一边抓着仲雍的手就往里走。

亶父吩咐侍从取来干衣让仲雍换了, 待他坐下, 说: "我想你十有八九是替泰伯求情而来, 若是这样, 我告诉你, 为父心意已决, 你不要开口, 免得招惹了我, 轰你出去。"

仲雍说: "父亲先莫着恼, 容我讲两件事, 您听完再做定夺。"

亶父冷冷道: "你且讲来。"

仲雍挺腰长跪, 说了第一件事。他说, 泰伯考虑到季历虽然贤能, 经过历练也渐渐显出了管理国家的才干, 但因没有机会立功建勋, 威望尚欠, 所以, 将斩蛟除害的机会留给老三。泰伯深知此行危险, 很为老三担忧, 于是与他约好, 暗中保护老三。老三前往渭河观察, 他俩就尾随在后, 老三看出了蛟龙软肋, 他俩也看到了孽畜命门。老三心中有了底, 回家磨剑, 泰伯还不放心, 拉着他在河边又观察了两昼夜, 并制订了相助老三、一招定局的方案，这才回城准备强弩。老三与蛟龙搏斗到紧要关头时，关键的那两支箭就是泰伯和他射出的。事后，泰伯又嘱人放出风去，只说天神从云端发矢，季历似有神助的说法就传开了。

亶父听罢，深感意外，脱口问道："仲儿，你不是为了调解我和老大的关系，编出来哄为父高兴的吧？"

仲雍说："儿子岂敢诳骗父亲！当时我多留了个心眼，在两支箭的杆梢上，刻了小小的记号，别人不会留意，父亲一看便明白。"

那两支箭亶父还留着，有待今后正式册立储君时，用作神助季历的实证。这时亶父赶紧命侍从去后室取来，细细一看，一支上刻个跪羊，一支上刻只哺鸦，图案细小隐秘，不仔细看不易发现。亶父手抚箭杆，自言自语："疏忽了，为父疏忽了。"忽然又想起什么，问道："这件事为父信了，还有一件事怎么解？伯儿让姬昌分龙肉，不是太为难孩子了吗？如果姬昌脑子转不过来，国人还会觉得他聪明绝顶，是将来的智能之君吗？就算我现在愿意相信伯儿也是出于好意，难道他就不想想可能弄巧成拙，反倒害了小侄儿？"

仲雍说："不会的。老三斩了蛟龙，大哥估计您将分肉，已事先授计于姬昌侄儿了。大哥让大嫂宰了一只鸡，褪毛洗净了，把姬昌叫到家里。大嫂用鸡熬了一锅汤，下了面条，全家人和姬昌一起用餐。大嫂把煮熟的鸡拆了，一个碗里放一块，大哥问姬昌：'如果用餐的人多，鸡不够分，怎么办？'姬昌回答：'我不吃，让给人。'大哥夸他懂谦让，又告诉他：'你让出自己一份，仅供一人享用，仍有人是吃不到的。你大伯母倒有个办法，你不妨请教她。'姬昌从大嫂那里，听到了制醢分食之法。那天我正巧有事去大哥家，看到了这一幕，因此，大哥将普分龙肉的难题推给小小姬昌的时候，我并不着急，不曾阻止。"

　　亶父听完，不觉动容，叹道："伯儿为了成全季历和姬昌，完成我的心愿，不惜自毁声誉，忍辱负重，他这一片苦心，可昭日月。你也甘愿跟着被为父误会，难能可贵。"仰起头来，喃喃道："上天，您赐给了我三个儿子，个个优秀，我却只有一席君位，我真不知道取舍了。"

　　仲雍一愣，心里说："大哥顾虑会让父亲左右作难，更耗心神，给他说着了。"接下来该怎么做呢? 仲雍还得去与泰伯商量。

【第三辑】

兄弟夜遁

　　仲雍去见泰伯，说了父亲左右作难、难以取舍的心态。泰伯道："此前在父亲眼里，三个儿子分优劣，他不难选择。现在，你让他知道了我的真实想法和做法，他怎忍还淘汰我，放弃你？手心手背都是肉，你叫他老人家如何是好？"仲雍说："大哥你莫发感慨了，你看可有法子让父亲不再烦恼？"泰伯说："我给你讲个故事吧。"

　　故事说的是有一户人家，父亲带着三个儿子过活。父亲老了，病了，想在临终前把家产分给儿子们。父亲说，家中所有的财产，统统分成三份，每人各得一份。房有三幢，地有三垅，都好分，其他家具杂物也没问题，弟兄一向和睦，手足习惯互让，吃亏点便宜点无所谓，不会为多分少分争执。分到最后，就剩院子里一棵银杏树了。这棵千年银杏，根深叶茂，冠叶如盖，主干粗大，三兄弟手拉手也抱不过来。独单单的一棵树，怎么分才能公平？弟兄三个你看我，我看你，都没有了主意。

　　半晌，老大先说了话，愿意主动让给两个弟弟，老二紧跟着说："我也不要，我们俩都给老三。"老三坚决不赞成，说什么也不肯吃独食。三兄弟委决不下，去问父亲。

父亲说："你们三个都是我身上掉下来的肉，亏了谁我都心疼。我不好说话，还得你们自己拿章程。"

弟兄三人就再商议，因为谁都不肯独占这棵古银杏，最后只好决定把树从上到下分成三截，每人取一段。三人约定，明天砍树分树。

第二天一大早，三兄弟提着斧子和锯子来到院子里，抬头一看，一齐愣住了。昨天还好好的一棵银杏树，今天怎么像是要枯死的样子？叶子全都枯萎了，枝条也像被烧过一样，干裂粗糙。这究竟是怎么一回事呢？三兄弟相对无言，木偶一样待在那里。

好一会儿，老大一拍脑袋，对两个弟弟说："我想，这树显灵了，不愿意我们把它砍倒分开！"老二老三也似有所悟地说道："不错，不错！一定，一定！"话音刚落，怪异的事又发生了，只见银杏树的叶子迅速转绿，枝干也不再焦糙，恢复了生机。

三兄弟去给父亲说了这件奇事。

父亲说："既然你们看到了古树异象，我把以前没说的话告诉你们。我家其他东西都可分，唯有这棵银杏分不得。其他东西分了还能买，这棵树砍倒了就永远没了。这棵树是祖先栽的，一代一代浇灌，一代一代维护，才有了今天的铜干铁枝，绿荫华盖。这棵树对我家来说，不是一棵普通的树，是祖先留下的根基！千年根基传到你们手上，不能没了，不然你们就愧对列祖列宗，我死了也不瞑目。"

三兄弟一起在老人病榻前跪了下来，老大说："父亲你指定我们中的一人守护这棵树吧，被指定的一定尽责，其余两个决无异议。"老二老三使劲点头，表示完全同意老大的意见。

父亲说："你们三个在我心里，都能守护这个基业。我还是那句话，决不偏心哪个，你们自己看着办。"

三兄弟退到院子里，默默围着古树转了几圈。老大说："我们都回屋去想想父亲的话，看看有什么妥帖的办法。三天后再来这树下，到那时或许就有解了。"

三人分了手，各自回屋。晚上，老二敲开了老大的屋门。到了第三天，老大老二皆未出现，千年古银杏只迎来了老三一人。

泰伯问："二弟，你一定能猜到那两兄弟何以缺席。"

仲雍道："双双离开了呗。唯有这么做，方是两全之策。"

泰伯问："二弟，你乐意吗？"

仲雍道："草民尚且如此，何况君主家子嗣耶！"

泰伯、仲雍悄悄分头做好了远走高飞的准备工作，拣一个月黑之夜，带着自己的家人和随从，以及精选的奴隶兵，共三百余人，离开了岐山。这一年，泰伯四十岁，仲雍三十七岁。

出发前，泰伯问仲雍："二弟，你怎么从未向我探问将去何方？"仲雍说："相信你早有线路，我跟着走就是。不过，假如大哥愿意透露给我，我倒也想听听。"

泰伯告诉仲雍，他已想好了去江南。周人的始祖是后稷，后稷有个儿子名"胥"，曾作为禹治水的助手，跟随禹到了震泽（今太湖）地区，因辅佐禹有功，禹把一块叫"甄胥"的地方封赏给他，他就在江南建了个方国，国名"姑胥"。胥是后稷的妾妃所生，乃庶子，他的后裔当然只能属于庶系，而泰伯是后稷正妃之子这一脉上的，实打实的嫡系后人。然而，不管嫡系还是庶系，说到底都是一个祖先传下的血脉，都是姬姓，泰伯带人前去投靠，同宗同族，打断骨头连着筋，总能得到些照顾，这是有利条件一。有利条件二是，长江以南原是楚人的地盘，但经武丁征伐,许多楚人部落给打跑了,留下了大片大片的无主之地,上那儿容易找到落脚点。武丁是商朝第二十三任君主,他唯才是举,任用贤人,商朝在他的治理下一度十分强盛,他就有了扩疆拓土的本钱。他的妻子妇好也是智慧通灵、武艺高强的一位军事将领,常年和夫君并肩东征西讨,战北伐南。夫妻俩率军南下,把楚人打得鸡零狗碎,到现在还处于一盘散沙状态。武丁绝对不会想到,他当年的征伐行动,给几十年后的周人泰伯南下创业提供了契机。

泰伯说:"二弟,虽有这等利好,但此去江南数千里,路远迢迢,我们人少力寡,长途跋涉,风险难料,你要多替我分担些。"

仲雍说:"大哥放心,你率前队,我来殿后,兄弟同心,其利断金,我们一定能够顺利到达江南的。"

泰伯说:"有二弟这句话,我就更有信心了。趁尚未有人察觉,我们走吧。"

三百余人一支小部队,束马衔枚,漏夜出城。为了避免惊动父亲而被拦阻,他俩未向亶父告辞,各剪一缕头发打成一个结,挂在宫门门楣上,又留下一卷木简,上书心迹,并恳求父亲切莫派人追赶。兄弟两人朝宫门行了跪拜大礼,洒泪而去。

亶父晨起见到发结,读了书简,知道两兄弟去志已坚,也就只能随他们了。亶父这时想起了这两个儿子的种种好来,朝着远方,老泪滚滚而下。

借道旬邘

　　泰伯选择远奔江南是对的，如果他选择其他地区，很可能走入绝境。周原西有戎狄，北有狄夷，万万去不得，以前周人曾在那里生活过，就因为受不了他们的欺凌掠夺，亶父才带着族人迁徙出来。往东也不行，中州是商朝的中心地带，怎容外人插足！周原和中州之间，倒是有若干个姬姓方国，泰伯投亲为何舍近求远呢？原来，虽然一笔写不出两个姬字，但这些方国并非后稷一脉，血统迥异，人家才不跟你攀亲呢，当然不会让出些地盘来留置你。泰伯也想过干脆吃掉一两个小国，鸠占鹊巢，岂不省事？当时邦国林立，有些部落才几百上千人，只要得到商王的赐封，也是个小方国。泰伯离开岐城时带领三百多人，队伍虽小，却很精悍，训练有素，战斗力强，打个把这样的小国绰绰有余。然而，打不得，这些小方国都是依附于商朝的，并吞了它们，等于拔商朝虎须，商王必定会调集大军剿杀，只怕馒头未咽下，反给噎死了。更严重的是商王会迁怒他的父亲亶父，顺便将周国也狠狠教训一下，那后果不堪设想。泰伯没那么傻，这念头刚一闪，他就赶紧掐灭了。

那么，只有南下了。南下也有两条路，一是往西南，一是往东南。去西南就是进蜀地，蜀地也有无人区可供占据，问题是除了无人区还有羌人部落。羌人当时在中原人眼里也是蛮夷，认为他们不开化，茹毛饮血，鄙野落后，其实蜀地的青铜器制造水平比中原并不逊色，羌人投入战斗都戴青铜面具，面具狰狞可怖，令对方尚未交战就已心胆俱裂，一接仗就溃逃。当年，武丁之妻妇好也曾率领大军攻入蜀地，花了九牛二虎之力也未征服羌人，商朝的精锐之师却损失了十之二三，最后只能撤出了事。妇好尚且如此，泰伯若敢带支小部队闯入，区区三百多人还不被羌人当点心吃了？有鉴于此，往西南想也不要想，往东南才比较靠谱。

路线是定下来了，沿途的重重阻碍层层危厄他有否充分估计？当然有。所以，一出岐城，泰伯就放出风声，说是国公罹疾，自己带人去衡山采药。泰伯在母亲患病时，曾取蟒胆、摘灵芝，冒着生死之险为母觅药，他的这份孝心远近传扬，现在父亲有恙，他再度尽孝觅药，没人不信。周国名义上是商朝一个藩属，在商朝控制区，他打着为父采药的幌子，商朝的官吏诸侯一般都会看在他的孝行上，给予方便，同意放行。泰伯此策甚妙，一到旬关，就产生了良好效应。

旬关是周原往东的第一道关隘，位于旬水和沔水的汇合处。平时这两条河并不深广，扎些木筏便可渡过，枯水期甚至可以涉水过去，可是，泰伯一行抵达这里时，恰逢雨季，河水暴涨，必须从关口通过。关上守军看到来了一支人马，大声喝问："来者何人？意欲何为？"

泰伯高声答道："周国泰伯，国君欠安，我们前去衡山采药。"

关上人一听，语气立即不严厉了，说："原来是自家盟友，你们要过关？这就给你们大开关门。"

旬关为北殷氏掌管，北殷国也是商朝的一个藩属。就凭这层关系，泰伯一语过关，未遇阻挡。

此后一路往东折南，泰伯屡试不爽，皆能顺利通过，不曾遇到麻烦。可是，到了邘国，这一招有点不大管用了。邘国在今湖北黄冈地界，与周原已有近两千里。邘国虽也臣服商朝，但距离商朝国都相对遥远，商王对这个诸侯国未免鞭长莫及，商朝的一些规矩邘侯不一定遵守。泰伯的人马辎重，邘侯看了眼馋，打算吃下来发点小财。他下令出动千余人，将远方来客团团围在城外，把泰伯一人带进城去，他要亲自问话。

邘侯一开口就极不友善："你说要去衡山采药，采药需这么多人吗？还带着这么多兵器！兵器用于杀伐，你想攻打谁？"

泰伯从容反驳："兵器除了进攻，也可用于自卫。我们远离本土，如遭遇盗匪，谁来保护我们？只能自卫。您说我们持有兵器便有攻击之嫌，我们已走过那么多的地方，您可曾听说我们和哪个方国或部落发生过摩擦？"

邘侯不得不承认："这倒未曾听闻。不过，你们采药用得着跑这么远吗？周原附近没有山，山上不长药草吗？"

泰伯有备而答："周原有山也有药草，然而您应该知道，衡山为五岳之一，又名南岳、寿岳、南山。既有寿岳之称，此山所产药草，有益增寿，非他山之药可比。为人子者，谁不希望父母长寿？我不辞远途采药衡山，尽人子一份心意而已。另外，远古三皇之一的祝融，居于衡山，教民用火，化育万物，深受百姓爱戴，死后葬于衡山山中，被当地尊为衡山山神。天帝也垂爱祝融，特旨敕封，命他在天管生死星宿，在地管万物生育。我一片虔诚奔衡山，是想感动管生死的这位神灵，总不至于有错吧？"

邽侯被泰伯一席话说得张口结舌，无言以对。半晌，强词夺理道："算你说的在理，我却还有一事不明。若论神灵，王母的昆仑山，神比祝融大，灵比衡山灵，你怎不上西方的昆仑采药去？"

泰伯说："我倒是想去西昆仑采药的，是商王叫我莫去那里的。周国为商朝的藩属，我带三百余人出国门，虽不是军事行动，规模也不算大，但毕竟也是一支武装，武装移地，须报告商王。商王派遣使者告诉我，商朝的第十任君主太戊曾派一个大臣带人去西昆仑采药，这个大臣名叫王英，王英一去不返。因为王母根本不允许凡人进山，王英被困在山下，粮尽水绝，只好和部下一起栖身老林，采食野果为生。"

邽侯问："此话当真？"邽侯的意思是：你说商王批复你的行动报告，是真的还是假的？泰伯知道对方的意思，他当然不会说这是自己编的，于是采用含混战术，说："贵国也是奉商王为天下共主的，谅必常有使节往来，您派去的使者难道没有听说吗？王英后来生了两个儿子，建立了一个'丈夫国'。商王把这件往事说给我，是对藩属的关心，希望我不至于因采药回不了本土。我回到周原后，还要派人向商王报平安呢。"

最后一句话，软中带硬，绵里藏针，邽侯不可能听不出话中之话，不得不掂掂斤两。邽国终究还得听命于商王，一旦惹得商王大怒，降罪下来，定叫他吃不了兜着走。你灭掉同侍商王的一个方国的一支部队，这不是小事，这是战争行为，商王有责任保护藩属，那是要发兵前来讨伐邽国的。邽侯给唬住了，尴尬地笑道：

"最近这里有一些来历不明的人，已发生过几起打家劫舍的事，我不得不防。方才有点冒犯，还请见谅。我马上吩咐备酒，为贵客你压惊。"

泰伯说:"赶路要紧,不打扰了。您如能借一条道容我带领人员通过,不胜感激。"

邾侯说:"贵客不想耽搁行程,我就不勉强了,我这就命人护送你们出境。"

说是护送,实为押解,邾军一千余众操戈持盾,如临大敌,列行两侧,将泰伯和他的三百人马夹在中间,直至数十里外方始让他们自由。泰伯不在乎这种待遇,只要不冲突,不流血,平安过境,继续前进,便是胜利。

义释荆俘

泰伯率三百余众离开周原,已有大半年,一路上晓行夜宿,长途跋涉,十分辛苦。过了邽国,更是艰难,因为泰伯从邽侯那里接受了教训,不敢再走大路,而是绕过城邑,拣荒野僻径潜行。邽侯让泰伯认识到,离中原越远越不安全,靠套近乎拉关系顺利通过越来越难指望,必须将弦绷紧,尽量避开不友好的部落,以免发生冲突,减少流血,降低损失。

有句话说:"怕什么,偏来什么。"泰伯想避开冲突,冲突却不断找上门来。这支周人队伍已来到荆地,也就是今天湖北中南部,这里的诸侯们根本不把中原的中央王朝当回事,尚未进化到方国的众多部落就更加不受约束了,周人不加区分,把他们统统称为"荆蛮"。

荆蛮对于抢劫来自远方的周人,毫无顾忌。虽然泰伯一行努力不暴露不招摇,但三百多人经过,总会留下一些踪迹,荆蛮又像嗅觉特别灵敏的鬣犬,总能闻到气味,轮番跟踪而来,甩也甩不掉。他们的抢劫行动都是在夜间进行的,抢劫方式是偷袭,每次都搞得周人一夕数惊,整夜提心吊胆。周人露宿警惕性很高，设好几道岗哨，一有风吹草动就能及时报警，而所有人员均兵器当枕，一闻警讯便跳起身来，兵器已操在手里了，立即可投入战斗。由于周人戒备森严，行动迅猛，阵营严整，格斗娴熟，荆蛮无法得手，但他们不肯放弃，锲而不舍，死盯烂缠，周人经多日骚扰，休息不好，很是苦恼。

还有一件伤脑筋的事是，因为不进城邑，就购买不到粮秣，只能靠打猎为生。可是这里乃江汉平原腹地，不像山林野兽多，故而猎获甚少，不够吃的。风餐露宿已经够辛苦了，加上半饥半饱，再加上睡眠不足，这支队伍很快就人人憔悴，个个枯槁，情绪开始低落，怨言悄悄浮现。泰伯与仲雍商量，如何方能稳定军心。

泰伯说："有人提出攻打几个小方国或小部落，一来惩罚他们，二来可补充到食物。我觉得这是个馊主意。我们去掠夺了人家粮食，今后还怎么用仁义服人？这是饮鸩止渴，万不可行。二弟，你怎么想？"

仲雍说："我也认为不可。攻城劫粮，固然可收一时之效，但会刺激荆蛮，他们将互通声气，联合起来对付我们。现在荆蛮尚是单个行动，干的是蝥贼行径，一旦感到我们是个威胁，他们就会以消灭我们为目的了。如果这样，就太危险了。"

泰伯说："是啊，我也顾忌这个后果。不过，我们总得设法改变目前的状况，不然，没等我们到达江南，就被拖垮了。我准备教训一下荆蛮，让他们懂得收敛，我们以后的行程也可安逸些。"

仲雍说："这是个办法，你我好好合计合计。"

兄弟俩制订了一个周密的计划。

过了两天，又有一批不知哪个部落的人，约有三四十名，不远不近地尾随在周人队伍后面。仲雍发现后，通知了泰伯，泰伯说："估计今夜他们会来袭营，我们照计划做好安排，只等他们自投罗网！"

周人三百余众，按照泰伯授意，各就其位，严阵以待。布置定当，梆敲二更，泰伯刚要坐下歇一会儿，忽然接到报告，说是有几个奴隶兵开了小差。真是忙中添乱，节外生枝，泰伯按住心头恼怒，命仲雍拨出数十人来，分头去追捕逃兵。仲雍说："战事在即，不宜减员。跑了就跑了，不多几个人，随他们去吧。"泰伯说："你只管让人去追，这里不缺人手。"见大哥态度坚决，仲雍不再多言，遵照吩咐派出追逃人员，叮嘱务必把那几个开溜的家伙找回，等候处置。

时至半夜，影影绰绰，从野地里冒出三四十条黑影，扑向周人营盘。说是营盘，也只是临时砍下灌木插成的栅栏，栅上蒙布，用以挡风，因此外面也就看不到里面情况。栅栏里面黑漆漆的，静寂寂的，想来都睡熟了。栅门前有两个哨兵蜷坐着打盹，两条黑影摸上来，一刀一个，把打盹的二人砍翻，全不知这哨兵是草人。大批荆蛮舞刀挺矛，涌进栅门，未料入得营盘，发现空空荡荡，既无篷帐，又无人马。荆蛮正在诧异，冲在最前面的人大叫起来，"扑通通"落入了陷阱。后面二十余人慌忙撤退，埋伏在栅栏外围的周人哪里容得他们逃走？只听得泰伯一声号令，四面火把亮起，荆蛮被周人兵器逼住，唯有弃械就缚，落阱的那十几个，也被周人用挠钩钩了上来，捆得结结实实。

天亮时分，逃跑的奴隶兵被抓了回来，一共六名。泰伯将全体奴隶兵召集起来，看他怎么处置逃兵。奴隶背主按律应处死，那六人自忖必死无疑，个个脸呈土色，低头不语。没想到泰伯和颜悦色，柔声问道："你们都是我亲自挑选的精兵，应该不是畏战怕死之徒，也不至于吃不起苦受不得罪，而今私自出走，必有其他缘故，你们从实讲来，也可让我明白。"逃兵一齐道："我等犯下死罪，无脸申述理由，您执行律条就是。"泰伯道："你们不讲，我来代你们说。自从进入荆地，我们的处境变得日难一日，你们大概是看到前程渺茫，担心无法活着回转家乡，所以才想跑回本土见爹娘一面。若是这个缘故，你们就点个头。"逃兵流下泪来，频频点头。

泰伯转向全体奴隶兵，说道："我把他们六人追回来，并不是要杀鸡儆猴，是怕他们人少势单，遇到荆蛮难以抵挡，会被杀死。现在我宣布，你们中如也有他们一样想法的，我可以放走，和他们一起回到本土去。人多一些，结帮而行，可保安全。你们愿留愿走，只需一句话，尽管大胆讲来。"

全体奴隶兵深受感动，齐声表示决不离开，继续跟他南下。六名逃兵也被感化，痛哭流涕，恳求泰伯留下他们，保证从此再无二心。泰伯很高兴，答应了他们。

接着，泰伯去处理活捉的荆蛮。三四十个俘虏，除了落入陷阱的有点皮外伤，其余都是好手好脚，泰伯心里说："还好，没有死一个，没有残一个，这事就好办了。"他命人将俘虏一一松绑，问："你们落在了我手里，会是个什么下场，能猜到吗？"

俘虏们有的垂头丧气，有的听天由命，都不吭声。

泰伯道："你们心里一定在说，既然被擒，何来活命？我告诉你们，我们周人不是来抢你们地盘的，只是路过而已；也不是来抓你们做奴隶的，所以你们不应把我们当仇敌。你们来劫营，是看中了我们的东西，其实为了这些东西，闹得动刀动枪，流血伤亡，太不上算了。现在我送你们一些东西，放你们回去，以后不要再来骚扰我们了。如果你们不听劝告，还要来犯，再落到我手里，就不会轻饶了。你们回去后，替我捎句话，有愿意用粮食来换我东西的，我决不让他们吃亏。"

　　泰伯吩咐部下拿出一些衣服、饰物、陶器、箱桶，分发给三四十个俘虏，然后放走了他们。这样的结局，太超出俘虏们的认知程度了，他们的脑子一时难以转过弯来，怀疑是在梦中。待到走出好远一段路，才回过神来，相信发生在自己身上的事情是真实的，不由喜极而泣，纷纷跪伏在地，朝着周人营盘方向顶礼膜拜。

　　这些被释放的俘虏，感念泰伯大恩，将泰伯视同神人，到处宣扬周人的厉害和仁义。泰伯一行再往前走，遭遇的骚扰、偷袭越来越少，主动找上门来用粮换物的越来越多，这支队伍后来的行程就轻松多了。

受困彭蠡

　　泰伯一行要去衡山，应一直往南走，到达今天湖南中南部才对，可是，这支队伍却折向了东边，进入了今天江西境内。泰伯压根儿就未曾想过真要去衡山，随着他们的行程越来越长，为父采药这块招牌也就越来越失去了实用价值，可以丢掉了。既然连招牌也丢了，又何必装模作样再朝南走呢？还不如拣条近些的路线直奔设定的目标地震泽。

　　泰伯不曾料到，进入江西后遇到的险情比预计的严重得多。一个月里，他们被当地部落追杀了七八回，每次都是不得不拼死搏斗，杀开一条血路方得脱身。这么激烈的战斗，自出周原以来尚未有过，泰伯实在搞不明白这一带的部落为何如此不肯放过他们。在连续的厮杀中，他的这支队伍损失不小，三百奴隶兵阵亡了四五十，泰伯每次清点人马，心头都像压着一块铅，沉重，灰暗。

　　这一天，周人队伍又被一个黑黎部落追杀，周人且战且退，直退到一个大湖的南边才扎住阵脚。黑黎部落上千勇士也在四周扎下营来，将周人团团围住，显然是打算跟周人耗上了，要把周人困死。这一围就是半月，黑黎部落是地头蛇，不愁粮草，周人却断了炊。

泰伯带领几名随从四处寻找食物，发现一头母鹿在舔卧地小鹿，随从拉弓欲射，泰伯赶紧制止，说："你可看清了，小鹿已死，母鹿有孕，它已看到有人正要猎杀它，却不逃走，恋子而不忍遽离也！留它一条活命，让它产下幼崽，以慰它丧子之痛，也算我们未失慈念吧。"泰伯领着随从静静等着，待那母鹿盘桓良久，终于一步一回头离去，他命随从埋了小鹿，空手回营。

泰伯回到营栅不久，外面有人捎来一个口信，说黑黎部落的首领请他去一下。家人一齐拦阻，泰伯说："我们现在已成困兽，想要突围，力量不足，久拖时日，必成饿殍。我正愁无法与他谈判，他倒送机会来了，我岂能不去？"妻子说："你非要去，多带一些护卫。"泰伯一笑道："我把两百兵全带上，又能拼得过他吗？索性一个不带，倒可显出我的诚意。"

泰伯单身一人，手无寸铁，来到对方营帐。帐内坐着个黑苍苍脸膛的胖大老头，下颌蓄一丛白胡须，正是部落首领。老头让泰伯对面而坐，说道："你赤手空拳独自前来，真是够勇敢的，钦佩，钦佩。"

泰伯说："不是我勇，是您一片善意相邀，我怎能不赴约？我是您的客人，哪有客人带了刀剑会主人的？"

老头问："你就不怕我是诱杀？"

泰伯道："我们这区区不足三百人，迟早都得被您困毙，您又何必用这办法取我性命，徒然留个使诈的恶名？"

老头哈哈大笑，又问："可知道我为何邀你？"

泰伯说："正要请教。"

老头告诉泰伯，他放走母鹿、掩埋小鹿的时候，自己就在一处高阜上观望对方阵容，恰好看到了那一幕，不禁动了心思，觉得将这般仁慈之人活活困死，未免太可惜了，故而邀他见个面，沟通一下。

泰伯闻言窃喜，但他仍很冷静，心想如不能把"结"解了，对方随时都有可能改变主意。于是，泰伯问道："我有一事不明，不揣冒昧提出来求个解答。那就是我们往日无冤，近日无仇，本可以大路朝天，各走半边，贵部因何对我们穷追不舍，非要灭之而后快？"

老头再次发出一阵大笑，说道："怎说无仇？仇大着呢，而且是世仇。待我把这里大小部落始祖的名号报了出来，你就明白了。"

泰伯问："尊祖是谁？"

老头捋捋胡须，自豪地吐出两个字来："蚩尤！"

这名字如同一颗炸雷在泰伯头顶响起，震得他目瞪口呆，心中暗暗叫苦。泰伯为何反应如此？这就要说一说远古的两场战争了。

且说黄帝、炎帝和蚩尤，是中华民族的三位始祖。黄帝，姬姓，号轩辕氏，亦称有熊氏，渭河流域部族首领。炎帝，姜姓，又称赤帝，与黄帝是同时代人，其部族与黄帝部族相邻，血缘关系相近。蚩尤，九黎族酋长，是长江中下游地区的开拓者。

黄帝与炎帝曾结盟，后联盟破裂，展开了一场阪泉（今山西运城附近）之战，黄帝大捷。蚩尤打抱不平，向黄帝挑战，于是发生涿鹿（今河北涿鹿）之战。蚩尤有八十一个弟兄，个个铜头铁臂，勇猛无比。他们擅长制造兵器，锻造的刀极其锋利，缸般粗的大树一挥两截；硬弓强弩射出的箭，能穿透岩壁。战争之初，蚩尤连连取胜。黄帝把三百多头奇兽调来，组成一支人类历史上最早的骑兵队，向蚩尤发起冲锋。蚩尤抵挡不住，招来风伯、雨师，撒下迷雾大网，奇兽辨不清方向，只得退却。黄帝搬出预先准备的八百面牛皮大鼓，命部下重重敲击，鼓声惊天动地，震碎了大雾，黄帝挥舞令旗，大军向蚩尤掩杀过来。蚩尤急令风伯刮起狂风，雨师降下暴雨。黄帝派出凤凰、应龙。凤凰扑打双翅，将狂风扇得转了向，反把蚩尤吹得七歪八倒；应龙张开巨口，将雨水统统吸进肚里，飞到对方上空，吐水如柱，冲坍了蚩尤营垒。蚩尤率弟兄退到一座山上坚守，黄帝指挥大军把蚩尤围了个水泄不通，双方对峙了七七四十九天。黄帝心想，这么僵持下去不是个办法，怎么才能一战定乾坤呢？

黄帝犯了心思，夜里睡不着觉，便去观察蚩尤盘踞之山，只见此山岩崖壁立，壑深谷幽，只有一条蜿蜒小道可通，易守难攻。山上泉流丰沛，盛产野果，纵然困上数月，也不愁无以为食。蚩尤在那里养精蓄锐，待这边稍有懈怠，他就能趁机突围。一旦让他做了漏网之鱼，蹚过大江，他回到老巢，就可重整旗鼓，卷土重来。黄帝观察了三夜，思索了三天，一份完整的作战计划制订了出来。

第四天晨曦初吐，黄帝阵营八百面大鼓突然擂响，围山大军齐声呐喊，声如大潮，铺天盖地。蚩尤大惊，登上山巅往下瞭望，望见黄帝手执令旗，站在点将台上，令旗指向哪里，便有突击队奔向哪里。蚩尤点了点，共有八支突击队，分别由熊、罴、貔、貅、貙、虎、龙、猿率领，从东、南、西、北、东南、西南、东北、西北八个方向，攀崖爬坡，朝山上攻来。蚩尤冷笑一声："黄帝老儿求胜心切，昏了头了，险崖无路，攀爬艰难，军卒漫散，不成队列，岂能形成凌厉攻势？你犯了兵家大忌，我这里正好以逸待劳，等着你们前来送死。"蚩尤命八十一个弟兄分守八个方向，多备滚石檑木，只等攻山者进到一定距离，便投石掷木，一投一个准，来两个灭一双，来十个灭五对，管叫来犯者无一生还，全部横尸阵前。

蚩尤怎知这八支突击队是用来分散他注意力的,黄帝的主力部队正在挖山不止,从山脚飞快向山肚掘进。蚩尤在山巅看到,攻山部队进进退退,一味虚张声势,始终游弋在安全线左右,并不真要强攻,他大叫道:"不好!这是佯攻,黄帝老儿另有所图!弟兄们,赶紧跟我拼死冲下山去,或可保全!"蚩尤的察觉,显然迟了一步,山已被掏空,轰的一声,顷刻塌陷。蚩尤陷入乱石中,动弹不得,给黄帝生擒活捉,斩于涿鹿之野。

周人是黄帝后裔,这里的部落是蚩尤的根苗,仇人相见,分外眼红,平时想找周人替祖宗报仇,因相隔遥远而没有机会,现在这些周人自己送上门来,怪不得他们要不停地追杀了。

泰伯叹口气,说:"这仇也太长了,几千年时光还未消弭!难道我们不能想想办法,尝试化敌为友吗?"

老头说:"我方才讲了,我看你并非等闲之人,让你死在这里太过惋惜。倘若你能留下来帮我,我的部落或能百尺竿头,更上一步,有望在这一带成为最强的。化敌为友可以,但你要答应我一个条件。你答应了,我撤掉包围,给你一块地盘,还不让其他部落来找你麻烦。"

泰伯说:"承蒙厚爱,没齿难忘。我先答应下来,再听你说说要我做些什么。"

老头说:"好,爽快!我只有一个条件:你我联姻,让你的一个子侄做我的孙女婿。"

泰伯说:"我尚有一子,二弟仲雍有三个儿子,你选中哪个就是哪个,我此刻就做主了。"

老头高兴地说:"一言为定!"

泰伯加重语气说:"一言为定!"

后来,仲雍的次子被黑胖老头选中,换来了近三百名周人在彭蠡地区的居留权。这个大湖,名"彭蠡",即今天的鄱阳湖。

骑鳄渡江

　　泰伯初到彭蠡，将它当成了震泽。也不怪泰伯搞错，这两个湖有许多相似之处：一样的碧波无际，沃野无垠；一样的阡陌俍湖，白漪蓝天；一样的水草丰美，风光旖旎；一样的鱼跃银涟，禾荡绿浪。总之，泰伯依照父亲给他描述的震泽风光，觉得这里符合自己想象中的震泽景象，于是，把他的队伍安顿在了这里，等到站稳脚跟后，再寻访那个同宗的"姑胥国"。

　　亶父给泰伯讲震泽这块遥远的地方，讲"姑胥"这个缥缈的方国，是有用意的。亶父素有灭商之志，但他尚有自知之明，知道周人力量弱小，还扳不倒商朝这个泥足巨人。他需要韬光养晦，暗中积蓄，壮大力量，还需要寻找同盟军，远在震泽的姑胥国就是这样被他从模模糊糊的记忆里翻检出来的。亶父、泰伯父子俩讨论过联系姑胥国的可能性，还设想了一个"经营南土"的粗略计划。所谓"经营南土"，就是把江南的姬姓诸侯拉入同盟，以他据有的地盘为基地，招兵买马，扩充军备，与周国一南一北遥相呼应，待时机到来，一南一北夹攻商朝，共襄大举。这是个很令人神往的设想,问题只有一个:谁是老大?姑胥国愿不愿意将周国放在自己之上,亶父毫无把握,所以并未急于着手实施计划。泰伯为了让位于季历,从岐城出走,选择江南为目的地,其实也是打算启动搁置中的"经营南土"计划,想法找到姑胥国,联系上,笼络之,慢慢过渡到加以控制,他就能替父亲筹建一支随时可供驱驰的后备大军了。

泰伯以为到了目的地,待到住定下来一打听,方知这里的湖泊叫彭蠡,他要去的震泽在东北方一千五百里处。泰伯很懊恼,对仲雍说:"我领错路了,再去震泽,得绕个大弯子。"

仲雍说:"我们凭观星行路,走些冤枉路难免。我看这里还不错,在此安居也未尝不可。"

泰伯说:"不行!黑黎部落首领只想让我帮他,不会让我们周人发展壮大,我们必须得走。"

仲雍见他说得斩钉截铁,便说:"一切悉听大哥做主。不过,要走也不宜马上动身,须借这个地方休整休整,再走不迟。"

泰伯表示同意,说:"我们的人马是疲惫了,那就歇一阵吧,利用这段时间,我们也可做些重新出发的准备。"

周人在彭蠡湖畔停留了三个月,在这三个月里,他们筹措干粮,打造舟船。准备工作完成,人马也养足了精神,泰伯下令开拔。出发前夕,泰伯问仲雍:"二弟,是否要通知你家老二?"

仲雍说:"我早已告诉他了,让他留下。他若跟我们走,他那老丈人定然阻拦,只怕大家都走不成。"

泰伯说:"不把他带上,我有点不放心。"

仲雍沉默半晌,说:"他们小夫妻很恩爱,老丈人也喜欢他,留下来不要紧，只是一人置身异族，终究孤单了些。我也顾不得这么多了。"

泰伯说："我挑选了十名伶俐精壮、武艺高强的奴隶兵，留给他做侍从，他思念家乡亲人时，也能陪他说说话，聊解惆怅。二弟，你看如何？"

仲雍说："多谢大哥考虑周到。这样，我也宽心些了。"

仲雍自遏亲情，留下次子是对的，黑黎部落果然没有阻挠周人离开，还馈赠了几十石稻谷。泰伯带着他的人马，分乘十艘大船，泛彭蠡北上，在今九江湖口入长江，然后顺江而下，往东进发。走水路比走陆路轻松多了，速度也快多了，泰伯心情一天比一天好，从早到晚笑模悠悠的。

这一日，船队到了今宁镇地区。宁指南京，镇乃镇江，这是今天的两个城市名，泰伯时代这里还是荒野一片，莫说城邑，连房屋也无一间，一看就知是无人居住之区。因何不见人迹？因为当时的入海口在今镇江和扬州之间，海水频频倒灌，由于没有防海堤，海水很容易漫上岸来，将这一带的土地浸泡成了盐碱地，根本不适宜耕种，故而未曾开垦，自然没了人烟。泰伯瞭望前方，白茫茫水域无边无际，且有夹杂咸味的风一阵阵吹来，情知再往前便将出海，遂吩咐船队靠往南岸，准备弃船登陆，步行前进。

就在这时，天说变就变，方才还是天穹空朗，湛蓝如洗，瞬间转成乌沉沉的，仿佛被浇注了铅汁，一股劲朝下压来。更有大堆大堆的黑云，犹如疯奔的野马群，从海边卷向大江，伴随乌云的是狂风，江边三两棵树立即给齐腰刮断，荒草被连根拔起，在半空乱舞。转眼工夫，乌云已占满苍穹，乌沉沉的天色变得漆黑黑的，十分恐怖。船队被狂风刮得七零八落，不成队形。泰伯声嘶力竭呼喊众人齐心协力，拼命划桨，尽快靠上南岸，逃离船翻人亡的厄运。无奈风自东南来，任你使出吃奶的力气，船都不能向南岸移动一寸，反被刮得直往北漂。泰伯一看苗头不对，赶紧调整口令，呼喊众人竭力保持船只平衡，顺应风势，靠岸再说。狂风如同力有千钧的莽夫，将木船推得疾如怒发之矢，未容人喘过气来，船已撞上北岸。岸滩虽是泥地，本来船撞上去并无大碍，怎奈推力过猛，致使软塌塌的泥滩产生反冲力比石岩还硬，十艘木船均被撞得散了架，船桨船帮在激流中打个旋，就给卷得无影无踪。

周人纷纷落水，挣扎着爬上岸滩，一个个瘫在地上，形同死鱼。狂风刮了半个多时辰，终于停息，乌云散去，天空恢复了净蓝。泰伯检点人马，少了三十余人，想来是溺亡后给卷走了，泰伯心中不免哀黯。仲雍宽慰道：“大哥，现在不是伤悼的时候，当务之急是找到树材，重造舟船，不然，我们在这荒凉碱滩，真是死路一条了。”泰伯点头道：“二弟所言极是，你我带人分头去找材料，但愿天不绝我，让我们再有渡江之舟。”

他们找了一大圈，除了几棵被狂风截断的歪脖子树，再无一木可觅。泰伯站在江边，仰天长叹：“天啊天，您何苦如此惩我？难道您不欲让我涉足震泽，经营江南？”

泰伯悲凉的声音刚落，只见江上密密一层，浮满了大鳄。还有鳄从上游不断游来，游到泰伯脚前水面就停了下来。最前面的一条大鳄昂起头来，对泰伯点了三下。泰伯心中一动，不及多虑，纵身一跳，骑上了鳄背。大鳄驮着他，转身便朝对岸游去。这时江上风平浪静，上空艳阳高照，大鳄不紧不慢，稳稳当当将泰伯渡往了南岸。

周人见此情景，一齐欢呼：“上苍有德，助我南渡！上苍有德，送我南去！”他们的胆子都大了起来，一人一鳄，以鳄为舟，浩浩荡荡，横渡长江，全部安全到达了江南。

定居震泽

　　日思夜想的震泽终于在泰伯脚下了！

　　为了这一天，泰伯率领他的队伍，跋山涉水，披星戴月，耗时五百多天，辗转三千余里，吃尽苦头，遍历险阻，损失了三分之一人马，丢掉了全部辎重，个中辛酸，真是一言难尽，思想起来，百感交集，感慨万端。现在，他站在江南大地上，面对着浩渺的震泽，心情激动，心潮起伏，思绪翻卷，浮想联翩。

　　此刻时近黄昏，震泽向他展示着她的美丽、她的魅力。夕阳西下之际的震泽，有着独特的美景，但见夕阳在晚霞的相伴之下，在淡淡的水汽中徐徐下落，晚霞的余晖抛洒在波光粼粼的湖面上，湖中的涟漪辉映出夕阳下落的瑰丽奇景，开始是红红的、大大的太阳在水波中流动、扩散、相聚，渐渐太阳变成橘红，再变成橘黄，晚霞的颜色也随着变化，水波则折射出晚霞红、橙、黄等各种绚丽色彩，就像一个巨大的万花筒在他眼前缓缓地旋转，令他赞叹，令他陶醉。从湖面吹来的晚风，拂着他的脸，拂去了他的一身尘土，一路辛苦，晚霞披在他肩上，晚霞中有太阳的热度，暖着他的肩，还进而暖了他的心。于是，泰伯觉得五百日劳累，三千里奔波，值了！留在途中的一百多具周人骸骨，倘若他们泉下有知，看到他伫立在了震泽湖岸上，一定也会感到一切都是值得的。

西沉的太阳大半个淹入湖里了，剩在水面上的那部分，出乎泰伯意料，忽然又爆发出了耀眼的光彩，从橘黄重又变成橘红，变成彤红，红彤彤的小半轮落日不再下沉，反而向上跃升了一点，再度喷射出的万道霞光，映红了逐渐灰暗的蓝天，映红了正在朦胧的湖水，持续片刻之后，霞光簇拥着夕阳从容下落，最后，轻盈地整个儿浸入水下去了。这种美景，在周原看不到，泰伯不由得又添了几分欣喜。

太阳落山了，天黑了，泰伯还不想回宿营地，他的心还沉浸在诗情画意的氛围之中，他这人还恋恋不舍地伫立在湖边。月亮升起来了，月光下，仲雍走了过来。仲雍今日外出跑了一天，是受兄长之嘱寻访"姑胥国"去的。

泰伯满怀期待地问："怎样？有消息了吗？"

仲雍摇摇头。

泰伯适才的好心情顿时没了，焦躁地说："自从到了这里，天天派出一批又一批人寻找，怎么就一点影踪都找不到？我们这些同宗兄弟钻到地缝里去了，还是有意避而不见！"

仲雍说："大哥休要着急，我们足迹所至，仅是震泽一隅，不如换个方向找，只要有耐心，总有找到的一天。"

泰伯说："也是，我们明天向西边去找，非找到他们不可。"

周人队伍在今宁镇地区渡江来到江南，因今常州和无锡之间是大沼泽，人马一陷进去便遭灭顶之灾，故而他们选择从北段绕行，到达了震泽一角。为了继续寻找同为一族的姑胥国，泰伯带着他的人马沿着震泽，转到了湖的东边。

在震泽西边寻找了一段时间，仍然一点线索也没有，姑胥国如同人间蒸发了一般，连一点水蒸气也抓不到。泰伯不禁疑惑起来，难道父亲给他讲的后稷有庶子胥，胥辅助禹治水有功，禹封胥于震泽，胥凭封地立国，国号"姑胥"，这一切的一切，皆是天方夜谭，子虚乌有？

亶父并非空穴来风，向壁虚构，他讲的姑胥国是事实，曾在震泽地区存在了二百年左右。那么，现在泰伯想要找到胥的后裔，怎会毫无踪迹了呢？原来，禹之子启开创了夏朝，启晚年沉溺于饮酒、打猎、歌舞，他的儿子太康继位后，也沉湎于声色酒食，不理政事，政权被东夷族有穷氏首领后羿把持。太康死后，他的弟弟仲康继位，仲康只是个傀儡，抑郁而死。仲康的儿子相即位后，后羿把相赶走，自封为王。后羿亲信寒浞，伺机暗杀了后羿，并且逼死相，夺了王位。相的妻子缗氏逃到娘家有仍氏部落（今山东济南东南），生下遗腹子，名少康，又名杜康。少康长大后，经过努力夺回了天下，复国后勤于政事，在他治理下，天下安定，文化大盛，各部落都拥戴他，夏朝再度兴盛，史称"少康中兴"。少康忆念先祖，想起葬于会稽的禹，就把自己的一个庶子无余封到那里，让这一支去守护禹陵。在江南众多方国、部落、氏族中，无余一脉是夏禹血统，王室贵胄，地位之优越岂是他人可比？没过几代，势力膨胀，并吞了今江浙大部，姑胥国也未能幸免，就此消失。自胥立国到亶父提起这个江南亲戚，过去九百多年，沧海桑田，时光久远，原先的姑胥国人都不记得自己是周族的一员了，已把自己当成越人，把无余奉为始祖，泰伯还怎么访查得到他想寻找的痕迹？

泰伯落入了两难的境地，留还是走，他无法取舍。留在这里，处境危险，随时都可能受越人攻击。夏朝被商朝所灭，越人在夏朝时的特权，商朝一概不承认，因此越人与商朝不共戴天。周国作为商朝的封国，自然就成了越人眼里的仇敌，爆发争战是迟早的事。周人仅二百余众，四周环伺着一批越人部落，不说别的，哪怕睡觉也休想睡安稳，长此以往怎么受得了？那么，撤走又如何？也不是说走就走那么容易的，因为来的时候有个目标，有个奔头，上上下下憋着一股劲，披荆斩棘，冲锋陷阵，都做得到人心齐一，令行禁止。现在忽然失去了目标，失去了方向，你再带人游走，好比掐了头的苍蝇瞎转，又如丧家之犬乱窜，士气将低落到何等地步，不难想象。这样一支队伍遭遇敌人，结果会怎样，也不难预测。何况无论前往其他任何地区，同样也是处于异族群中，情况好不到哪里去。泰伯自打离开周原，第一次发现自己竟然如此无助，如此无能。

泰伯心中一团乱麻，理不出个头绪，信步走到震泽边，坐在湖滩上发呆。美景依旧，但在今日泰伯眼里，荡漾着的涟漪，一圈圈漾出的都是愁。泰伯长叹一声，喃喃道："这般窘境，叫我如何是好？"

有人在背后接了话："天无绝人之路，我们会有转机的。"

泰伯回头一看，是仲雍。仲雍今天刚回来，正巧见他独自朝湖边走，不放心，跟了过来。泰伯说："二弟，你这次外出，有半个月了，你去了哪里？"

仲雍在他旁边坐下，说："我这次换了个方向，往东走了百余里，那儿有一片连绵山丘，当地人称'万安山'。我摸进山，颇有收获。"

万安山今名阳山，位于苏州城西二十多里处。阳山南北走向，长二十余里，北部最宽处约十里，山套山，岭连岭，层峦叠翠，重岩峻崖。古时，那是乱世避难的去处。

泰伯问道："有何收获？说来一听。"

仲雍说："山中住着几个氏族，我去拜访了其中几位长老。据长老说，他们的始祖是周人，这个始祖建的国被越人废了，一部分人躲进了山里，以避越人，一代代传下来，已六七百年，仍未改变。"

泰伯闻言，精神一振，说："照此揣度，这些氏族的始祖十有八九是胥，我们的同族江南弟兄并未屏绝。"

仲雍说："那些长老还告诉我，未躲藏的部落和氏族，虽然也称越人，向越王纳贡，但心里都不情愿，始终不曾真正与无余传下来的越国合流。我想大概是血脉终究不一样的缘故吧。所谓'非我族类，其心必异'，这句话是有道理的。"

泰伯说："同族相亲，异族相斥，宗族的纽带是斩不断的！二弟，我们不如移往东南，靠近万安山，也可在那里有个援手。"

仲雍摇摇头，说："不妥。山里那些氏族，几百年来防范越人，已变得非常警惕，甚至多疑，一旦我们靠近，他们会怀疑我们争夺地盘，必视我们为敌，只怕我们再解释也是枉然。依弟愚见，现在我们待的这块地方，本就无主，占了也没事。如果山里长老所言属实，这儿周遭的部落应该不会因夏商之仇而为难我们。大哥，你说呢？"

泰伯一拍仲雍肩膀，朗声道："二弟所思，真个缜密。我们就在这里落脚，以此为基地，肇始自己的事业。"

泰伯他们这支周人，正式定居在了震泽大地上。

【第四辑】

蕃离置邑

　　既然决定在此地定居，就得划个范围，江南多竹，泰伯就地取材，用竹子编成篱笆围起了自己的地盘，因此称为"蕃离城"。后世用其谐音，改为"梅里"，在今无锡东南。

　　二百多名周人，在泰伯、仲雍督促下，垒房建屋，制作农具，开荒垦田，经过一段时间辛劳，在这里生活下来的基本条件具备了，大家的心情都很愉快，都有了长期打算，愿意在此繁衍生息、壮大族群，进而创建属于他们的方国。

　　安顿好了部属，泰伯就抽得出空来，骑着一匹白马，到处去转转、看看。每次都是一去好几天，兜很大很大的圈子。通过几次"兜风"，方圆百里的地形地貌都烙在他的脑子里了。泰伯对一座乌目山（今江苏常熟虞山）尤有印象，他闭目一想，蕃离城北有乌目山，南有震泽，和家乡北有岐山，南有渭水相仿，便陡增了一种归属感。蕃离虽号称"城"，其实只能算个村落，夸张些也至多算乡邑，但泰伯对它很满意，因为他将在这里起步，做出一番大事业来。有了蕃离城，泰伯有信心将震泽广阔的区域尽入囊中。展望未来的辉煌，泰伯笑了，笑得舒心，笑得灿烂。

还有一座岜嵝山，也让泰伯上心。岜嵝山岩石裸露，筋骨毕现，形状奇异，气势雄浑，状酷似狮，正待跃起，威武无比，风催松涛，犹如雄狮仰天长啸，因而后人改其名为"狮山"。在山温水软、平畴沃野、秀美葱茏的这方土地上，岜嵝山显得突兀独立，与众不同，另具一格。不过，泰伯关注岜嵝山，并非由于它的形状，而是另有意图，他的意图是怎样利用它替自己增添朋友。

三万六千顷太湖，一般而言，给人们的印象非常静美。然而，太湖并非一开始就是这样的，在称为"震泽"的上古时代，它是很会惹祸的，动辄演一出"水漫金山"，到处山洪暴发，到处大水泛滥，十年九涝，震泽土著深受其害。怎么让这个大湖听话，变水患为水惠，谁也拿不出章程。听说北方有个禹，是治水专家，土著盼望着禹能来震泽治水。

日也盼，夜也盼，终于将禹盼了来。禹在湖中的一个小岛驻扎了下来，这个小岛因此被后人称为禹期山，期望禹莅临之山也。禹勘察震泽，定下了方案，然后率领土著开挖了北江、中江、南江三条河道，导洪东泄，于是"三江入海，震泽底定"，治水成功。这是史册上有记载的，但是，泰伯要拿岜嵝山做文章，他开动脑筋，给禹治水编了个故事。

故事说禹到了震泽，一眼看出了问题的症结：湖里有一座柯山，这座山妨碍了水道，影响了大湖的蓄洪能力，天上一降大雨，湖水满溢，淹没田地，泡死庄稼。要使震泽增强蓄洪能力，就必须搬走这座柯山。禹从土著里挑选了千名童男、千名童女，排成两列，用绳子牵拉柯山。禹一面喊着号子，一面亲自在后推山。童男童女也"吭唷吭唷"齐声呐喊，以使动作协调，步伐一致。在禹和童男童女的合力下，柯山一寸寸、一尺尺、一丈丈向前移动了。柯山被牵出震泽一段路程后，再也不肯走了，禹便让这座山留在湖东五十里的地方。柯山上岸后，被人呼为峉嵝山。童男童女将牵山用的两股绳索丢弃在了附近，大概是怕绳索绊人，丢弃时把它们盘了起来，这两砣绳索也化作了两座小山，就是峉嵝山左边的索山和右边的铃山。

泰伯编了这个故事，在周人中挑选了一批伶牙俐齿、能说会道的年青部下，让他们到处去宣讲。有个部下也很有编故事的天赋，给这个故事续了一篇。

续篇说震泽治好了，可湖的一个水域仍旧经常泛滥，这是什么缘故呢？禹就坐船下湖观察，船一离岸，忽然一阵颠簸，只见湖底蹿出一条蛟龙，绕着大船转圈，搅得大船剧烈摇晃。眼看就要倾覆，随从们个个大惊失色，唯禹安之若素，无论大船如何颠簸，他始终镇定自若，端坐不动，两眼如炬，盯住蛟龙。蛟龙闹了一阵，见禹果然定力非凡，只得作罢，扎个猛子潜入湖底，一眨眼工夫已无影无踪，这个水域顿时风平浪静了。

蛟龙以为潜入湖底就无事了，它哪里知晓，禹已看得一清二楚，湖底有个深潭，正是蛟龙藏身之穴。蛟龙喜欢胡闹，常常兴风作浪，造成这个水域不时泛滥，不惩罚它是不行的。不过，虽然蛟龙闯了不大不小的祸，但尚未伤及人命，故而罪不至死。禹铸了一口大锅，半夜时分，乘蛟龙睡得正香，将大锅沉入湖底，不偏不倚，将那深潭罩住，覆盖得严丝密缝，牢牢实实。蛟龙再也无法蹿出深潭来捣乱，水患从此绝迹。

这个续篇，显然是从当年季历斩渭水之蛟移来的。泰伯觉得编得不错，让部下们把这个"禹王镇蛟"的故事和"禹王移山"的故事一并讲给四周的部落听。部落的人听了，也会讲给其他部落，这样一传十，十传百，这两个故事很快传遍了震泽地区的大小部落。

泰伯见火候差不多了，就邀请诸部落酋长，和他一同上崖峍山祭祀禹。这些酋长想想现在能够不忧水患，确实也是多亏了禹移山镇蛟，搞定了大湖，去祭祀一下也应该，所以，不管路远路近，都兴致很高地上了崖峍山。泰伯事先在山上修了一座禹王庙，挂上禹王画像，献过猪羊供品，他朗读了祭文。祭文曰：

"禹王神武，移山镇蛟。震泽底定，惠及吾民。世世不忘，万代永记。禹王恩典，吾辈共享。同蒙膏泽，情同手足。手足一体，莫相损伤。禹王有灵，佑吾友爱。既已礼拜，永不反悔。谨守此誓，伏惟尚飨。"

念毕，带领众酋长行跪拜大礼。在这样的场合，如果有谁不跪拜，恐成众矢之的，将被公认为不敬圣贤、不懂感恩的混账东西。因此，在场的酋长们个个从众行礼，没有一人勉强、迟疑。这么一来，等同于誓盟，相互之间必须视为友邦，不可轻启衅事了。

泰伯巧妙借助禹，替蕃离城筑起了一重屏障。

巧用筷子

　　峚崿山誓盟之后，周人和震泽地区各部落都结成了友邦，常来常往，像走亲戚似的。泰伯经常请一些部落酋长来蕃离城做客，好酒好肉款待。

　　这一天，泰伯又请来了三位酋长。今天泰伯请客与往日不同，除了笼络感情，还有教化对方的用意。这是为什么呢？因为泰伯觉得这三位酋长粗鄙野蛮，太不懂礼仪，太不知尊卑。就拿赴宴这件事来说吧，那时的人对于坐姿非常讲究，主宾都应危坐于筵席。"筵"是地上铺的一张大席，在筵上铺的一张略小的席子才叫作"席"，人坐的席指这个。席三尺见方，不可随便摆放，必须规矩平整，与室内的墙壁平行。若是给某人放的席不是一个，而是再加上一层，这人定是尊长、贵客，谓之"重席"。在登席之前要脱掉鞋子，然后双腿跪在席上，双膝并拢，把臀部放在自己的脚后跟上，这样的坐姿是正式场合中最恭敬规矩的姿势，这就是"危坐"，也叫"正坐"。把放在脚后跟的臀部提起来，挺直上身，双手放于膝上，这种坐姿是"跽坐"，也叫"长跪"。这两种坐姿外的

"蹲踞"和"箕坐",则属于不礼貌、失规矩了。

蹲踞是臀部着地,双腿并齐、弯曲,双手抱膝。箕坐是如簸箕一样坐着,臀部着地,两条腿伸直,脚心朝人。蹲踞已经让人感到没教养了,箕坐更是非常不雅的一种坐姿,代表着轻视、蔑视。或许这三位酋长并非存心羞辱谁,他们老爱用这样的坐姿仅为坐着舒服,无拘束,不累,但泰伯怎么看怎么不顺眼,总想纠正他们。

这三位酋长需要纠正的行为多着呢,比如站姿。泰伯从小受过严格的训练,在不同场合,面对不同身份的人,他站立的时候或"经立":眼睛向前看,不随便乱瞄,肩部放平整,腰部挺直,双臂在腹部前方自然环绕,如抱了一个鼓,两脚的距离为二寸,稍稍提臀。或"恭立":稍稍弯腰,头部低垂,注视对方的膝盖位置。或"肃立":弯腰度又低一些,这是见与自己地位悬殊较大的人才使用的。或"卑立":弯腰的程度比肃立更大,要让腰间的玉佩能够垂直落下来,这是见诸侯以上人物时的站姿了。可是,你看这三个酋长,根本不管这一套,无论见谁都是"跛站",身体的重心放在一个脚上,像是跛脚站着一样,显得傲慢无礼。他们走路也喜欢张开胳膊,甩着膀子,身子晃来晃去,一副漫散的样子。总之一句话,叫作"坐无坐相,站无站相,走无走相"。

自从泰伯带着各部落酋长在牟崎山祭祀禹,他朗读的祭文俨然就成了结盟的誓言,对震泽地区大小酋长就有了约束力。部落民都是敬畏鬼神的,禹是神,酋长们不敢不遵守在神的面前立下的盟约。由于祭祀的发起人是泰伯,拟祭文、读祭文的又是泰伯,泰伯无形中就被视作了盟主,从此酋长们见了他都恭恭敬敬的,他请他们来吃饭,他们觉得是一种抬举,是一种荣耀,都很规矩,都很收敛。只有这三个酋长,大大咧咧,不分上下,进出甩膀子,站时两脚大岔,坐时像只簸箕，讲话高声喧哗，喝多了就胡言乱语，兴奋了还跑到泰伯旁边，用那抓肉的油腻腻之手不停地拍他肩膀，甚至摸他的脑袋。泰伯也知道这三人并不是轻侮他，捉弄他，只是久欠约束，习性难改。但是，即便这样的无心之失，泰伯也不能允许继续下去了，他得给他们套上礼仪的笼头。

欲将震泽尽收囊中，靠积累实力不是一两代人就能奏效的，泰伯不打算采取父亲经营周原的模式。周原处于商王腋旁，父亲只能韬光养晦，他如今身处江南，脱离了商王视野，完全可以放开手脚做，最速效的做法就是兼并这里的土著部落。只要礼仪变成了土著部落普遍遵从的规矩，他这个将礼仪从周原带来的人便是理所当然、无可争议的领袖，这是兼并的最有效最少成本的捷径。有鉴于此，泰伯不会容忍任何一个桀骜不驯的酋长。

以泰伯现有的力量，不可能用强硬手段压服人家，那就用智谋。有时候小把戏也是大智谋，今天泰伯请客就要耍个小把戏，为此他准备了一口大鼎，鼎下柴火旺，鼎里肉味香。以前宴客，为尊重土著手抓食习俗，泰伯备的都是烤肉，即便煮肉，也是早早从沸汤里捞出凉着。今天他有意将肉存于鼎沸的汤汁，侍从把熟肉分到客人盆内，也有意舀汤入盆，盆端到客人矮几上，汤还在"咕嘟咕嘟"翻滚，肉还在"扑碌扑碌"冒泡。三个酋长面面相觑，无法下手。却见泰伯变戏法似的摸出两根一般齐的削得光光滑滑的小竹棍来，伸进沸烫的食盆，轻松快捷地夹起一块肉来，吹了吹，放进嘴里，有滋有味地嚼了起来。三个酋长看得好生羡慕，忙问这是什么玩意儿，泰伯轻描淡写说："这是筷，我们周人早已用了。"

三个酋长有点气馁，说："我们怎么连这么简单的办法也想不出来? 还是你们周人聪明, 请你教教我们削竹为筷。"

泰伯说:"可以, 只要你们肯听我的, 我能教给你们的东西多着呢! "

三个酋长心想, 这么一件小事, 周人就比我们聪明, 遑论大事, 听他的没有坏处。于是, 一齐说道:"愿听, 愿听。从此马前鞍后, 唯您马首是瞻。"

泰伯微微一笑, 吩咐侍从分发竹筷给三个酋长, 教他们如何使用筷子。三个酋长使筷动作笨拙, 有个侍从掩嘴窃笑, 泰伯勃然大怒, 喝令责打。三个酋长赶紧求情, 泰伯说:"不是我不买你们面子, 以下犯上, 以卑讥尊, 礼所不容, 这惩罚是免不了的。"挥一挥手, 便有几名卫士一拥而上, 把那侍从按翻在地, 大竹板"噼噼啪啪", 雨点似的落在他臀部, 直打得血肉模糊, 两股糜烂。泰伯又一挥手, 卫士停了竹板, 把那侍从倒拖出去。三个酋长看得心惊胆战, 脸上失色。

泰伯用侍从的屁股, 给三个酋长上了一课, 让他们明白, 如果违犯礼仪, 将会是怎样严重的后果。

宴终人散, 泰伯送走三个酋长, 来到下房, 慰问那个挨责打的侍从, 问道:"你受苦了, 没有打伤吧? "

侍从笑嘻嘻说:"没事, 一板也没碰到我的屁股。"

原来, 泰伯要他演这苦肉计, 事先已在他臀部蒙上猪皮, 贮以猪血, 下裳一遮, 三个酋长哪里看得出其中蹊跷? 泰伯这瞒天过海之术, 甚是高明。他暗自心喜, 更加相信凭借周原带来的礼仪, 便可轻而易举征服土著, 拓大疆域。

碰一鼻灰

　　泰伯从周原带出来的队伍，只有两个女人，一个是他的夫人，一个是仲雍的夫人，余下全是清一色的光棍。这二百名最后跟到了震泽的青壮男丁，分为三类身份：一是泰伯的一个儿子和仲雍的两个儿子，他们是贵族；一是三十多名随从，他们是平民；一是一百六十名奴隶兵，他们都是经过泰伯和仲雍精挑细选的。在周原时，泰伯有五百多个奴隶，仲雍有奴隶将近四百，他俩做出了南下的决定后，从两家的奴隶中选了有武艺、打过仗，又具有一些手艺的年轻汉子，其余老弱妇孺就留在了那里，嘱咐他们待出走的人员走远了，就去投靠季历。从周原出发时的这三类身份的人，第一类有一个留在了彭蠡，做了黑黎部落首领的孙女婿，后两类人一路上战死、病死、饿死、溺死百余名，剩下的在泰伯眼里个个宝贵，他再不希望又有损失。

　　谁知事与愿违，泰伯的随从又死了一个，是给土著部落打死的。这一天，天刚吐露鱼肚白，泰伯就听得蕃离城外一片嘈杂，有无数条粗嗓门在吼叫，隐约听到是这样的喊声："泰伯出来！出来！""周人滚蛋！

滚蛋！"泰伯不明白发生了什么事，赶紧跑出去看个究竟，只见竹篱外，有两具尸体摆放在地上，堵住了出入口。数十土著围着尸体，舞动着手臂大喊大叫，气势汹汹。竹篱内奴隶兵神情紧张，高度戒备。泰伯跨上前一看，从女尸的服饰上可知是本地姑娘，女尸旁边躺着的男尸，尸身模糊，显然生前遭到乱刀砍杀，不过面目并未损坏，泰伯认出是他一个年轻随从小乙。

泰伯问："这是怎么回事？小乙怎会暴尸在此？这姑娘又是谁？"土著七嘴八舌，连说带骂，泰伯根本听不清楚。早他一步前来的仲雍，已经问过了事情原委，把他拉到一旁，说："大哥，小乙闯下了大祸，他们是来讨公道的。"原来，小乙半夜里溜出城去，窜到一个部落村，对一位独处少女强行求欢，少女抵死不从，大声呼叫，小乙欲火焚身，不愿作罢，一手捂住少女口鼻，一手撕扯少女衣衫。这家伙蛮力也忒大了些，尚未成事，就将少女活活捂死了。小乙也没好结果，给闻声而来的土著砍死了。土著群情激愤，故而把两具尸体抬来这里讨要说法。

泰伯听了仲雍述说，暗暗叫苦不迭。他为了慑服、笼络土著部落，动了多少脑筋，花了多少功夫，好不容易收到了些成效，却被小乙这厮一点欲念拖入了前功尽弃的泥淖！泰伯非常生气，一甩手，愤愤道："这是他该死。二弟，你去给土著说，打死了我的人，我不追究了，让他们散了。"

仲雍说："如果您不出面安抚，他们怎肯轻易散去？万一激起更大骚动，将有大麻烦。"

泰伯问："怎么？土著还敢擅闯我的城邑不成？"

仲雍说："只怕难料。"

泰伯冷笑道："我两百精兵，不是吃素的！"

仲雍说："大哥，纵然不愁打不赢，但刀枪不长眼，谁能担保我们没有伤亡，难道您打算再舍出几个、十几个周人来为小乙陪葬？"

泰伯给仲雍这么一说，开始冷静下来，想了想，命人取来一条羊腿。他捧着羊腿，走到土著面前，诚恳地说道："今日出了这事，是我管束不严，我向你们赔罪。这条羊腿，权当是这姑娘的补偿。我保证以后再不会发生类似的事，请你们看在一向友好的分上，回去吧。"

当时买一个女奴，只需一束干肉，羊腿上随便撕一条就够了。何况部落间风行掳掠，抢个女人当老婆是一个子儿都无须花的。那少女本是奴隶，她的主人面对整条羊腿，在心里盘算了一下，觉得占了大便宜，于是就坡下驴，说："看在你的面上，此事就罢了。不过，以后再有此事，这点赔偿是不行的。"接过沉甸甸的羊腿，一声呼啸，带着土著飞快跑远了。

泰伯瞥了一眼地上的男尸，压下的怒火又升腾起来，恨恨说："你这不长脑子的东西，险些毁我大局！你虽已死了，我仍要惩你！"吩咐部下，掘穴埋了那女尸，把小乙尸身抛到野地里，让野兽吃了。

泰伯悻悻地走回自己屋舍去了，仲雍落在后面，叮嘱埋尸之人："大头领一时恼火，说的是气话，你们无须当真，还是把小乙也埋了，不能让他暴尸荒郊，骨骸拖散。"部下说："二头领放心，您不这么吩咐，我们也会甘冒违抗大头领命令的风险，好好埋葬小乙的。毕竟是弟兄，我们怎忍心让他喂了野兽？"仲雍点头道："说得是。"

仲雍随后到了泰伯屋舍，泰伯问："你迟些来，是在纠正我的处置？"

仲雍笑道："谈不上纠正，我只是揣度大哥那样吩咐，并不是本意，所以做了点补充。"

泰伯说:"跟随你我到这里的,皆是精力旺盛、血脉贲张的角色,我用死小乙压一压他们,免得再给我惹是生非。"

仲雍说:"一味压也不是个办法,大哥经常提起鲧和禹不同的治水方法,要想不让我们的年轻人随心所欲,还得设法疏导才好。"

泰伯说:"我也想到了这一层,让他们不躁动的灵丹妙药,不外乎替他们娶妻。再说,他们一辈子打光棍,子女从何来?没有后嗣,我们这支周人一脉,便将绝灭。本来我还不太急,小乙这个纰漏一出,我觉得这件事紧迫了,亟待解决。二弟,你我好好议议此事。"

解决这个问题最简捷的途径是抢,这在当时是司空见惯的事。这在学术上叫作掠夺婚,盛行于以男性为中心的游牧时代。此时因女子已是男子的所有物,所以成为部落与部落、民族与民族发生斗争时的掠夺对象。此前的母系社会,一个女子有若干个丈夫,"夫从妇居",男子"寄人篱下",难以树立性别权威。随着男子在社会生产中的地位日趋重要,他们要求不再"嫁"出去,而将女子"娶"回来,由"妻"方居住改变为"夫"方居住,女人不同意改变现状,男人力气大,就以暴力掠夺达到目的。同时,由于生产力极度低下,为了氏族的生存,女婴常被溺杀,造成男多女少的后果,到族外抢女人就毫不奇怪了。后来,开化的部落虽然废弃了掠夺婚,但还保留着这种风俗的一些痕迹,如周人,有的人家定了婚约,迎娶之日仍要演一出假劫真婚,新婚及亲族乘马持械,鼓吹至女家,女家一批人则持械守着新娘,双方斗上几个回合,新婚直入翁丈屋中,挟起新娘,策马疾走,表演结束,给婚礼平添许多热闹色彩。周人是假劫妇,震泽的土著部落就不一样了,他们还保持着这种风俗,你去抢走他们的女人,他们并不会大惊小怪。那么,泰伯要不要鼓动或默许部下去抢呢?

　　泰伯和仲雍讨论下来，否定了这个办法。他处心积虑想用周原带来的礼仪感化、熏陶、改造、融合这里的土著部落，怎可纵容有悖礼仪的事？抢，抢不得，剩下可行的一条路就是买了，泰伯打算以一条羊腿加半只鸡换一个女人的高价，替每个随从和奴隶兵都娶上一房媳妇。仲雍完全同意，并毛遂自荐，愿意到各个部落去谈这笔买卖。

　　可是，仲雍带着聘礼，跑遍了周围大大小小所有土著部落，一笔交易也未成功。是酋长们都不贪财？仲雍从他们盯着聘礼不放的眼睛中，看到的是相反的结论。令仲雍不解的是，面对这样的诱惑，他们仿佛事先约好的那样，一个个都直摇头，没有一个松口的。

　　仲雍碰了一鼻头灰回到蕃离城，把情况给泰伯一说，泰伯也大为迷惑，这些土著到底安的什么心思，实在捉摸不透。

蛇与老鼠

　　泰伯最怕蕃离城人丁减损，他越怕，死人的事越是连着来。一个月内又有两人奔了奈何桥，而且都是他最亲的人，一个夫人，一个儿子。

　　泰夫人身体原本很壮实，但是，在南行途中经过荆蛮地区时，她和好几个随从、奴隶兵被瘴气熏倒，那几人没再醒来，她靠着自己的身体本钱挺了过来，留下了一条命，只是身体从此垮了，一天比一天憔悴，一日比一日衰弱。好不容易撑着跟随队伍抵达震泽，泰夫人就病倒了，茶饭无味，下不了床，迅速消瘦，以至落形，谁见了都心酸。

　　这一天，从清晨开始，泰夫人就感觉特别不舒服，浑身像被抽空了似的，虚弱得令她心慌，胸口如有石头压着，气都喘不上来。挨到午后，她陷入了昏迷。傍晚，泰夫人清醒过来，觉得有了点力气，呼吸也顺畅了些许。她知道这是回光返照，留给自己的时间恐怕不多了，便将丈夫、儿子叫到病榻前，又派人去请来了仲雍夫妇。泰夫人让儿子扶她坐起，艰难地说道："我只怕不久人世，这是我们见最后一面了。我也没有多少放不下的事，只有一件尚需叮嘱几声，讲了，就可以无牵无挂走了。"

泰伯制止道："你休胡思乱想，好好静养，加紧调理，总能康复的。"

泰夫人凄然一笑，说："自病自知，夫君，你不用安慰我。说到调理，我儿才需要好好调理，他自幼体弱，夫君在这件事上要多多费神，多多操心。你将儿子养强壮了，我在九泉之下也感激你。"

泰伯抑住感伤，强笑道："夫人说哪里话来？让我们的儿子强壮，本是我做父亲的一大心愿，以后我一定在此事上多花些心思。"

泰夫人点头道："这就是了，我放心了。"招手唤仲夫人上前，说："二妹，我三个孩子，两个早就夭亡，就剩眼前这个，又是身体羸弱，不比你有福之人，同样三个儿子，个个身强力壮，到震泽后你家大儿子又给你添了个孙女，也是健健康康。你我名分上是妯娌，相处却胜过亲姐妹，今将我儿托付给你，望你日后把他当自己孩子一样对待，衣食住行给予关心，多多照顾。"

她一口气说这么多，累得大口喘气，气都有些接不上了，憋得脸色通红，两唇发紫。仲夫人轻轻拍她背，宽解道："大嫂，你歇歇，有话也不急在一时说完，留着以后慢慢说，我们拉家常的日子还长着呢。"

泰夫人摆摆手，聚起最后一点气力，说："我没有以后了，二妹，你让我把话说完。男人是做大事的，他们成天想的是拓土开疆，壮大族群，你大伯也疼儿子，但要他在冷暖饥寒上多留心，他没有那个细腻，所以，我唯有求二妹你了。"

仲夫人哽咽道："大嫂，我答应你，你休再说话了，只管安心休息。"

泰夫人气息浮弱地吐出了她一生的最后一句话："我交代完了，我是要休息了。"话音刚落，插在墙上的两支火把，"哔哔剥剥"爆出一阵火花，一齐无风而熄。众人大感惊诧，赶紧重新点亮火把，却见泰夫人已平躺下来，悄没声地去了。泰伯诸人不免悲恸，顿足流涕，呼天抢地，种种情状，一笔带过，无须赘言。

为亡妻办完丧事，泰伯整日心情压抑，情绪低落，吃饭不香，睡觉不宁。泰伯三天两头梦见妻子朝他走来，笑盈盈的，步履轻快，俨然初婚时那个娇妻，他伸手揽她入怀，一揽一个空，他猛然惊醒，回味梦境，泪流满面。

父亲的忧伤，儿子看在眼里，很是担忧。他想让父亲散散心，提议去竹林走走。泰伯本无兴致，但想到儿子也是一片好意，就同意了。父子俩结伴步出蕃离城，行约里许，便见一大片竹子，不下百亩。此时正值炎夏，翠竹构成的一个清凉世界，一走进去，身上的汗一下子全退去了，感觉格外凉爽，特别舒服。泰伯的心情顿时松快了许多，微笑道："我儿带为父出来走走，不错，不错。"

儿子说："那就在这竹林里多待一会儿，以后也多抽空来这里转转。"

泰伯欣然说："很好，你常敦促为父出来便了。"

两人在竹林缓步而行，泰伯忽然听到儿子叫一声："啊呀！"忙问怎么了，儿子说："我给什么咬了一口。"泰伯急忙查看，见儿子左上臂添了个小疮口，稍微有点血。泰伯问："疼吗？"儿子说："不甚疼。"泰伯又问："可曾看清给何物所咬？"儿子说："未留意，大概是个虫子吧。这点皮肉小伤，不碍事的，父亲不用担心。"泰伯说："不碍事就好，我们已在这里逗留好一会儿了，循原路回去吧。"

泰伯哪里知晓，儿子是被"竹叶青"咬了。这种毒蛇全身翠绿，盘缠在竹上，与竹叶混为一色，不细看很难发现。被咬者伤口虽只有少量渗血，但疼痛剧烈，呈烧灼样，儿子不想让他担心，故而轻描淡写，装作没事的样子。竹叶青蛇咬人时的排毒量小，如及时治疗，中毒者很少死亡。可惜，周人从西北来，从未有过被这种南方毒蛇攻击的经验，泰伯父子回到蕃离城后，就没认真对待这个意外事件，把最佳求医时间耽搁了。一宿易过，第二天儿子左上臂出现了血水泡，红肿溃破，因仍旧不想让父亲担心，他悄悄弄了些草药敷了疮口。又挨了一天，他感觉恶心、头昏、腹胀痛，很快又发展到吐血、便血，直至昏迷。这么一来，不惊动父亲不可能了，泰伯这才意识到此事严重，命一个懂医的部下去诊疗，这部下不明伤口由来，束手无策。泰伯赶紧请来当地巫医，巫医察看伤口，看到两个细小的牙痕，间距一寸许，连连摇头道："这是竹叶青咬的，迟了，迟了，没救了，没救了。"

泰伯就这样失去了他唯一的儿子，这一打击使他陷入了狂暴状态，他命蕃离城全体人员灭蛇，不分大蛇小蛇，有毒无毒，务必短期内将所有蛇打死。泰伯把全体部下分成若干组，把城内外划成若干块，一组负责一块。他撂下了狠话："一月后在哪块地域再看到一条活蛇，负责这一块的人全都得挨三十鞭；两个月后还见到蛇，各打一百板；三个月后蛇又露头，杀无赦！"接连丧妻亡子，将周人这位大头领几乎逼疯了，连仲雍都不敢劝他理智些，人们所能做的，就是没日没夜寻找蛇的踪迹，围剿大蛇小蛇。经此努力，莫说蕃离城内，即便城外方圆数十里，真的绝了蛇迹。泰伯一口恶气总算出掉，开始恢复正常。

蛇是灭绝了，但不久，鼠患大盛，搞得周人不得安生。一日，有个土著酋长来访，告诉泰伯："蛇有有毒与无毒之分，毒蛇只消注意防范，人也不会被它伤害。你们周人不知道如何识别这里的蛇，不会预防，不当心被咬了，也不懂怎么救治，我们可以教你们啊！至于无毒之蛇，就更无必要对其大动干戈了。蛇是鼠的对头、克星，一条蛇一年能吃掉四五百只鼠，现在你们倒好，把蛇全灭掉了，鼠当然就泛滥成灾了。不赶紧补救，明年你们田里就等着颗粒无收吧，你们播下的种子，还不够鼠当点心呢！何况鼠还会传病给人，一旦鼠疫发生，后果比一两人被毒蛇咬死，可怕十倍、百倍、千倍！"酋长还告诉泰伯，自己今日前来蕃离城，是受周围好几个部落委托，因为大家都怕鼠患，更怕鼠疫，假如周人不改弦更张，一味将灭蛇行动进行到底，那么，对不住，他们这些部落只能联合起来，把周人赶走，给蛇腾出地盘。

泰伯这时也已感到自己对蛇的仇恨过了度，失了分寸，完全是意气所致，干了一桩蠢事。他虚心地说："阁下所言甚当，请问怎样才能弥补，能否上贵领地捕蛇到蕃离放生？"

酋长说："这倒不必，只要你们停止杀蛇，蕃离鼠多，蛇见食源如此丰富，自会游来就食。要不多久，蛇就会多起来，鼠就会大大减少。"

泰伯说："悉听尊教。"

通过这场蛇鼠风波，泰伯对土著的看法有了微妙变化。原来他看断发文身的土著，觉得模样怪异，愚笨懒散，周人高明，理应驾驭他们。现在他认识到要想在这里生存，还得借助土著的经验和智慧。泰伯开始重新思索与土著的关系了。

手足相争

　　泰伯和仲雍相差三岁, 这点年龄差, 对于成年人不算什么, 智力、能力、阅历、经验可能没有什么差距, 但对儿童来说, 就不一样了。拿如今的情况举例, 一个七岁的孩子, 已经念小学一年级, 四岁的娃娃还穿着开裆裤在幼儿园呢。小哥儿俩晚上回到家里, 小哥哥给小弟弟讲学校里的事, 在小弟弟眼里, 哥哥知道的太多了, 懂得的太多了, 他能不惊讶不佩服吗? 很多人就是这样从小钦佩小哥哥, 并把这份钦佩延续到了晚年。仲雍对泰伯的敬服也是在四五岁的时候培养起来的, 那时他们的父亲亶父重金聘来了博学的先生, 办了个学馆, 供贵族子弟学习礼仪文章, 仲雍还太幼小, 暂时不能入馆, 只能天天趴在学馆窗台上, 羡慕地看哥哥念书。放学后, 小仲雍便缠着哥哥, 让他给自己讲先生教的东西。小泰伯复述的东西, 小仲雍一点听不懂, 正因为听不懂, 他就特别钦佩哥哥, 觉得哥哥了不起, 居然能把先生教的东西流利地讲出来! 待仲雍长到六岁, 父亲也将他送进了学馆。父亲对儿子的学业要求很严格, 经常抽查, 答不上来要受罚, 扒掉下裳打小屁股。仲雍为了小屁股少吃苦头，放学路上，常拉住哥哥，请哥哥再给他辅导辅导。泰伯入学早三年，辅导刚开蒙的弟弟，小菜一碟。仲雍得益于哥哥多矣。在他幼小心灵中，植下了哥哥高明得不可撼动的种子。一直到成年，他都是十分尊重泰伯，以兄长的主张为自己的章程，从未与泰伯意见相左过。

可是，近来仲雍和泰伯在一件重大事情上产生了分歧，发生了争执。这件大事可用四个字概括，叫作：断发文身。

断发文身是震泽土著的风俗。断发，是因为三百六十五天，与水打交道的日子多，头发长了，在水中很不方便，经常绞在水草上、漂浮物上，弄不好就沉到水底淹死，所以把头发剪得短短的；文身，是用来吓唬水中凶猛的大鱼，使自己不受侵犯。对这一风俗，泰伯、仲雍两兄弟持不同的态度。泰伯认为这是土著不开化的标志，仲雍觉得土著既行此俗，自有土著的道理，无须外人臧否。两人以前也曾交流过看法，因泰伯一开口便是贬斥，仲雍就未深入谈这话题，一心想等兄长的态度有所转变了，再提此事。

现在，仲雍揣摩泰伯的态度或许因两件事有了些变化。首先，他打算为部下谋婚，被所有部落拒绝，对他触动很大，使他意识到周人并未真正被土著接受，蕃离城仍有危机。其次，蛇鼠风波使他对土著的看法做了些调整，承认土著也有值得学的东西。由此，他萌生了融入当地的念头，不再坚持扮演教化者的角色。至于如何融入，他还苦于没有途径，因此显得很烦恼。仲雍察觉了泰伯的这些内心活动，于是，主动来找兄长了。

仲雍说："大哥，您的小侄孙女今天编了个故事，讲给我听，我觉得很有趣，您想不想听听？"

泰伯饶有兴味地说："侄孙女才多大，就会编故事、讲故事了，好好好，听听，听听。"

仲雍说："有一只白猪给主人关进了一群黑猪的猪圈里，它以为自己漂亮黑猪丑，鼻子朝天，翘高高的，摆出一副瞧不起黑猪的样子。黑猪们不高兴了，一起来撞它，咬它，白猪拼命嚎叫，也就是在求饶了，黑猪们这才放过它。白猪可怜巴巴蜷缩在一角，没有一只黑猪理睬它，它感到很孤单，很伤心。主人来喂食了，白猪刚一靠近食槽，就给黑猪们拱得远远的，只能饿肚子。就这样饿了三天，孤单了三天，白猪实在受不了，就在垫圈泥里打滚，把自己浑身糊满黑污泥，看上去也像一只黑猪了，这才大了胆走到黑猪们中间，表示自己和它们是一样的。果然，黑猪们不再咬它，吃食时也不再拱它，还哼呀哼呀和它打招呼、攀谈呢。"

泰伯哈哈大笑，笑罢问道："我怀疑五岁的小侄孙女能编出这么个故事？是你代她编来哄我的吧。"

仲雍说："您那小侄孙女这几天一直往养猪的地方跑，我与你弟媳还说呢，这丫头奇怪，怎么老爱到那么脏的地方去玩？谁知她发现了白猪和黑猪的争斗，故而天天去看，看着看着就编出这么个故事来了。"

泰伯夸一声："我这小侄孙女聪明，现在这点年纪就如此，长大后还不知有多智慧呢！"停顿一下，又说："故事是侄孙女编的。不过，你特地来给我讲这故事，恐怕另有意思吧？"

仲雍笑道："真是什么都瞒不过大哥，我是由这故事生发了联想，想到了我们与土著的相处，在家坐不住，所以跑来与大哥讨论。"

泰伯打量了仲雍片刻，缓缓问道："你的意思该不是要我们效法白猪，也像土著那样截断头发、身上刺青？"

仲雍小心翼翼说："其实，这也不失为一个办法……"

泰伯脸一沉，厉声打断他："断然不可！身体发肤受之父母，不敢毁伤。难道你连这道理也忘了？我们周人无论男女都留长发，终生不剪，你我怎能坏了这规矩？至于文身，土著非但刺图案在身上，有的还刺在脸上，我们周人倒是也有在脸上刺青的，但那是一种刑罚，称作'黥刑'，难道你想让蕃离城里住的都像罪徒？"

仲雍说："大哥且莫发怒，容我慢慢解释……"

泰伯用不容商量的口吻说道："发式纹饰，皆关礼仪，唯有谨守，岂可擅变？你不用多说了，莫污我耳！你要混同土著，我管不着，我只是告诉你，我不会做那头白猪。我话至此，你回吧。"

这等于下了逐客令，仲雍只得灰溜溜地告辞了。

后来，仲雍又试着去与泰伯沟通过几次，每次都是争论，每次都是不欢而散。争论一次比一次激烈，兄弟两人相互间的不快也越积越多。这两兄弟，生平第一遭闹得面红耳赤，各不相让。

泰伯顽固得像块石头，刀枪不入，滴水不进。仲雍也犯了倔脾气，干脆快刀斩乱麻，把蓄了半辈子的长发剪了，跑到土著部落，请人给自己背上刺了一条青龙。泰伯虽说过"你要混同土著，我管不着"的话，但那是气话，做不得数，现在仲雍当真随了土俗，分明不把他这个兄长，这个蕃离周人大头领放在眼里，于公于私都不该。他越想越怒，盛怒之下，放出话去，从此不许仲雍登门，你走你的阳关道，我走我的独木桥，黄牛角，水牛角，角（各）关角（各）。

这么一来，兄弟俩几乎到了形同陌路，甚至水火不容的地步。

入乡随俗

仲雍断发文身后，土著把他看作了"同我族类""自家胞泽"，他和土著部落的关系热络起来，很快到了无话不谈的地步，有些不可与外人道的话，部落酋长也肯对他说了。一日，仲雍与一位酋长闲聊，无意间听酋长提起，震泽地区的大小部落，几百年来被视为越人，其实他们与越人早已离心离德，只想摆脱会稽的控制，自成一系。仲雍一下子就抓住了这个话题，趁机鼓动酋长说："这想法好，是应该打出自己的牌子来，否则，永远被越人压一头，岂不憋屈！"

酋长说："我们倒是也想扯旗鸣炮的，只是没个好名称，他们越人，你们周人，我们叫个什么人呢？"

仲雍差点脱口而出："你们也称自己为周人，怎样？"但他及时克制住了这冲动，因为他清楚，这句话一旦出口，土著十有八九会认为将被并吞，定然警觉，那就适得其反了。自己置手足相隙于不顾，毅然断发文身，土著将此当作周人开始依附他们的苗头，如果土著又起疑心，他岂不是功败垂成，鸡飞蛋打？仲雍徐徐舒口气，说："我看你们的族旗上，大多画一条鱼,你们何不以此为名号?"

酋长问:"你是说,我们干脆就称自己为'鱼人'?"

仲雍说:"未尝不可。"

酋长说:"这里有大湖,湖里鱼多,鱼和稻是我们的主食。听老辈讲,很久很久以前,有些年份遇天灾,田里没收成,人就靠捕鱼吃才活了下来。要不是有鱼,人就死光了,哪里还有我们这些后代?老祖宗感恩鱼,所以用它做了图腾。你让我们自称'鱼人',很有道理。不过,外人会不会以为我们是鱼生出来的呢?"

仲雍说:"一般不会,即便有人这么想,也没关系。黄帝以龙、炎帝以鹓鹐、蚩尤以凤凰、伏羲以蜘蛛、夏禹以熊、皋陶以虎、商汤以玄鸟为图腾,后人并未因为他们将这些鸟虫当祖先崇拜而减半分尊重。"

酋长惊讶地问道:"还有崇拜蜘蛛的?这倒是第一回听说。"

仲雍这时真要感激早年的学馆生涯了,他这些知识都来源于先生的讲授。仲雍说:"伏羲从蜘蛛结网中受到启发,编织了盘古开天辟地以来的第一张渔网,教会了渔人织网,渔人又教渔人,渔网从一个氏族传到另一个氏族,传遍天下,凡渔猎者皆知用网捕鱼,捕到的鱼就多了。究其源,这里的大小部落也得感谢伏羲,托他的福你们才有渔网用。"

酋长说:"伏羲不弃蜘蛛,是个厚道之人,怪不得那时的人要推他为首领。不过,伏羲虽然把蜘蛛请上族旗,但也不曾让自己的氏族叫'蜘人'。"想了想,又说:"我们还是叫'吴人'吧,反正'鱼'和'吴'我们读起来一个音,'吴'更加能让大家认同。"

仲雍说:"就这么定了,从今天开始,你们就是吴人了。如不嫌弃,以后蕃离城的人也叫吴人，怎么样？"

酋长说："敢情是好！只怕你的兄长转不过这个弯来。"

仲雍说："迟早他会想通的，待以时日而已。"

那酋长便去联络各部落，各部落都积极响应，众口一声道："好，这个主意好，我们本就和越人不同宗，凭什么要用他们的名称？我们是吴人，这个地方叫吴地，凡吴地之人，皆为吴人。"

吴人旗号打了出来，惊动了会稽越人，越王派出细作潜入震泽打探，探明情况，回去禀报，说是周人教唆，方有此变。越王暴跳如雷，点齐三千兵马，直奔蕃离而来。在越王眼里，这班周人是摇小扇子的，最为可恨，定要把他们杀个片甲不留，方解心头之恨。

越王大军长途奔袭，准备血洗蕃离城的消息，传到泰伯耳中，急得他一夜掉了十斤肉。他将面对的是一场十五比一的恶战，无论他的部下有多忠诚，多勇敢，结局都不会改变，那就是蕃离城将被抹去，他这二百余众无一生还。泰伯怀着悲壮的心情，准备与来犯的越人拼个鱼死网破。

就在泰伯抱着战至最后一人的决心，等待腥风血雨一战的时候，仲雍带着一帮酋长前来见他了。仲雍向土著借兵，酋长们纷纷表示："你断发文身，就是看得起我们，就是要和我们做一家人，就是我们的真心盟友，我们理应共进退，同生死，你来向我们求援，我们不会不出手。走，我们和你一起去守卫蕃离！"

酋长们率领各自部落的青壮勇士，利用越军还有三天路程的时间差，花了两天，在蕃离城外围挖了一条宽阔的护城河，利用挖出的泥在护城河内侧垒起一道大半人高的土墙，墙上多留箭孔。工事修筑完成，让泰伯带着二百奴隶兵守在土墙后面，众酋长率各部撤到城外，选隐蔽之地埋伏。仲雍也跟着出城，负协调、统辖之责。

　　三千越军耀武扬威杀来了，却被护城河所阻。越王大恼，喝令强攻。越军泅水攻城，给土墙后的周人发矢射退。射退一批，又上一批，越军如潮涨潮落，一波退了，紧接着又有一波卷来，从巳时到申时，越军轮番冲锋达十余次，始终未跨过护城河，却有两三百人丧命在周人箭镞下。越军锐气消耗殆尽，仲雍一挥令旗，伏兵从四面合围上来。因酋长早已发话，谁得的战利品就归谁，所以部落勇士个个奋勇，人人争先，嗷嗷叫着直扑敌阵。越人已是疲惫之师，一整天的受挫又折了士气，忽见遍野冒出无数生力军，顿时乱了阵脚，哪里还有斗志？不管越王如何弹压，越军只管溃逃。部落勇士手起刀落，砍瓜似的，直杀得越军鬼哭狼嚎，落荒而逃，只恨爹娘少生了两条腿，除了成为刀下鬼的，自相践踏毙命的也有数百。越王在溃军裹挟下，狂奔百余里，停下检点人马，折损大半，辎重丢尽。越王没有了再战的本钱，只能偃旗息鼓，带着残兵回到会稽去了。经此一役，越人不承认吴人也不行了，吴人的名号就此传开。

　　吴人慷慨施援，周人绝处逢生，泰伯感从腑出，在蕃离城大摆宴席，请来各部落酋长，郑重答谢。席上，泰伯说了许多感激的话，土著心直口快，有个酋长一摆手，直通通说道："你休谢我们，要谢，谢你老弟，若不是他识时务，断了发，文了身，我们不会帮你。莫看你是什么大头领，从老家带了一麻袋的花花点子来，你要在这里站稳脚跟，还得让我们认你的账。"泰伯脸上红一阵，白一阵，心里很不受用，但他知道，人家话糙理不糙，自己要在震泽生存、发展，不和土著打成一片，万万不能。

　　泰伯经过三天三夜的思想斗争，最后说服了自己，决定入乡随俗，也断发文身。这个决定一经做出，泰伯顿觉轻松，好似卸下了一副石磨。而且，他为了鼓励部下走出这一步，宣布凡入乡随俗者，原来是平民的，待日后建国赏官职；是奴隶的，改为平民身份。于是，蕃离城这批周人的易俗，变得毫无障碍，十分顺利。

【第五辑】

新娘潮涌

蕃离周人断发文身后，说媒就容易多了，泰伯出手大方，给出的聘礼丰厚，所以，很快就有五个随从定下了婚约。泰伯吩咐部下，把城内外打扫得干干净净，张灯结彩，准备选个吉日，将五位新娘子一并迎娶过来。他要将这场婚事当作全体蕃离周人的大喜事来办，以此凝聚人心。他的部下个个兴高采烈，干活卖力，因为他曾许诺，要替每个部下说一房媳妇，所以，每个人都在心里把即将举办的这场婚礼，当作自己日后娶媳妇的预演，怎会不喜气洋洋，笑逐颜开？

泰伯脸上也挂满了笑容，可是，仲雍却从他的笑容里，窥见了一丝隐隐约约的愁绪。这天晚上，仲雍来到泰伯屋舍，先说了几件其他事情，然后问道："大哥，我看您似有些心事，不知可否让我知晓？"

这弟兄两人，关系业已修复如初，甚至比以前更亲密，泰伯没什么需要对他相瞒的，便说："我是给这婚事引出了忧愁，二弟你来得正好，我们一起商量商量。"

仲雍问："大哥所虑者，聘礼难继耶？"

　　泰伯说："二弟猜着了。先前，因土著不愿与我们周人缔婚，我不得已诱以重礼。现在，说媒不难了，但我不能减少聘礼，为的是不想让土著说我言而无信。我给部下娶个女人，要花一条羊腿半只鸡，蕃离城总共才养了多少羊多少鸡？以后还需要拿出三四十倍的聘礼，方能替全部光棍换来妻房，我是心有余力不足啊！每每思想起来，我就发愁，唉！"

　　泰伯重重地发出一声长叹，仲雍也叹了口气，说："这事确实是难，但大哥您已有承诺，又不可不做下去。我们没有那么雄厚的财力，以后削减些聘礼行不行呢？恐怕也不行。一来，土著胃口撑大了，你少往里填东西，他们会持女观望。二来嘛，哪怕土著肯降价，我们的人也会不高兴，现在五个婚约花了这么多钱，以后钱少花了，后当新郎的会觉得掉价，觉得我们做主人的不公平。他们一旦生怨，心有不满，我们岂不是好心办了坏事？"

　　泰伯说："二弟分析得极是。所以，我这两天一直在想，与其打肿脸充胖子，总有充不下去的一天，不如釜底抽薪，空麻袋装米，索性一点礼也不出，让新娘自己送上门来。"

　　仲雍吃惊道："能有这样的好事？大哥定是计谋在胸了，快快说来一听。"泰伯把自己的打算和盘托出，仲雍点头道："妙是很妙，但风险也大。倘若惹得那些酋长反目，如今的局面如何维持？"

　　泰伯说："我也是担心好不容易形成的平安相处局面被破坏掉，因此下不了决心。可是，这个决心又不能不下，而且迟下不如早下，所以，我决定押一宝，要么赢个大满贯，要么输个赤脚地皮光。二弟，我就等你的支持了。"

　　仲雍说："大哥拿定了章程，只管实施，我的生死和您绑在一起，绝无二话。"

泰伯感慨道:"上阵父子兵,打虎亲兄弟,一点不错。二弟,你要做的,是替我把几个大部落稳住,余下的事就看我的了。"

周人对礼仪非常重视,而且认为婚礼是所有礼仪的基础。因此,婚礼的流程也十分繁复,分纳采、问名、纳吉、纳征、请期、亲迎六道步骤,称为"六礼"。纳采:男方请媒提亲后,女方同意议婚,男方备礼去女家求婚,礼物是雁,雁要活的。雁为候鸟,取顺乎阴阳之意,且雁失配偶,终生不再成双,故又象征忠贞。问名:求婚成功,托媒人请问女方出生年月日和姓名,准备合婚,也就是占卜测算这对男女命中是否相冲相克。纳吉:把合婚无碍的结果通知女方,又叫"订盟",这是订婚阶段的主要一环。纳征:男家将聘礼送往女家,聘礼的多少及物品名称多取吉祥如意的含意,数目取双忌单。请期:送完聘礼后,选择结婚日期,备礼到女家,征得女家同意。这次的礼品比较简单,纯粹礼节性的。亲迎:新婿亲往女家迎娶,这是仪礼主要程序,而前五项则是议婚、订婚等过渡性环节。

不过,泰伯为五个随从订婚,就没有这么复杂和郑重了。一是远离周原,事事讲究不得;二是随从仅为平民,并非贵族,娶的又是从土著部落买来的女奴,不该享受如此高的规格;三是吴地土著还停留在原始社会后期,尚未形成礼仪规范。综合这三个原因,泰伯采取了简化程序的做法,但无论怎么从简,最后一项他保留了,那就是让新郎到女方部落去接新娘回来。

这一日黄昏,五位新郎身穿吉服,乘马车分别向五个部落缓缓驶去,车前都有十余名奴隶兵举着火把照路。车进部落村,接新娘上了车,新郎从御者手中接过缰绳,亲自驾车,绕村落转了三圈,再把缰绳交回给御者,御者抖缰策马,驰回蕃离城。奴隶兵举着火把在车两侧疾奔,一路嗷嗷欢叫。周人亲迎有规定,国君不亲迎,派大臣为婚使代劳;大臣虽亲迎,但只是骑马前往,载新妇的马车须由女家提供;国君与大臣之子亲迎,则要自备马车;平民迎接新娘,不得用车。这些差异,体现的是严格的等级。现在泰伯让随从用他的马车,行亲迎之礼,这是破格的恩典,五位新郎感激万分无须多说,他的全体部下都被感动,暗暗发誓一辈子忠于如此厚待下属的主人,活着尽忠,死也要死在这个"忠"字上。至于那几个卖出女奴的部落,被从未见过的迎亲排场搅动了,争先恐后、扶老携幼涌出来看热闹,啧啧赞叹,众口一词夸蕃离周人的大头领仁慈、大度、爱民、仗义。尤其新娘家,从未被主子当人看待,现在意外地受到这样的待遇,个个感动得泪流满面,匍匐于地,朝蕃离城方向磕头。

蕃离城沉浸在巨大的欢乐气氛中,所有人都在开怀畅饮。泰伯高擎酒爵,大声宣布了三项决定:这五个新娘,从今天起脱离奴籍,获得平民身份;以后凡娶媳妇的,夫妇皆为平民;凡送女儿到蕃离来做新娘的,全家都被吸纳,都是平民。

泰伯话音未落,早已全场沸腾,欢声雷动,屋顶都快要给掀掉了。

泰伯的决定吸引力太大了,远近土著部落的奴隶纷纷前来投奔,奉献出他们的女儿,蕃离城出现了新娘如潮的奇观,泰伯的户籍簿上一下子多了上千人。蕃离城在短短几十天内,不再有光棍,也不再有奴隶。泰伯在震泽大地掷了一颗炸弹,炸翻了原有的势力格局,强烈的反弹马上就要发生了。

恩威并施

　　泰伯的时代，历史学家称之为奴隶社会。夏朝是原始社会解体、奴隶社会形成时期，商朝是奴隶社会的发展时期，西周是奴隶社会的繁荣时期，直到春秋时期，奴隶社会才瓦解。奴隶社会以奴隶主占有奴隶的人身，实行无偿奴役为主要特征。最早的奴隶主是原始社会内部分化出来的氏族贵族，最早的奴隶是氏族部落战争中俘虏的外族人。随着氏族部落内部贫富分化不断加剧，富裕的氏族贵族对贫困的氏族成员的奴役也日益加深，其主要形式是债务奴役，无力还债的贫困氏族成员往往被债主卖到其他氏族、部落充当奴隶。此外，罪犯被罚做奴隶，掠夺其他部落人员，奴隶买卖，家生奴隶等，也是奴隶的重要来源。奴隶没有人身自由，是奴隶主的财产，可以随便杀害、买卖，奴隶主强迫奴隶劳动，无任何报酬。泰伯本人就是奴隶主，他以替部下娶妇为由头释放奴隶，并不是要改变制度，而是利用这个事件制造一根撬棍，把震泽地区现有秩序撬乱，以便他获取吴地统治权。

　　后来的事情，真的顺着泰伯的预计在发展。蕃离城周围许多小部落骚动了，家有未嫁女的奴隶纷纷跑了，投奔周人去了。这些部落的酋长发怒了，串联起来准备对蕃离动武。他们去联络大部落，但十几个大部落都予以回绝。为什么大部落都抱着置身事外的态度呢？

原来，他们与周人暗中达成了一笔交易。仲雍根据泰伯稳住大部落的方针，去与这些大部落的酋长进行了秘密谈判，许诺两条：一是凡这些部落投往蕃离的奴隶，一律送回；二是灭掉的小部落，其土地与他们对半分。这些大部落吃了定心丸，还有好处得，他们当然愿意袖手旁观，不蹚这浑水。

泰伯没有了后顾之忧，可以专心对付小部落了。

小部落有七十多个，大部落不参与，他们拼拼凑凑，也拉起了四五千人的一支联军。他们向周人下了战书，泰伯同意应战。到了约定的决战之日，双方在蕃离城外旷野上摆开阵势，联军黑压压一大片，周人只出动了八百战士。这八百战士，以原来的两百奴隶兵为主力，排在最前端，另外六百名是从投奔来的奴隶中招募的，以三角形排在前锋后面，整个队形犹如锥子。不管是原有的还是新募的，个个士气高昂，无一怯战，因为他们都不想再回到当奴隶的状况。而对面的部落联军，摆的是方阵，却不规范，看上去不显气势，唯见臃肿。方阵里全是被酋长驱赶上阵的奴隶，个个愁眉苦脸，畏首畏尾。

三通鼓响，双方军阵朝前移动，距离越来越近，间隔越来越小，眼看已到短兵相接的间距，一场血拼就将展开。按泰伯的战斗方案，他要用"锥尖"做中路突破，"锥体"做两翼游击，使敌阵顾左难顾右，顾头难顾腚，陷入极度混乱，只能任人宰杀。此刻，他的八百战士一齐发出怒吼，正要冲锋，对方阵营出现了一幕情景，令他们几乎无法相信自己的眼睛。

部落联军整体临阵倒戈了! 四五千奴隶一齐弃械, 四散狂奔, 各自逃命。有些举起双手大喊: "别杀我, 我是来投靠的!"奔向了周人阵营。数千人哗变, 这个声势是很吓人的, 非但督战的酋长们吓傻了, 而且周人战士也都惊得目瞪口呆, 不知自己是否在梦中。只有泰伯清楚这是事实, 他曾对仲雍说过"决定押一宝", 他押的就是这个宝! 蕃离城善待奴隶, 已传遍四方, 奴隶没有理由与他作对。再说, 奴隶舍出命来替酋长打赢这一仗, 酋长依旧做他的奴隶主, 奴隶仍旧做奴隶, 奴隶怎会为这个结果卖命? 奴隶主可以不把奴隶当人, 但奴隶还是有着人的脑子, 这么简单的道理他懂, 这么简单的账他会算。泰伯料定, 那些小部落的酋长想与他决一雌雄, 兵源只能是他们的奴隶, 战斗力不可能跟他的战士比。然而, 泰伯也不曾想到, 部落联军比他想象的一触即溃还要进一步, 竟然未战就逃, 演出了一场集体大逃亡。

站在高阜上指挥的泰伯, 抓住时机, 命令他的战士不用管溃散的奴隶, 赶紧去抓那些酋长。七十多个酋长被俘, 泰伯将他们及其家人、亲戚统统贬为奴隶, 分配给周人的贵族和平民。这些部落的奴隶, 泰伯并未给他们改变身份, 也按比例分配下去。这些奴隶未免失望, 但周人待奴隶相对而言比较仁慈, 他们想想也就算了, 就安心做周人的奴隶吧。

泰伯通过这场血不沾刃的战斗, 并吞了七十多个小部落, 这些部落虽小, 所有的土地加在一起却也相当可观。泰伯按照事先许诺分出一半, 赠送给中立的大部落, 可是, 有三个大部落他一寸地也未给。

三个吃了空心汤团的酋长跑到蕃离城来交涉, 责备泰伯言而无信。这三个家伙, 曾受过泰伯的"筷子教化", 但他们秉性难改, 坏脾气经常发作, 泰伯早已存了收拾他们之心, 今天他们自己送上门来, 来得正好。泰伯冷笑道: "我还没抽出空来追究你们的失信呢, 你们竟敢倒打一耙，真是厚颜无耻！"三个酋长大声叫屈："我们怎么不守信？我们不是也没参加联军吗？"泰伯道："我且问你，你们为何将我送回的奴隶杀了？"一句话，堵得三个酋长噎住，再也无话可说。

仲雍与大部落密约时讲好，送回的奴隶不受惩罚，这三个酋长想杀鸡儆猴，彻底断了本部奴隶逃跑的念头，便将蕃离遣返的几个奴隶砍了脑袋。现在被泰伯一语点中穴道，自知理亏，讪讪地就想告辞，泰伯哪里容得他们说走就走？一声令下，便有一伙壮汉扑将上来，把这三人横拖竖拽，弄进黑暗的小屋软禁起来。

三人被关了一昼夜，担心性命不保，只得答应泰伯开出的条件，同意本部落与周人联盟。三人获释后，去向其他大部落酋长哭诉，非但未得到同情，反而被奚落嘲笑了一通，说他们不该杀掉送回的奴隶，今日受辱，自作自受。这三个酋长有心纠集本部人马攻打蕃离，出一口恶气，又顾忌前不久联军倒戈一幕重演，思量再三，还是忍了这口气算了。

被胁迫加入周人为主的联盟的三个部落，泰伯并未动酋长一根毫毛，但要他们在各自的部落推行"助耕制"。助耕制是他的父亲亶父在周原创造的，亶父鼓励平民和奴隶耕种公田，收成十分之一交国库，九成自留。泰伯并吞了诸多小部落后，手中掌握了大量公田，缺的是劳力。他把父亲的助耕制做了些修改，以适应本地情况，具体方案是公田由他提供，三个酋长只需给奴隶时间，让他们来耕作公田，公田收获的粮食三成交蕃离城的公库，二成给酋长，五成归奴隶。三个酋长平白多了份收入，很高兴，奴隶出力也不再完全白出，很满意，于是，酋长不再怨恨，奴隶心存感激，联盟的基础也就大大巩固了。

瞄上吴族

泰伯现在的眼睛，瞄上了吴族。

禹震泽治水，在土著中招募役夫。当时有氏族数百聚居震泽周边，陶臣氏、鸿蒙氏、乌陀氏、若鳏余氏、章商氏、兜口庐氏、犁娄氏等，是这些氏族中的大族，对于治理水患异常积极，禹一招呼，应者云集，青壮劳力争先恐后奔往工地，连老弱妇孺也不肯闲着，纷纷前来出点儿力。历时三年，大功告成，东、中、西三条导湖入海的大河出现在江南大地上，震泽水患消除。这三条人工河，后人分别命名为东江、娄江、吴淞江。

治理震泽圆满收官，禹论功行赏，第一个受到嘉奖的是若鳏余氏。若鳏余氏发明了用树枝和藤条编织的装载泥土的工具，既能背又能拖，大概相当于今天的筐和畚箕，大大提高了工效。禹发现后，立即在各氏族推广，全体治水大军都用上了这样的工具，有效地缩短了工期。故而，禹给了若鳏余氏特殊荣誉，封为吴姓。吴者，口在天之上；口者，食之器也。震泽治理好了，这里就成了鱼米之乡，生活在这里的人就饿不着了。有没有饭食，在百姓思想上，乃是天下头等大事。禹将吴姓赐予治湖第一功臣若鲧余氏，表达的正是这个意思。吴姓，可算是震泽诸民中的第一姓。

时光流逝，人事变迁，禹之后上千年，震泽地区的氏族消亡的消亡，兼并的兼并，迁徙的迁徙，有时附楚人，有时隶越人，经过不断的散散合合，拆拆并并，到泰伯定居于此之时，从蕃离城往东方圆百里，形成了大小一百多个部落。唯独吴族，无论朝代更迭，不管沧海桑田，在漫长的岁月里，始终存在着，壮大着，保持了族种，保留了族名。震泽地区的大小部落谈起吴族，都很仰慕，因此，当仲雍怂恿土著摆脱越人、自立名号的时候，那些酋长们很自然地就想到了这个"吴"字，决定称自己为"吴人"，称这里为"吴地"。吴地吴人的名称被诸部一致认同后，大家又将吴族所在地称为"吴中"，由此可见吴族在大小百余酋长心目中的地位，他们显然是把吴族视为部落群体的中心，对吴族处处高看一眼。

正由于吴族有这样的地位，泰伯打起了这个部落的主意。泰伯的志向是将吴地全部纳入他的治下，从而创建一个江南版的"周国"。要想完成这个事业，有两条途径，一是兼并，二是联盟。前者需要通过战争，以泰伯如今的实力，采取分化瓦解、各个击破的步骤，打几场兼并战已不成问题，但战争总是要死人的，己方付出的代价也不会小，所以，能够避免血和火的方式，就尽量避免。那就采用后者，以联盟来达到管辖、驾驭、支配，最终消化掉对方的目的。这无疑是最理想的策略，可是，吴地的十几个大部落会乖乖地入他彀中吗？尤其是号称"吴中最大上古一族"的吴族部落，独立千年，从不结盟，更难想象也愿意给他套进圈来。

　　唯其如此，泰伯对自己说："必须先拿下吴族！"泰伯了解到，那十多个大部落都以与吴族联姻为荣，如果吴族与周人联盟了，再去游说他们就不费太多口舌了。这便是牧羊人都懂的道理，力气花在驯服头羊上，驱赶羊群就容易。在泰伯看来，吴族仿佛吴地部落群的头羊，那么，他就来当这个牧羊人。

　　泰伯花了五天五夜，瘦了一大圈，绞尽脑汁，给他想出了一条驯服"头羊"的计策。这一天，泰伯带着仲雍和一小队随从，策马驰骋百里，从蕃离城风尘仆仆来到吴族居住地，拜会吴族长老。长老鹤发银髯，面目慈祥，一看就是善良质朴、心胸敞亮之人。泰伯暗暗点头，心中说道："这样一个敦厚长者，我只消诚恳谈吐，他必不疑，今日之事十有八九可成。"

　　长老招呼客人进厅堂，按宾主席位坐定之后，脸带笑容，语气温和，问道："你们蕃离周人，和我们吴族素无往来，今天不辞百里纵缰，特地来访，不知有何缘故？你们直言便是，不必拘谨。"

　　泰伯说："冒昧求见，别无他事，只是有件礼品望长辈笑纳。"

　　长老说："我虽虚长几岁，不敢领长辈之衔。你我并无交情，何须见赠礼物？"

　　泰伯问："这一带曾有个姑胥国，您可听说过？"

　　长老说："听说过，说是禹赐本族姓氏时，还封了块地给跟随他治水的一个人，这个人就在这块地上建了这么个国。这事已经过去太多岁月了，详情没人清楚了，是真事还是传说谁也搞不清了。"

　　泰伯说："这事是千真万确的，这个人名胥，是我们周人始祖后稷的一个庶子。我的先祖不窋，和胥是同父异母兄弟，胥就是我的叔伯先祖了。胥和吴姓第一人是平辈，您是吴姓第一人的后裔，所以我们是亲戚，论年齿我尊您一声长辈，并不为过。"

长老笑道："怎么又弄出个亲戚来了？我们和你们周人八竿子打不着，这'亲戚'二字从何说起？"

泰伯正色道："胥曾和贵先祖攀过姻亲，我们理应世代为亲。不然，我也不宜冒冒失失前来打扰。"

长老惊讶地问："还配过亲？这么大的事，我怎么一点也未听说？我们这里怎么从无知晓之人？"

泰伯说："恕我不恭，不得不说这里不重史事，没有留下记录。我们周人就不一样了，我在周原查过史籍，上面明明白白记着，胥的女儿嫁给了吴姓第一人的儿子。"

坐在一旁的仲雍也不得不佩服兄长信口开河、杜撰编造的本领，要不是自己早就知道他的言之凿凿，全是为了与对方拉近关系，恐怕自己也会将他天花乱坠的说辞当作真的史实了。仲雍尚且如此，吴族长老岂能不信？忙说："我们土著无知。比你们周人差远了，惭愧，惭愧。你这个亲戚，我认了，认了。只是长辈当不起，如不嫌愚戆，你我就兄弟相称，我也不谦让了，忝列老兄之名了。"

泰伯欢喜地说："恭敬不如从命，从此我便是您的老弟了。这是仲雍，我的二弟，也就是您的小弟。既然认了亲戚，我俩的礼，您一定得收下。"

长老说："收下，收下，我若再谢绝，岂不显得生分了？老弟，小弟，把礼物拿出来吧。"

泰伯一招手，站在厅堂外的随从中跨入二人，每人手捧一卷竹简，躬身走到长老前，将竹简捧过头顶，等待接收。长老问："这是什么？"

泰伯说："一卷人口册，记着蕃离城现有五千六百三十一人；一卷财货册，记着蕃离城所有田地家畜器械粮谷。"

长老莫明其妙，问："老弟，你让我看这些干吗？"

泰伯说："不是光让你看看，是请你收下这上面记的全部人口财货。"

长老惊得差点跳将起来，愣怔半晌，方始问出话来："老弟，你你你……你这是什么意思？这么重的礼，你是要压死我吗？"

泰伯说："老兄稍安，且听我言，这份礼是重，却不能算我送的，我只是来还一个承诺而已。"

长老问："什么承诺？谁的承诺？"

泰伯说："当年胥的承诺，他和您的先祖议亲时，说好以姑胥国为陪嫁，后来不知何故，姑胥国并未与吴族合并。我们周人向来一诺千金，既经承诺，不论多久都得兑现。老兄您收下蕃离城，也可了我们周人一个夙愿。"

长老沉吟良久，说："老弟的情我领了，你们周人的重诺守信，我也看到了，万分钦佩。这份礼，我不能收，我们吴族也有规矩，其中一条就是不贪婪，老弟你莫陷我于贪婪污名。"

泰伯脸露懊丧之色，侧脸对仲雍说："老兄不肯接受蕃离城，我们一片诚心欲与吴族联盟，只能是镜花水月了。"

长老已被感动得一塌糊涂，想也未想，便脱口而出："收礼与否是一回事，联不联盟又是一回事，冲着你们这番诚意，吴族乐意和你们联盟。"

泰伯、仲雍对视一眼，眼睛里都闪烁着得意的火花。火化虽不易察觉，彼此却心领神会。

鲤鱼化龙

　　泰伯将吴族比作头羊，果然没错，吴族同意与周人联盟，其余十多个大部落也纷纷加入进来。眼看一锅饭就要煮熟，只等选个吉日举行仪式，谁知节外生枝，出现了问题。所谓"智者千虑，必有一失"，泰伯把这个问题疏忽了，以致快揭锅盖的时候差点砸了锅。这个问题，是联盟旗帜上画什么图案，也就是图腾的确定。

　　周人的图腾是龙，吴人的图腾是鱼，泰伯提议用龙，土著部落坚持用鱼，泰伯说龙威严，土著部落说鱼亲切，双方都不肯退让。在这场图腾之争中，吴族也非常强硬，无论泰伯怎么劝说，平时挺好说话的长老就是不松口。这个问题谈不妥，联盟便将崩裂。泰伯似乎应该顾全大局，做出让步，向部落的主张妥协了。

　　可是，泰伯不能妥协。以鱼为图腾，土著部落是出于感情，泰伯力主用龙，却有着深远的考虑。泰伯早年在学馆听先生讲史，知道炎、黄二帝阪泉之战中，黄帝驱使熊、罴、貔、貅、貙、虎攻击炎帝，难道他训练了一支猛兽部队？泰伯请教先生，先生说，非也，这是黄帝统率的姬姓各部打出的画有兽形的旗帜。黄帝自己的直系部落也有这样的旗帜，旗帜上画的是龙。战胜炎帝后，黄帝威望大增，他将本部落的龙旗升格为图腾，下令凡姬姓部落都得弃用原有旗徽，一律改用龙旗。待到涿鹿之战擒杀了蚩尤，黄帝的声望更是如日中天，他规定归顺的部落必须崇信龙图腾，没一个部落敢不遵的。黄帝用图腾上的龙规范、约束、同化了麾下所有的部落，牢牢掌控了统治权。泰伯如今要当联盟的盟主，图腾之争的实质正在于此。

泰伯不退，土著部落不让，双方杠上了。怎么才能解决这个难题呢？泰伯搜肠刮肚，挖空心思，也想不出什么妙招。他的智慧在这个问题上枯竭了，有点黔驴技穷、江郎才尽了。无计可施、束手无策的泰伯，夜间燃起了三炷香，跪伏庭院，向周人祖先的神灵祷告，祈求列祖列宗赐他更多的聪明才智，使他豁然开窍，脑子里蹦出个管用的点子来。

祈祷了半夜，累了，回进寝室，昏沉沉地睡着了。梦中来了个独角兽，麒麟头、狮身、独角、长尾、四爪，开口能吐人话。它笑嘻嘻说道："喂，你求祖宗，远水救不得近渴，不如求我，我能帮你。"

泰伯惊问："你是何物？"

独角兽说："我是甪端，你可曾听说过？"

泰伯皱眉想了一会儿，给他想起来了。有位先生曾提到过甪端，说是女娲补天之后，撮土造人，顺便捏了这个独角兽，赋予它日行一万八千里，通晓华夷之语的能力。泰伯连忙离席作揖，说："不知神兽驾临，得罪得罪。神兽不是在蜀地的吗？怎么会在吴地了？"

甪端说："说来话长，且听我慢慢道来。"甪端告诉他，蜀地有一座瓦屋山，集雄、奇、险、秀、幽、珍于一体，风光绝胜。山中有个迷魂凼，比八卦阵还复杂，人走进去必迷路，最后活活饿死在里面。女娲预料日后会有不少游客到瓦屋山，担心他们误入迷魂凼，故而塑了它，替她守在凼口，劝阻游人。它忠实地履行着这个职责，不知过去了多少年，一日，听到女娲在云端唤它，对它说："经过你的千年劝阻，这山沟不能进已被人们熟知，你可以换个地方了，到龙门山去找禹，帮他治水。"这是女娲的好意，让它跟着禹立功，让天帝敕它为神兽。于是，它找到了正在开凿黄河龙门的禹，做他的助手，一路跟随，直到震泽。水患消除，禹论功行赏，想到了它。它跟着他治水十余年，吃尽辛苦，过的是漂泊不定的日子，现在是到了给它找个安身之处的时候了。震泽将来必是最富庶之区，若将它安排在此，不会委屈了它。因对吴族格外有好感，禹索性恩上加恩，把它赐给他们，作为部族的祥瑞动物，世世代代保佑这块土地上的人们。

说到这里，甪端有点得意，炫耀道："吴族得到这份额外赏赐，十分欢喜，选个吉日，敲锣打鼓，载歌载舞，把我迎了回去。所以，我说话在吴族是管用的，你求我才算求对了。"

泰伯说："想必祖上积德，今有神兽助我。只是，我有一事不明，不知能动问否？"

甪端说："你不用问，我掐指会算。你不明白的是我既为吴族的保护神，理应站在他们一边，为何胳膊朝外弯，帮起你来了。"

泰伯点点头。

甪端说："你从周原带来了一套治国之术，这里的众多部落缺的正是这些，所以他们斗不过你，迟早要被你吞掉。如果生生地吞吃，你这边要付出多少条鲜活的生命，我就不谈了，部落也得一个个被血洗，吴族也难逃厄运。禹留我在吴族，是让我保佑他们的，我想法让他们接受龙旗，就可避免杀伐，便是对他们最好的佑护。我把话讲得够坦率了吧,你还有什么可疑的?"

泰伯再次离席作揖,说:"我不该以凡俗之心,度神兽之腹,惭愧惭愧!"

角端说:"你也不用跟我这么客气了,我们谈正事吧。我今夜来,要对你说的话是,吴族那头由我说服,只要吴族把旗上的鱼撤换了,其他部落就会跟风的。你要做的,是再不要提龙不龙的。你越提,他们越不愿听,事情反会搞僵。你相信我,你就静等结果,等待水到渠成,你们周人的龙就堂堂皇皇登上联盟大旗了。"

泰伯连声说:"相信,相信,我怎会不信神兽? 一切仰仗神兽了!"

说罢,再看面前,空空荡荡,哪有什么独角兽? 连忙环顾四周,也无独角兽踪影。泰伯一急,顿时梦醒。回忆梦中情景,自己与独角兽的对话大致尚能想起,不由得连连称奇。既然奇异如此,那就姑妄信之,且看事情会怎么发展吧。

过了几日,吴族出现了怪事,这天一大早,高高飘扬的一面族旗,旗上画的一条大鲤鱼忽然头摇尾巴翘,像是变成了活鱼。有个族人发现了,以为是风吹旗动,大鲤鱼才这样子的。他看看四周的树和草,树叶静止,茅草直立,分明一丝风也没有。再仰望族旗,旗角下垂,显然也无风拂它。那么,旗面上的大鲤鱼为何动了起来呢? 此人正在疑惑,仿佛是为了进一步惊吓他,那大鲤鱼身子一屈一弹,从旗上跳到了地上,在他脚前"啪嗒啪嗒"乱蹦,蹦了几下,身子一挺,死了。此人大骇,慌慌张张跑去向长老禀报。

长老得报,不敢怠慢,赶紧出来瞧瞧。却见旗上好端端一条大鲤鱼卧在上面,地上并无什么死鱼。长老正欲呵斥报信之人,尚未开口,旗上画着的鱼又扭动起来,扭着扭着就蹦落到地上,弹跳几下,鱼眼珠翻白,变成了死鱼。长老惊得张大了嘴,半天合不拢,一种不祥之兆涌上了心头。

这个消息迅速传遍全族,族人个个惊慌,人人害怕,不知这是怎样一种凶兆,预示着怎样的灾难将会降临。一时之间,整个部落陷入巨大的恐惧,乱成了一锅粥。

他们哪里知晓,这是角端作法,玩了个小把戏。角端玩过了把戏,爬到一棵大树上自己的窝里,四脚朝天舒舒服服躺下,等着长老来找它。在吴族人心目中,角端无所不知,无所不晓,现在遇到这等怪事,不找它询问还去找谁?果然,长老急匆匆来到了大树下,焦灼地唤道:"神兽神兽,出大事了,你快去看看。"

角端顺着树干滑下地来,不急不忙地说:"我不必去看,旗上的鲤鱼掉下来了,是吧?"

长老说:"是是是,神兽有未卜先知的本领。神兽,你说说,这是什么兆头?会是凶兆吗?"

角端说:"或是凶兆,或是吉兆,就看你们接下来怎么做了。"

长老问:"此话怎讲?"

角端说:"从这里往北走百余里,有条大江。过了江走一千多里,有条大河,顺着这条大河往西走一千多里,那儿有禹开凿的龙门,每年都有鲤鱼逆流而上,为的是到那里跳龙门,能跃过去的化作龙,跃不过去的只能仍旧做鱼,最后逃不掉给人捕去吃掉的命。依我看来,族旗上的鱼是想升作龙了,升了是吉,不升是祸,死路一条。你们前一阵不是在吵吵盟旗上画什么图案吗?这是上天在发出警示了。"

长老顿足道:"糟了糟了,前一阵泰伯和我们争得面红耳赤,最近他一点声音也没有了,是不是不想和我们联盟了?联盟不成,我们就是愿意把族旗上的鱼换成周人的龙，只怕也换不成了，那不是失了吉兆，只剩凶兆了吗？"

角端说："其实，鱼龙本是一家，不然就没有鲤鱼跃龙门这回事了。既然这样，何必分周人的龙、吴人的鱼呢？我看泰伯并非胸襟狭窄之人，他最近不来找你，大概是不愿再吵架，伤了和气。你若是真心想让吴族吉利，不妨去蕃离城走一遭，联盟大计也就成了。"

长老心结已经解开，欣然接受了角端建议。他这一去，吴地便将出现一个大联盟了。

穿渎筑城

联盟的成立, 使泰伯的势力范围扩展到了方圆百余里。泰伯本打算将蕃离城东移, 这样更方便继续东扩南延, 可是, 海边有东夷, 南面有越人, 若要征服他们, 尚需时日积累更大的实力, 思前想后, 他最终克制住了迁城的冲动, 决定仍留在原地。

既然决定不动迁了, 泰伯接下来要做的第一件事, 是翻建蕃离城。周人初来时, 力薄财乏, 匆促草创, 修的城邑占地仅方圆数里, 四周围以竹篱, 城内全是简陋低矮的窝棚。这样的一座城, 真是名不符实, 连个像样的村落也不够格, 与盟主所居地太不相称, 必须改造成符合盟主身份、气势、威严、荣耀的城池, 才有利于进一步吸引、慑服、统辖、管制土著部落。

泰伯准备从各部落征调民夫, 投入筑城工程。这是泰伯第一次运用盟主权力, 估计不会太顺利, 他与仲雍谋商, 订下了周密计划。泰伯派出使者, 召盟下各酋长到蕃离城议事, 其中的吴族长老, 则由仲雍代表泰伯去专程相请, 一来显示特殊待遇, 二来另有密议。

到了这一日，各路酋长会聚蕃离城，有个灰齿部落酋长缺席。这个部落除了断发文身，还把牙齿染成灰黑，故而得名。与其接壤的乌齿部落，则是把牙齿染成乌黑。这两个部落的酋长是兄弟，因自知有些事违犯盟主规矩，两人心虚，所以一个留在部落做后援，一个前来蕃离探动静。

蕃离城内一块空坪上搭起了布棚，铺开了筵席，泰伯东向而坐，酋长们的席位一律安排在他对面，这就明显摆开了尊卑阵势。因吴族长老面容平静，坦然接受这样的安排，其他酋长也不好说什么，只有乌齿部落酋长脸露悻悻之色，掩饰不住内心的不满。泰伯瞥见此人的表情，暂时不予理会，慢悠悠说道："我把诸位请来，住的是矮屋，议事在露天，实在不好意思。尚还说得过去的，是饮食不错，餐餐有肉。不过，我听说侍候你们的奴隶，有偷懒的，不知确凿否？"

泰伯派去侍候酋长们的一批奴隶，原是一些小部落的酋长，因联合攻打周人失败，被贬为奴隶。他们原来势力虽不及大部落，但身份和大部落酋长是平起平坐的。如今蓬头跣足，赤身露体，仅在腰间围一块破烂肮脏兜裆布，畏畏缩缩端汤端水，充当侍役，这副可怜之状令大部落酋长看了不忍，就让他们少干些活，以示怜悯。这时听泰伯似乎要追查此事，有个酋长赶紧解释道："并非他们偷懒，是我们……"

泰伯打断了他的话："是你们可怜他们，或有了兔死狐悲之感。可是，你们应该明白，既然奉我为盟主，就不可改变我的决定，我决定派这些奴隶侍候你们起居，你们私自让他们歇着，目中尚有我这盟主乎？我不便惩罚你们，但这些奴隶决不能轻饶。来人！"

随着泰伯一声断喝，一帮武士把三十多个奴隶押到棚前，命他们一字排开趴在地上，脊背朝天，武士抡圆皮鞭，狠狠抽打，这些奴隶开始还鬼哭狼嚎，呼痛求饶，渐渐声竭，直至呻吟也无。泰伯这才命令停止鞭刑，将血肉模糊、奄奄一息的奴隶们拖走。

泰伯用这些奴隶的脊背，给了酋长们一个鲜活的警示。然后，他放松了铁板的脸，温和地说道："我们议正事吧，我请诸位来，是向诸位借用劳力，修筑蕃离城。蕃离城现在有多寒酸，你们都看见了，丢我脸还是小事，有失联盟颜面绝非儿戏。我不提具体数字，只讲个大概比例，也就是十抽四吧，你们各家奴隶有多有少，多的多抽，少的少抽，不失公平。"

所有在场的酋长耳畔仿佛还回响着鞭子的余啸，都在心里掂量盟主的威严，一时皆不忙开口。乌齿部落酋长却忍不住问："你抽调我的人，给不给报酬？"

泰伯回答十分干脆："不给，还要劳力自备工具，自带口粮。"

乌齿部酋长说："他们有啥？只怕到你这里来不是筑城，是要他们活活饿死。"

泰伯问："你的奴隶也参加助耕的，公田所产粮谷，三成交蕃离城的公库，二成给了你们，五成归奴隶，你的奴隶怎么会没有吃的？"

乌齿部落酋长两眼一翻一翻，说不出话来，其余酋长也都低下了头，心里敲开了小鼓。泰伯规定的归奴隶那五成收成，酋长们都打了折扣，心善些的五成扣两三，心黑的全部夺去，一粒粮也不留给辛辛苦苦耕作公田的奴隶。乌齿、灰齿二部的酋长便是后一类最贪婪的奴隶主。

泰伯说："你不讲，我替你讲。奴隶为你耕作，一年辛苦到头，你从未给过他们报酬，只给他们少得可怜的一点食物充饥，让他们半饥不饱地活着。这是你们部落的事，我管不着，但助耕是耕我的公田，我定的规矩不可坏,你坏了我的规矩,我就得找你算账,这个账怎么算,就看你今日知不知悔了。"

乌齿部落酋长脖子一梗,说:"悔又怎样,不悔又怎样,难道你还想把我也抽上几鞭?"

泰伯冷笑道:"你这是坏了规矩,无视盟主,岂是鞭责便可轻易交代过去的!"

乌齿部落酋长说:"听你的口气,你该不是想杀我吧?你敢!"

泰伯撇开他,唤一声:"发令官何在?"

棚外大步踏进一个年轻英武的勇士,手捧令箭,响亮答道:"在!"

泰伯问:"盟誓何时宣过?"

发令官答:"联盟仪式上曾当众宣读。"

泰伯问:"当时可有人反对?"

发令官答:"无人异议。"

这一问一答,酋长们听得清清楚楚,他们都记起了这件事,当时确实由发令官宣读过三条盟誓,但谁也没往心里去,都以为这是表面文章,说说而已,不相信有朝一日真的会执行。再说,即便盟主想要当真,他们也不怕,他们都有自己的武装,都是硬骨头,你盟主不能不忌惮。然而看今天的架势,他们不免暗暗担心,恐怕自己想得简单了些,盟主十有八九要较真了。

泰伯吩咐道:"发令官,再重申一遍盟誓!"

发令官应一声:"是!"转身面向酋长们,高声宣道:"破坏联盟者,罪不赦,斩!违抗号令者,罪不赦,斩!忤逆尊长者,罪不赦,斩!"

泰伯脸色严峻,指着乌齿部落酋长,厉声道:"盟主为一盟之尊,号令为一盟之约,破坏规矩便是破坏联盟,你三项大罪在身,容你不得!

来人,将他推出斩了!"

几名武士一拥而上,把乌齿部落酋长架出棚外,就在众人目及之处,他被按跪在地,刀光一闪,一颗人头落地。

众酋长看得心惊肉跳,纷纷把目光投向吴族长老,想看看他的反应,却见此老镇静如常,丝毫没有感到意外的神色。众酋长有点搞不懂了,这位德高望重的吴族首领,为何淡定若此?

这是因为仲雍与他有了密议,现在发生的一切,事先他已知情。仲雍向吴族长老转达了泰伯的意见,说是非但不要吴族派工,而且还会从抽调的各部落劳力中拨出一部分来,与吴族合作开挖一条伯渎河。吴族居住地和蕃离城之间榛莽遍野,芜草丛结,淖污蔟蔟,沟壑纵横,交通十分不便,骑马跑一趟,七绕八拐,于无路处觅小径,耗时往往四五天,徒步就得加倍,更伤脑筋的是大部队很难通行,辎重几乎无法移动,一旦吴族遭遇东夷侵犯,需向蕃离城求援,盟主发兵往救,不易及时赶到。吴族长老早有修路之心,如今泰伯主动提出协助他挖一条河道,起土在河边修条大路,长老满心欢喜,当即达成协议,由泰伯相帮开挖东西向百里河道,并修筑一条硬土路,他则全力支持泰伯建城。

泰伯诛杀了乌齿部落酋长,消息传到灰齿部落,其弟率领乌齿、灰齿二部人马前来复仇,泰伯发兵与二部对阵,正在激战之际,二部后方大乱,原来是吴族从东边发起了袭击。蕃离军和吴族兵两面合击,叛乱的二部被迅速荡平,灰齿部落酋长被擒处死,乌齿部落并入蕃离,灰齿部落归入吴族。

翦除了乌齿、灰齿二部,泰伯可以心无旁骛地扩建重筑蕃离城了。他将方圆数里之城扩大至十余里,改竹篱墙为夯土墙,墙高三丈,厚八尺，算得上真正意义上的城墙了。城内建有许多在当时可称相当漂亮的房屋，泰伯的居所尤为显眼，垒有台基、挖有排水沟以减少地下水湿气，版筑土墙，光滑平整，屋顶虽是稻草覆盖，但蘸、抹了泥浆，防漏性能大大提高。此屋面积足有今天半个足球场大小，高有两丈余，朝南开门，门帘是麋鹿皮缝纫的。与周围密密排列的其余屋子相比，这屋的高规格显而易见。如此高规格的屋子兼有三用，一是周人祭祀场所，二是议事大厅，三是泰伯居室。这样一座房子的主人，往那儿一坐，自然平添了几分威仪。

这是吴地前所未有的城堡，部落酋长们参观后大为震撼，对盟主就更其敬畏了。

建立勾吴

　　亶父步入老迈之年以后，身体一天比一天差，思维也变得混乱起来，常常推翻过去的决定，突然蹦出个截然相反的念头，在继承人问题上就是这样。有天会见大臣，亶父蓦地宣布，他要派人去将长子泰伯找回来，让泰伯坐君位。大臣们毫无思想准备，面面相觑，哭笑不得，都觉得这个玩笑开大了。这几年，季历辅政，把政事处理得有条有理，国泰民安，大家都已习惯了，形成了一整套围绕未来国君，运作各自权力的秩序，倘若更换储君，搞不好会有伤国本，对周国绝不是件好事。

　　大臣们经过商议，统一了意见，纷纷上书劝谏，希望国君以社稷稳定为重，放弃因思念长子而随意处置国柄的想法。可是，亶父十分固执，口口声声："我让他远走江南，已经对不起他了。不能再亏待他，我一定要补偿他，叫他做周国第二代君主。"亶父不顾大臣们的反对，派出使者去到江南，向泰伯、仲雍传达他的旨意。

　　使者一去大半年，总算风尘仆仆回到了周原，向国君禀告，说泰伯、仲雍是找到了，他们现在定居在蕃离，和当地部落打成了一片，还接受了土著的习俗,兄弟俩和他们带去的那些人,全都断发文身,表示要永久居住在那里了。亶父这时处于清醒状态,听了此言,老泪沾湿了胡须,悲凄地说道:"他们将周人的礼俗也丢掉了,看来是真的不想回来了。老大、老二都是懂得孝道的人,他们知道我病重,不跟你回来看望我,大概是怕我留下他们不让再走。泰伯这么做,是坚守让位给季历的承诺啊!"打这天起,亶父不再提召回长子的事,大臣们松了口气。

大家以为亶父忘了此事,谁知亶父病至临终,将季历和几位股肱大臣召到病榻前,气息微弱地交代道:"我死之后,可立季历,但季历须遣专使去江南,请二位兄长回来,他们回来,你就让位于泰伯,泰伯坚辞,让位于仲雍,仲雍不受,你继续当你的新君。季历,你可记住了?"

季历诺诺答应,亶父这才闭上了眼睛。

亶父留下的这份遗嘱,令季历背上了一个沉重的负担,执行吧,大臣不让,不执行吧,父命难违。思来想去,他一咬牙,还是把专使派了出去。

专使带着周国新君的诏书,到了蕃离城,泰伯难办了。周原他是万万回不得的,一旦回去,性命堪忧。季历当然不会伤害他,但季历手下的大臣呢?他们十有八九要为新君铲除可能染指君位的人。哪怕他回去表态拥护季历为君,大臣也不会放心,仍会采取最保险的措施,那就是让他彻底消失。那么,拒绝诏书行不行?不行,这是抗旨。他虽远在江南,但名义上仍是周国的臣民,不接受国君的诏令,便是不忠,将被天下人骂作不忠之臣。

泰伯很苦恼,无心理事,站在庭院里发呆。他看到一只黄雀飞来,落在一棵树上,用喙梳理着美丽的羽毛。泰伯大为感触,默自说:"鸟雀尚且知道爱惜羽毛,我能不爱惜自己的名声吗?"可是,怎样才能既不留骂名，又无须回到周原呢？泰伯苦思冥想，找不到两全之策，唯剩声声长叹。

仲雍来了，劈头就说："大哥，我来找您商量国名，您拿定主意了吗？"

泰伯给提醒了，最近，他正在紧锣密鼓筹备建国大事。经过这么些年的努力，各项条件均已具备，他从周原出发就怀揣的理想眼瞅着到了瓜熟蒂落的时候，一个由周人统治的方国即将诞生于江南大地。前一阵，每当想起这事，他都会激动得血流加快，心潮澎湃，只可惜给季历专使跑来一搅，搅得他心情大变，竟把这件大事也搁置一旁了。

泰伯说："这几天我有点烦，没有心思过问这事，二弟你多操些心吧。"

仲雍问："大哥心烦意乱，想来因为应诏也不是，不应诏也不是？"

泰伯说："正是。我若跟专使回周原，只恐周国大臣对我不利。季历可以念手足之情，大臣不会念。那些大臣无非这几种来源，一是父亲留下的辅佐之臣，二是季历旧臣，三是季历提拔的新进之臣，不管哪一种，对季历都有拥戴之功，季历也给了他们利禄权力，他们是不愿意换主子的。父亲那份遗嘱，必然让大臣视我为威胁新君君位之人，他们为了维护季历，也为了保持自己的禄位，很可能对我下手。万一发生这种事，季历不是主谋也是主谋，跳进渭河也洗不清这嫌疑，季历岂不是要陷于不义之境了吗？所以，我不能回去。"

仲雍说："不回去也麻烦，我们至今还保留着周国臣民的身份，国君有诏，岂能不奉？除非我们现在已脱离周国管辖，两国之间，只有国书往来，何来奉不奉诏之说？"

泰伯心中猛地一动，忙问："二弟的意思是……"

仲雍说:"我的意思是,原本我们建国,尽可按步就班,现在需加快步伐了。专使看到这里已是一个独立的方国,他自然懂得不宜再以周国国君的诏令催促,他回到周原复命,季历必定明白大哥您送了个最好的理由给他,他以后再不用为执不执行父亲遗嘱而为难,周国朝堂也能微波不兴。"

泰伯说:"这倒不失为一石数鸟的妙法,只是我们当初离开周原,一是让位于季历,二是替父亲在江南辟一块地盘,即便以方国存世,也是周国的一部分,现在我们的方国要与周国平起平坐,不是违背初衷了吗?"

仲雍说:"父亲在,我们当然不可另外立国,但现在父亲不在了,周国新君与我们本是兄弟,我们建立的方国与周国为兄弟之国,并无不妥。"

泰伯说:"你之所言,道理上也讲得通,不过,我心中终究放不下故国。这样吧,我们可以嘱咐后人,以后有机会,总得认周国为宗主国。二弟意下如何?"

仲雍点头称是。

于是,泰伯迎来了他一生最大的辉煌,江南大地上出现了一个新的国家,国名"勾吴"。"勾"用在这里仅为辅音,是当地发声时的前缀,无意义,保留这个发声习惯,是一种尊重。"吴"就不同了,这里土著部落最有实力的是吴族,土著已自称吴人,将这个地方称为吴地,而且古吴语"吴"即"鱼",鱼曾是土著部落普遍使用的图腾图案,虽然现在改为龙了,但土著内心深处并未完全放弃他们的"鱼"。泰伯定此国名,用心深远,是让土著认为这是他们自己的国家,有利于笼络土著,政权可稳定长治。

勾吴国横空出世，泰伯成了第一任国君，他分封官职，仲雍为太宰，兼夏官，相当于后世丞相兼兵部尚书，把相权兵权交给自己的亲弟弟，泰伯才放心。吴族长老任秋官，执掌刑罚。其他各职，委任了若干贵族、酋长，真是皆大欢喜，满朝相贺。

【第六辑】

收服野牛

周人定居蕃离以后，每当下田耕作，泰伯都要严加禁戒，远远地就设下岗哨，不许外人靠近。土著看着神秘，搞不懂周人玩的什么名堂，好奇地到处打听，周人说因为始祖后稷亲自降临，指导农事，不可受到骚扰，故而戒严。土著听了，恍然大悟，怪不得周人田里产量年年高于他们，原来是有神相助。其实，周人来到江南后，已驯养了一批野牛，用以拉犁耕田，泰伯不愿让土著学了去，每次用到牛的时候，都要采取这般措施。泰伯之目的，在于保持周人农作的先进性，使蕃离城的粮食储备远超任何一个土著部落，这被他视为增强自己实力的有效手段。

建国了，泰伯的想法变了，如今他要增强的，不再局限于一个蕃离城，而是整个勾吴国，这就需要提升全境的农业生产水平，用畜力替代人力耕地是关键之一。因此，泰伯派出一批周人，到各部落去教土著捕捉和驯养野牛。吴中大地上那时林莽丛生，野牛成群，土著为了对付野牛，也曾想了不少办法，诸如用弓箭射，但野牛皮厚，射不透，伤不了；擂鼓轰赶，起初野牛还受惊逃跑，后来习惯了，就不理不睬，根本赶不走；

祭神灵保佑，野牛不受感应，照样糟蹋着庄稼；用棍打绳套来与野牛正面搏斗，虽然打死过几头野牛，但人也死伤不少。总之，土著与野牛斗法斗不过，没了信心，只得任由野牛践踏庄稼，毫无办法。现在周人来教他们捕野牛了，他们倒要看看，周人到底有何神通。

周人带着土著先织网，土著是打鱼行家，织网拿手，很快就织成了几张大网。周人指导土著拿着网爬到野牛经常出没之地的大树上，等到野牛路过，就撒下网来，野牛被网裹住，迈不开腿，只能就地打滚，企图挣脱逃生。这时只见周人从隐藏处飞奔而出，眼疾手快，伸出右手大拇指和食指，一下子扣住野牛鼻。牛鼻是牛身上最脆弱最怕疼的地方，抓住牛鼻它就不会反抗。土著惊讶地发现，方才还蛮力十足的野牛，给周人两个手指就制服了，只剩得呼呼喘粗气的份，不再乱动。周人的左手从怀里掏出一个小铜环，右手两个指头一发力，已在牛鼻甲上捏出个小孔，左手的铜环随即套上小孔，又像变戏法似的从怀里掏出一根绳子，绳子穿过铜环，一头打个结，一头攒在手中。整个过程，身段敏捷，动作麻利，眨眼间就全部完成。周人唤土著从树上下来，将牛鼻绳交给他，让他牵牛回去。本来桀骜不驯的野牛，此时被牵着乖乖走了，土著对周人的本领钦佩至极。

后来，土著学会了周人的捕牛技术，抓到的野牛越来越多，拴在牛棚里饲养着，想吃牛肉的时候就杀一头。以前抓获野牛不易，牛肉是稀罕物，现在方便了，想吃就吃，随时随地取得，土著开心得不得了。周人是严禁宰牛的，吃牛肉是犯罪，泰伯得知土著杀牛食牛，非常恼火，但是，土著素无敬牛之心，不认为这有什么不可，若将他们治罪，恐将激起反叛，须得慎重处理。泰伯与仲雍经过商量，在一个雷雨夜，派出卫士，潜入几个土著部落，割断牛鼻绳，放跑了若干头牛。

翌日朝会，泰伯指着几个大臣说道："你们赶紧派人回部落去查一查，昨夜跑没跑了牛，查明禀我，到时我有话说。"几个大臣莫名其妙，但国君既然吩咐下来，总得照办，散朝后回到府邸，派出仆人骑马前往各自部落查看。过了三天，泰伯在朝会上问那几个大臣，派出的人可曾都回来了，各家跑了多少牛？几个大臣如实禀报，有跑掉七八头的，有跑了十多头的。

泰伯说："你们一定很奇怪，我在宫里，怎会知道你们部落跑了牛？这是天帝派遣一位天神来告诉我的。为什么你们部落跑了牛，其他大臣没有损失一头？这是因为你们几个杀牛食牛最多！你们的牛是怎么跑掉的？是不是牛鼻绳断了才跑了？为何是在雷雨天断了牛鼻绳？这是天帝命雷神击断的！"

几个大臣听得暗暗吐舌，有一个嗫嚅道："天帝高高在上，他还管下界的牛？"

泰伯一脸严肃，语气庄重地说道："天帝为何关心牛？这里头自有渊源，我来说与你们听。"

远古时候，有一年大旱，尚未入夏，有的地方已能热死人，天上从早到夜悬一盆火，足足两个多月不曾降一滴雨，河竭地裂，田里庄稼全枯死了。有的地方正相反，不停地下暴雨，田都给盖在丈许深的水下，禾苗全给淹死了。天气怎么会是这样子的呢？原来是雨神贪杯，醉了大发酒疯，播雨颠三倒四，结果凡间倒霉，要雨的地方闹旱灾，不要雨的地方发大水，弄得百姓苦不堪言。

挨到第二年，要春播了，家家没有一粒种子。种田人听着布谷鸟"谷谷"叫，望着老天，怨声载道。这股怨言给天宫的耳报神听见，他就到天帝跟前打小报告。天帝火冒三丈，下旨给管粮仓的神牛，不准撒一颗种子给凡间，说是要断绝人间烟火食，惩罚刁民。神牛忠厚、善良，它知道百姓没有种子种田该有多凄苦，接到圣旨，伤心得滚下泪水来。神牛决意甘担违旨的风险，解救人间的苦难，便不顾一切打开粮仓的大锁，把金灿灿的谷子全部倒了下去。

神牛冒犯了天帝旨意，天帝雷霆大怒，用一根链条穿通它的鼻甲，一头绑在天柱上，把它吊在半空，命令雷公用雷电轰它。有一个雷电击断了链条，神牛从天上掉落下来。神牛到了人间，发现百姓日子过得很穷苦，饭也吃不饱，但百姓很感激它，待它特别好，搭了一间棚屋让它住，还凑了稻麦喂它。神牛深知粒粒粮食来之不易，这些稻麦都是百姓从牙缝里节省下来的，所以，神牛决定不再吃粮食，改用稻草麦秸充饥。神牛看见百姓干农活十分辛苦，就让自己的身体分裂，变成一头头小牛，而且有公有母，小牛见风长，一转眼就变成了大牛，大牛交配，生出小牛来，再长大，再繁殖，世上就有了许许多多的牛。这些牛分散到了各地，各地都有了牛。

泰伯说："牛到了周原，我们周人敬重它，好好饲养它，所以它帮助我们耕地、拉碾、驾车，抢做重活、累活、脏活，成了我们最好的伙伴。可是，牛到了你们这里，你们却不管它，它只好一直做野牛，到你们的田里抢食吃。现在我派人替你们收服了野牛，原是请它来帮你们干活的，你们却贪吃它的肉，把它当猪羊一样看待了，岂不惹恼了天帝？难怪他要放掉一些牛警告你们。"

有位大臣歪了脑袋想了一会儿，说："不对呀，牛不是遭天帝惩处才被打下尘世的吗？天帝怎么又会顾念起它来？"

泰伯说："后来，我们的始祖后稷谒见天帝，谈起此事，天帝才知道自己偏听了耳报神的话，错怪了百姓，冤屈了神牛。但天帝是不可以认错的,他便又下一道旨,说后稷向他禀报了人间疾苦,自己体恤下民,故而遣神牛下凡,命神牛化一为无数,永留凡尘,帮助黎民。你们想想,天帝会不关心牛吗?你们还敢贪食牛肉而违犯天帝意愿吗?"

大臣们一齐战战兢兢说:"不敢了,不敢了,再也不敢了!"

从此,勾吴国全境,牛只用来帮人干活,再没发生过杀牛取肉的事。

弃镵用犁

　　镵，脚踏的掘土农具。吴地土著以镵翻地，远不及周人用犁高效而省力。野牛驯服后，用牛拉犁比人拉犁又增一筹。泰伯见改革的条件已具备，便颁布了酝酿已久的废镵政令，教土著削木制犁杖，熔青铜铸犁头，用牛拉犁耕作。

　　牛拉犁耕田速度快多了，土著耕完自己的田，有的去公田助耕，有的就开荒。开荒可以增加耕地，是件好事，但有个女土煞不高兴了。土煞是钻在土里的煞神。这个女土煞叫"魇祷"，说起她的家世来，不得了。她的父亲名"骀虞"，形体特别奇异，有八个头、八只腿、八条尾巴、人的面孔、虎的身子，这么一个庞然大怪兽，有些吴地部落却认他为始祖神。骀虞娶古怀氏为妻，生有四个女儿，这四个女儿长得和正常人没什么区别，但也平分了他身上某种特征，她们头颅上都有两幅脸，朝前的一幅脸露出，后脑上的那幅脸被长发遮着，平时人家不会发现，风大了头发被掀起，能把人吓死。因为这缘故，魇祷常年待在地穴里面，不爱出来。魇祷地穴所在的一片土地，荒了千百年，长满杂木乱草，人迹罕至,极其静寂,她待着很安逸,忽然穴顶上方哗哗作响,还有踏地声、吆喝声和鞭子噼啪声,将她惊动了。魇祷探出头去一看,见七八个人赶着七八头牛,一头牛拉着一张犁,正在犁开地穴上面的土层。魇祷很生气,掐指一算,知道这些人来这里开荒,账要算到泰伯头上,如果没有泰伯推广牛耕犁作,他们哪有这个能耐跑到这片地上来搅她清梦?

按常理想来,土煞既然带个"煞"字,应该属于凶神恶煞一类,非常凶狠,非常险恶的。魇祷不同,她从不害人。魇祷虽然也有通过祈求鬼神或运用诅咒达到目的之法术,但很少施行。这次,她也不想伤害谁,只想劝说泰伯在勾吴国境内放弃牛和犁,让部落民回到脚踏镬子掘土翻地的老路上去,那样的话,就没人有过剩的精力来打扰她了。

从这天起,泰伯就不得安生了,耳畔不时有个尖利的女声响起:"我是魇祷,我是魇祷。"泰伯开始以为是疲劳或体虚引起的耳鸣。并没当回事,找了些药草煎服了,自忖过两三天就会好了。一晃三四天过去,这声音非但没消失,反而越来越频繁,越来越刺耳。泰伯问道:"你是何方神圣,为何盯上我了,我有什么事得罪你了?"

魇祷说:"你的牛和犁搅得我不太平,我也要让你尝尝这种滋味。你要么下令停用牛犁,仍用镬子,要么和我一样,天天给吵得心神不宁。两条路,你选一条吧!"

泰伯说:"弃镬用犁是对的,废犁用镬是错的,你为何要逼我改对为错?"

魇祷说:"我不管什么对和错,以前这里的人祖祖辈辈都是踏镬翻地的,不是也一代代过吗?"

泰伯说:"此话错矣!是一代又一代过来了,却要看过得怎样。如你所言,这里的人确实是祖祖辈辈踏镬翻地的,但你是否知道,踏镬翻地人有多累，速度又慢，翻得又不深，所以产量太低，除了酋长、贵族，有几家能吃饱的？挨饿伤身，体弱易病，奴隶就不说了，即便平民，能活到三十岁就不算早逝了。还有一条，那就是平民虽然有些私田，也因收成不多，青黄不接，只得向贵族借粮，利息过重也得借，借了还不起，只能用私田抵，抵尚不足，只能用自身抵，平民沦为奴隶。于是，平民只见减少，这里的部落始终壮大不了，没有一个部落强大到能够建国立邦。我来之后，先撮成联盟，再建立勾吴，先推动助耕，再推行牛犁，你难道未看到这里人的日子好过多了吗？平民是自由之身，有支配自己的权利，私田产量高了，吃饱了就有劲头去开荒，我规定开出来的田归他，他只要拿出一成收成交田赋，所以平民开荒最起劲。田多了，粮食就多了，各家的粮囤满了，国家的仓廪也充实了，于国于民都有利。而且，仓廪实而知礼节，衣食足而知荣辱，闾巷就少了戾气，阡陌就多了祥和，这不也是大好事吗？你要我改弦更张，你有什么道理？"

魔祷说："道理我说不过你，我就不讲道理了，反正你改也得改，不改也得改，假如你不让这里的人退回到踏镵翻地，我跟你没完！"

泰伯说："你这是威胁我了，我倒要看看你怎么个没完法。"

魔祷说："我一天十二时辰不停在你耳边叫，叫得你休想睡觉，你这条老命还要不要？"

泰伯说："你就是把我吵死，我也不会下令退回到踏镵翻地。若是我退了这一步，又跑来一个何方神圣，要我下令退回到刀耕火种，我也答应？这是万万不可的！"

魔祷挠头了，心想：这人刀枪不入，怎么办？我又不能真的将他活活吵死，还是另外想一招吧。

魔祷钻到地穴里去动脑筋了，泰伯耳根清净了一阵。可是，过了几天，他耳畔又响起了那个尖利的女声："我是魇祷，我是魇祷。"

泰伯问："你又来做甚？"

魇祷说："我来告诉你，我将祈求鬼神一齐捣蛋，你的勾吴国麻烦大了！"

泰伯调侃道："你又来吓唬我了，我又不是吓大的。"

魇祷发急道："我这次真的不是吓你，你要相信我有这个能耐。"

泰伯说："那你讲几个鬼神给我听听，我盘算盘算，勾吴国能否让你搞乱。"

魇祷神气起来了，大模大样道："你竖直耳朵听仔细了，我第一个请来猪圈神，让猪生瘟疫；第二个请来马厩神，让马变跛脚；第三个请来厕神，让人尿畜粪遍地流；第四个请来灶神，让蟑螂到处爬；第五个请来……"

泰伯笑道："好了好了，你不用往下数了，我以为你能号召多大的神灵呢，原来都是些小妖。况且，我断定你也不会纠集他们来捣乱的。"

魇祷吃惊地问："你怎么知道我不会？"

泰伯说："你真要那么做，早就做了，还用得着先告知我，和我讨价还价？我料你并非恶神，不过是嘴巴凶些罢了。"

魇祷沮丧地嘟哝道："给你说中了，我还真是这样的脾性。我恶又恶不来，静又静不了，你说我怎么办呢？要不，你给我出个主意吧。"

泰伯觉得这个神怪挺可爱的，愿意帮她的忙，说："你不是怕吵吗？这样吧，你不要再待在地穴里了，附到鼓上去，烦恼就没有了。"

魇祷叫了起来："鼓声那么响，不是更吵我了？看你很厚道的一个人，为何这么捉弄我？"

泰伯说："这你就不懂了，当年黄帝造大鼓，就下过敕令：他日如有鼓神，准其声不入耳。你想呀，倘若鼓神听得到鼓声，他岂不头都要炸裂？他为了保护自己，就会压低鼓声，甚至让鼓哑掉。万一战斗激烈，需要猛擂大鼓振奋士气，鼓神却作起梗来，那还了得！所以，鼓神听不到不愿听的声音。你待在鼓里，最清静了。"

魇祷问："黄帝到如今，这么久了，鼓神这个位子还空缺？"

泰伯说："黄帝当年不曾物色到合适人选，让后裔继续物色，一代一代后裔或是忙，顾不上管这种小事，或是觉得给不给鼓配个神无所谓，把这事忘了。要不是你找到我头上，我也想不起此事。你连犁地那点声响都受不了，可见你特别怕烦，你去当鼓神最合适了。我做主，这个位子就是你的了，你去不去？"

魇祷兴高采烈说："我去，我去。我不来你耳边叫嚷了，你也落个清静吧。"

这个小插曲，就这么圆满地结束了。

女红绣衣

　　仲雍官居太宰兼夏官，相权兵权集于一身，在勾吴国除了国君泰伯，地位没有出其右者。位高权重意味着责任大，事务繁，好在他才干出众，又极勤勉，国计民生处理得井井有条，所以没什么烦恼。可是，近来不大一样，他吃不香，睡不着，有了心事。仲雍的心事是由接连死了七八个人引起的。

　　死的这几个人，三个平民，四个奴隶，这种身份，本来轮不到他堂堂一国之相关注，他是被一场殴斗卷进去的。那一天，仲雍散朝回府，经过一条街道，给堵住了前行之路。只见一群人挤在路中央，吵吵嚷嚷，不知在围观什么。仲雍赶紧勒住坐骑，紧随在后的侍卫们也跟着停下了马。有个侍卫上前大声喊道："闪开，闪开，莫挡太宰大人的道。"侍卫的话音刚落，人圈里有人大喊："冤枉！""救命啊！"仲雍立即吩咐："何人呼冤? 带来一问。"侍卫喝道："闲人闪开，呼冤的上前来。"看热闹的一伙人纷纷闪往两旁，有两人相互揪着对方，跌跌撞撞来到仲雍马前。侍卫又是一声断喝："见了太宰，还不下跪，讨打啊? "扬起鞭子就要抽打，吓得两人慌忙一齐跪地。

仲雍说："方才是何人呼冤？有何冤屈？明白述来。"

两人中个子高些的说："是我有冤，大人您一定要替我做主。"稍矮一些的说："我叫的救命，求大人保我性命。"

仲雍说："我以为一人呼叫，原来是两人在喊。你们一个个讲，谁先诉来？"

两人争着都要先讲，仲雍一指高个子，说："你且住口，他有性命之虞，事关人命，非同小可，让他先诉。"

矮个子磕个头，说："谢大人！我在家中好端端坐着，这厮闯进来，不分青红皂白，动手就打，我逃到街上，他还穷追不舍。若不是大人正巧路过，我非得给他打死不可。大人不许他对我行凶，我就安全了。"

高个子急忙又大叫冤枉，分辩道："大人休听他一面之词，他欠我一条人命，我殴他几拳还算轻的！我儿刚成年，就给这厮活活害死了，大人您说我这冤有多大？大人您要为我申冤，不能轻饶了这厮。"

仲雍一指矮个子，说："我当你性命受到威胁，谁知你身上系着人家一条人命。他控告你害了他儿子，你为何害人，又是如何害人的？从实招来！"

矮个子说："大人明鉴，他儿子自死在家，与我何干？他硬说是我为他儿子文身，把他儿子扎死了，这不是胡说八道吗？"

高个子说："我儿一向健壮，到你那里文过身后，连日发烧，心跳气短，乃至昏厥，全身红疹，最后就一命归西了。这等情状，你还敢说与你无关？"

矮个子说："大人，我家世代操此手艺，我十六岁跟父亲学文身，至今二十余载，在我手中文了身的少说也有上千，若照他那么说，我身上岂不已有千条人命？真是笑话！"

高个子说："大人，以前他可曾害死过人，我管不着，但最近死在他针下的，我所知道的已有七八个，我都记着他们的姓名地址，大人可以派人去查。"

仲雍一听，觉得事情大了，沉吟片刻，吩咐侍卫将这两人带回衙去，详加讯问。

过了两日，仲雍做了一件轰动蕃离城的事，他敞开衙门，让百姓前来观看问案。众目睽睽之下，仲雍举起几根铜针，对跪在堂下的矮个子文身师说道："这些都是我派人去你家搜来的文身针，你看仔细了，是还不是？"

文身师说："这是我家祖传的针，我一看便知，错不了。"

仲雍命侍卫牵了一条狗来，捆结实后，让文身师用他家的铜针在狗身上刺满图纹。狗痛得狂吠不止，听得人心惊肉跳，折腾了两个时辰，总算完成。仲雍宣布，今日问案暂停，何日再问，等待公告。

官府这般问案，百姓闻所未闻，人人感到好奇，个个觉得诧异，都当作新闻来谈，街头巷尾，天天在议这事，大家都在等着看结果。等了十三天，太宰府发出公告，说是明天再问文身致人死亡案。到了这一天，前来观看的人更多了，将衙前场地站得密密麻麻，连个钉都插不进去。

仲雍升堂，先命侍卫抬出一条狗来，大家认出正是上回问案时文了身的那条，不过那时是活的，今天四肢笔直，死了。仲雍大声宣布，这狗死于文身，但文身师并非凶手，而是用来文狗的铜针上有祟邪。前些天因文身丢了命的七八人，也是因为使用了这几根针。文身师并不知情，因此无罪，当庭开释。

仲雍那个时代，当然不存在细菌、感染、败血症这些现代医学概念，故而只能用"崇邪"来解释。他能够怀疑到文身针有问题，并用狗做试验，已实属难能可贵了。以仲雍之尊，且有死狗为证，他做出这一宣布，众人信服，一场命案官司就此平息。

官司是平息了，仲雍心里却不平静，脑子里一直盘旋着这么两个字：文身，文身，文身……仲雍是蕃离周人中第一个文身的，但他内心对文身始终不曾认同。文身会造成创痛，仲雍每念及此，总是于心不忍，现在发现文身竟至送命，他更其心存悲悯了。仲雍打算借这契机废除文身，便去找泰伯禀报，泰伯全力支持，让他放手去做。仲雍于是召集大臣讨论此事，却遭到了土著出身的同僚强烈抵制。

这些土著大臣都尝到过文身时的剧痛，也知道文身或会造成危险，但他们还是坚持男孩到了十六岁必须文身。他们可以归并到周人掌控的勾吴国，可以接受周人出身的国君，可以学习周人的礼仪，但是，不断发文身，不可以！断发文身是吴人的习俗，也是标志，一旦放弃、改变、消失，在他们看来，等于绝种、灭族，这是万万不允许的。

仲雍和大臣发生了激烈争论，仲雍的小孙女名叫女红，这年十二岁，正在隔壁房内缝衣，听得出神，一针扎破了手指，血滴到了衣料上，为了遮掩血迹，女红用丝线在血迹上绣了一朵梅花，不料这一绣，忽然使她灵感顿生，为什么不将扎在身上的花纹刺到衣裳上呢？她因自己的灵感激动得无法按捺，连续七天七夜，用五彩丝线绣成了一件图纹衣裳。

女红绣成这件图纹衣裳后，第一个尝试的就是她的祖父。仲雍穿上了这件图纹衣裳后，迫不及待跳到水里去看效果，水蛇看到了这美丽的"怪物"，纷纷逃遁，鱼儿被吸引，一簇簇一群群游来，围着他打转，绕着他舞蹈。仲雍非常振奋，下令在勾吴全境推广绣衣，以替代文身。土著大臣面对绣衣，很是羡慕，心里痒痒的，承认穿上这种衣裳很漂亮，很气派，更能凸显自己的身份。"我们的习俗没有断，标志没有丢，只不过是从皮肤上转到衣裳上而已。而且，文衣可以不受皮肉之苦，更无性命之危，对种族的繁衍有好处。"他们这样说服自己，同时相互说服，反对废除文身的声音不知不觉就消失了。

仲雍这个聪明伶俐、心灵手巧的小孙女，一念闪光，缝制了一件绣衣，最早的苏绣就这样产生了。为了纪念这个小姑娘，后人以她的名字，将刺绣乃至一切针线活都称为"女红"。

绸被吴中

这天朝会，吴族长老向国君泰伯禀报，有两伙人当街斗殴，特奏请国君亲断。泰伯问道："你是秋官，断案理狱，乃你职司，何以上递朝堂？"长老说："因为斗殴双方皆是在朝大臣，我不便独断。"泰伯问："竟有此事？是哪二位大臣，你说来我听。"长老对大臣班列中的两个看了看，说："既然都在场，就无须我代叙了，你们自己给国君讲吧。"

这两个当事人呱咕呱咕，你一言我一语，争抢着诉说，泰伯耐心地听了半天，总算听出了眉目。事情是这样的，这二位大臣都向一个行商订购了绸布，这个来自中原的行商一路销售，他的货船抵达勾吴国时，手上只剩下了一匹绸，二位大臣都想要，竞相抬价，抬到最后就争吵，吵到最后就动手，先是两家的仆人厮打，随后是家人加入混战，最后是二位大臣亲自上阵，相互揪着胸脯挥拳，在大街上打得不可开交。有人看不过，报告了秋官衙门，吴族长老不便拘留当朝大臣，只是派出甲士，将他们两家拉开了事。

大臣在大庭广众之下打架，成了蕃离城一大笑话，街头巷尾都在传这件事，吴族长老考虑到影响甚坏，若是捂着盖着，便是他的失职，恐怕难逃国君责备，故而在朝会上提了出来。泰伯很是生气，斥责这二位大臣有失体统，太不像话，当即决定各罚俸半年，在家闭门思过一旬。

处罚过了二位丢人现眼的大臣，泰伯心里并未丢开这件事，散朝时他留下仲雍，打算深入谈谈这个话题。泰伯说："二弟，我看这样的事情以后或许还会发生，我们要想个办法防止才好。"仲雍说："打架倒不一定再有了，满朝大臣，数这二位脾气最火暴，其他大臣哪会像他俩似的不要脸面，不惜身价，在百姓面前互殴？不过，为了搞到丝绸弄出些别的花样来，只怕很难杜绝，如果不断出现各种状况，也有损朝廷颜面。"

吴地虽然早已植桑养蚕，但直到泰伯来到江南，看到的土著养蚕人家还是零零星星，难成气候。这也怪不得吴人，因生产力低下，他们的时间、精力几乎全部用在了稻田里，以有饭吃为第一目标，穿衣问题就很少考虑了，一年中有半年裸体，反正气候暖和，冻不着，天冷的季节，贵族穿兽皮，平民穿麻布，奴隶用稻草编的蓑衣御寒。勾吴国建立后，泰伯采取了一系列措施奖励农耕，又改进了农具，使用了畜力，粮食收成有了很大提高，填饱肚子不像过去那样困难了，人们对衣着的需求就上升了，于是，泰伯提倡大力植麻，穿衣也比较容易解决了，贵族便有了更高的追求，想穿漂亮的舒服的绸衣了。吴地自产的一点丝织绢绸，实在太少，根本满足不了需要，他们便把目光转向中原来的行商，以物物交换的形式从行商手里购买绢绸，无奈交通不便，不可能形成大规模的交易，行商带来的绢绸也很有限，因争购绢绸而产生纠纷也就不奇怪了。

针对上述情况，泰伯说："要想让大臣们家家不愁没有绸衣穿，我们要在植桑养蚕上多花些功夫了。二弟，你看该从哪里入手？"

仲雍说："我们周国在宫内设'妇功'一职，专门掌管养蚕事。我意勾吴国可承袭周国的做法，由国君任命一名'妇功'，再把土著中养蚕人家的女孩抽调些来，先在宫里辟室养蚕，成功后命大臣在各部落效仿，然后推广到民间，这样花上数年工夫，必有收获。"

泰伯说："这个办法可行，同时我还要奖励植桑，凡改为桑田的，我奖以同等亩数出产的稻谷，这样就会有大片桑树出现。我记得周原的桑田往往是连片的，所以我们故国的蚕妇采桑时会唱道：'十亩桑田树青青，桑叶多多蚕高兴。'我希望过几年，在吴地也能响起这歌谣。"

仲雍说："一定会的，我们重视了，倾国家之力办这件事，勾吴国怎还会不桑茂蚕旺？"

泰伯说："我的小侄孙女今年有十六了吧，我想任命她为'妇功'，你意如何？"

仲雍说："女红对绣艺特别喜欢，让她和蚕为伍，她自然乐意。女红还有些稚嫩，但不碍事，我会让她母亲、奶奶相帮，撑她一把。"

泰伯呵呵笑道："为了吴地蚕事，你家娘子军全出动了。事不宜迟，我们立即着手做去，我来发布奖励植桑的命令，你去抽调蚕女，让我的侄孙女准备上任。"

国君挂帅，国相操刀，雷厉风行，未有多久，蚕室就已建成。女红绘了一张画像，像上是一个美少女和一匹骏马，她把画挂在墙上，对二十名抽调来的蚕女讲了个故事。

帝喾时有个小氏族，族长给邻族掠去，他骑的一匹骏马留了下来。一年多了，他还未被放回，一天，母女两人喂马，母亲说："我曾告诉你父亲的部下，谁能将族长救回来，我就招他为婿。女儿，你愿意吗？"女儿说："我发誓，不管谁救回父亲，我肯定嫁给他。"母亲叹口气，说：

"可是，部下都畏惧邻族凶猛，没人敢去，怎么办呢？"

母亲话音刚落，骏马长嘶一声，挣断缰绳飞驰而去，转眼不见了踪影。过了数日，骏马驮着族长回来了。原来，骏马离了家，径直跑到邻族聚居地，它主人正在村外服劳役，见这马突然出现，十分惊喜，趁看守的人不备，跃上马背，骏马撒开四蹄，疾奔如风，一溜烟跑了回来。

骏马对主人有救命之恩，族长从此更加优厚地饲养它，可是，骏马不肯吃料，每次看见族长的女儿进出，总是踢蹄蹦跳，咴咴嘶叫。族长感到奇怪，和妻子说起此事，妻子说："糟了！我曾在它面前许诺，女儿也发了誓，谁救你回来，女儿就嫁给谁。它定是觉得我们不守信，这才如此反常。"族长说："这件事千万不能说出去，让人知道了，会当个大笑话传，玷污了我家的名声。"

族长吩咐女儿，不要再经过马厩，它久不见你，或许就把这事忘了。女儿说："你平时常教诲我，人要言而有信，我与它已有誓约，怎么可以连面也不见？"族长怒道："誓只能誓于人，岂能誓于畜？它脱我于难，功亦大矣，但你不可配于非类。你先前所发之誓，断不可行！"女儿认为父亲的说法没有道理，想想自己将成为失信之人，心中苦恼，终日啼哭。

族长感到事情棘手，便来个釜底抽薪，用弓箭射死了骏马，快刀斩乱麻了结此事。族长剥下马皮来晒在院子中，不曾想女儿从马皮一侧经过，马皮骤然而起，卷了她飞走了。

族长找了十多天，终于在一棵桑树上发现了马皮，可是，女儿已化成了蚕，在树上啃桑叶，吐丝作茧。族长夫妻十分悔恨，每天思念女儿，茶饭无心。一日，夫妻俩看见女儿乘着那匹骏马，由五彩云霞托着，自天而降，对他们说："天帝念我不忘信誓，封我为蚕花娘娘，让我佑护天下之蚕，以衣被于人间。如今，我已位列仙辈，你们不要再伤心了。"说罢，一抖缰绳，骏马冲天而上，很快就消失在云彩后面了。

女红讲完这个故事，说道："蚕花娘娘是特别守信重诺的，我们的国君要我转告你们，他对你们也有个承诺，只要你们把蚕养好，他就让你们回到各自的部落去当'妇功'，回去的时候，国君还奖给你们每人三亩地，一头牛，一间茅屋。你们说，还要不要养好蚕呀？"

蚕女们一齐欢呼起来："要要要，我们一定养好蚕，养好蚕……"

勾吴国的养蚕业，就这样开了个好头。后来，泰伯"绸被吴中"的梦想变成了现实。

漕湖驱凶

尧之时，洪水滔天，大地一片汪洋，庄稼被淹没了，房屋被冲塌了，人们扶老携幼，都逃到山上或大树上去。有的人虽然逃到了山上或树上，但因为禁不住风雨的吹打，特别是找不到食物，不久就冻死饿死了。有些人虽然侥幸逃到了比较大的山上，可以到山洞栖身，或用树枝树叶搭起窝棚躲避风雨，寻找树皮、野菜充饥，暂时维持生命，但人多树少，而且各种毒蛇猛兽也因逃避洪水上了山，威胁人类，所以，没被淹死、饿死、冻死，没被野兽毒蛇侵害而死的人，越来越少，长此以往，人类恐将灭绝。尧着急了，征召崇伯鲧来治水。鲧受命后，便去窃取了天帝的息壤，这是一种神土，遇水就往横里和高处生长。鲧看到哪里有洪水，就赶往哪里，捻一撮息壤撒在洪水前方，息壤迅速长成一道堰，把洪水堵住。可是，水是会流动的，正面被堵，漫向两边，一股变两股，洪水闹得更凶了。鲧疲于奔命地堵了九年，完全失败，被尧论罪斩于羽山这个地方。

鲧死后，他的尸体三年未腐，一天，忽然一声巨响，鲧的肚子裂开了，从里面蹦出一个男孩，这个男孩就是后来非常著名的禹。禹长大成人时，已是舜在掌管天下了，舜将治水的重担压在了禹的肩头。

禹走遍了山南海北，摸清了地形和水的走向，决定用导引洪水入大海的方法来消除水患。治洪工程开始，禹扛着镐锹，率领成千上万民夫挖渠开山，疏通河道。在治水过程中，最艰巨的工程是开凿龙门。龙门是一座大山，高高地横在黄河当中，挡住了奔腾直下的河水的去路，河水越积越多，水量增大了，便四处横溢，泛滥成灾。禹不怕辛苦，不畏艰险，带领民夫一点儿一点儿地开凿。夏天，烈日当空，山石被晒得滚烫，禹汗流浃背，仍然不停地干着；到了晚上，还要对付毒蛇猛兽的袭击。冬天，北风呼啸，天寒地冻，禹一镐一锹地挖着冻得坚硬的土地，手都磨出了血泡，可他毫不在乎，稍稍休息一下，又干了起来。民夫见首领如此吃苦耐劳，也就没有了怨言，齐心协力跟着他日夜苦干。然而，无论他们怎么拼命，工效还是太低了，禹必须另外设法。

禹将民夫统统放回家去休假，待到龙门不见一个人影，他化作一头大熊，后腿直立，前掌击石，一掌下去，呼呼生风，掌风到处，崖崩岩坼，大山终于裂作两爿，一扇门户洞开，滞阻在山前的汹涌浑黄大河，通过此门一泻而下，滚滚东流。禹复化为人，舒了口气，擦了把汗，转战江南去了。禹前后花了十三年，治好了华夏九州各地的洪水。

回过头来说鲧，鲧的尸体在羽山躺了好多年，忽然一个翻身，翻进溪水，变成了一条鱼，从小溪游进了小河，从小河游进了大河，从大河游进了黄河。鲧不放心儿子，怕儿子重蹈他的覆辙，想去看看儿子怎么治水。鱼一天能游多远呀，等他紧赶慢赶到达龙门，这里的工程早已结束，禹去了南方。鲧不灰心，不停止，鱼尾一甩一甩，选泾择川，泅湖渡江，不惧辛劳，不畏风霜，昼夜不懈，朝南游去。结果，等他到了江南，禹又已离开，到会稽去了。

鲧钻了牛角尖，误以为是禹耻于认他这个失败的老子，有意躲他。鲧伤透了心，再也没有精神追赶儿子了，一头钻进了漕湖，永远也不想再露面。想是这么想，却由不得他，因心有怨气，怨气发酵，一年一年，也不知过去了多少年，怨气在体内越积越多，猛烈膨胀，竟将一条鱼变成了一个梼杌。

梼杌和混沌、穷奇、饕餮并称四大恶神，皆是怨怒不泄、戾气纠结之果。混沌也有开天辟地之志，但他比盘古晚生，没赶上趟，因此怨天怨地怨一切，他形状肥圆，像火一样通红，长有四只翅膀、六条腿，没有五官，却能观物听声嗅味。混沌遇到高尚的人，便会大肆施暴；遇到恶人，便会听从他的指挥。穷奇是天帝最小的儿子，因天帝过于溺爱，他从小骄横，不学无术，人见人厌，长大后嫉妒所有受人尊敬的神，最后把自己活活憋死了。穷奇大小如牛，外形像虎，披有刺猬的皮，长有翅膀，叫声像狗，经常飞到有人打架的地方，将有理的一方鼻子咬掉；如果有人犯下恶行，穷奇会捕捉野兽送给他。饕餮是蚩尤被斩，其首落地所化，羊身人面，目在腋下，虎齿狼爪，嗜好食人。梼杌人面，虎足，犬毛，猪牙，尾长一丈八尺。梼杌与其他三位相比，很少作恶，他大部分时间都在昏昏沉沉睡觉，偶尔醒来又逢心情糟糕，他才会看人不入眼，露出狰狞相把人吓死。

这一阵，梼杌闲得无聊，跑到附近的伯渎河里，拱河底淤泥，扒岸上的土，堵河玩耍。沿途部落见河上莫名其妙冒出了土坝，便集中了一批劳力把它拆了，谁知今天拆除了，仅隔一夜，土坝又出现在河上。土著觉得定是妖魔作祟，又慌又怕，赶紧向国君报告，泰伯派仲雍前来处理。

　　仲雍组织夫役再次拆了土坝，然后在河边隐藏了一夜，观察动静，他看到一个人面兽身的怪物在水中拱来拱去，堆泥叠土，不到半宿就垒起了高坝，将伯渎河拦腰截断。仲雍不识此物为何怪，便就地打了个盹，一道灵魂直奔天庭，找黄帝请教。黄帝如此这般对他一说，并面授机宜。

　　仲雍一觉醒来，依照黄帝授意，到吴族部落请用端出山。用端也听说漕湖出了个妖孽，已有为民驱祟之心，如今仲雍来请，它欣然应允。用端一夜之间，用它的独角在湖边挖了纵横数百条沟渠，密如蛛网的沟渠形成了一幅巨大的八卦图。天明时分，用端站在八卦图中央，高声喊道："孽畜梼杌，你无端作祟，平白扰民，我岂能容你？快快前来受缚！"用端的喊声响彻云霄，回荡田野，传到了梼杌耳中，梼杌暴跳起来，恶狠狠说道："谁想太岁头上动土？活得不耐烦了，待我去成全了他！"从湖底钻出，连蹦带蹿，眨眼工夫，就到了用端面前。梼杌二话不说，一条长尾已朝用端扫去，倘若被它扫着，铁打的人也得骨裂肉绽。梼杌企图一招扑杀对手，用端不慌不忙，将身一扭，便避开了梼杌的攻击。梼杌一招落空，紧跟一招，前爪挠，獠牙挺，再度发起攻势，用端哪里会给它第二次机会，喝一声："收！"数百条沟渠一齐往上拱起，刹那间变成一张巨网，梼杌被罩在了网下，使尽全身解数，仍无法挣脱巨网。用端说道："你本不该误入魔道，我送你回转原籍，你在那儿好好去除怨绪戾气吧。"说罢，喝一声："起！"巨网裹着梼杌，平地腾起，飞上半空，渐升渐高，直至云端。飞升之际，梼杌变作了鱼，鱼又变作了鲧的原形。

　　鲧被送回了崇山（今陕西户县），那里原是他的封国。鲧在崇山恢复了本性，再也不曾出来惹过事。

积谷防荒

　　猪，周人称"彘"，吴人称"豨"。彘在周国早已被驯化，但在江南还是野猪。野猪爱拱地，成群结队跑到田里觅食，把田拱得一片狼藉，土著恨得牙根发痒，见了就想猎杀，食其肉，用以补偿被毁坏的禾苗，但野猪跑得快，逮不住，追不上，土著拿它们没辙，十分头疼。泰伯定居蕃离后，通过一段时间的昼夜观察，利用野猪贪吃的习性，以美食诱之，将野猪群悉数关进了圈里。土著效而学之，从此吴地也开始有了家养猪。

　　除了圈养野猪，饲雉豢凫也获得了成功。雉是震泽本地野鸡，凫是北方来的野鸭，每年秋冬，有一批批红头鸭、绿头鸭、青头鸭飞抵震泽，蔽天而过，声如怒涛，蔚为壮观，称"野鸭阵"。泰伯和他的周人想了很多办法，把捕捉到的野鸡和野鸭变成了家鸡和家鸭，而且，使这两种野禽丧失了飞行的能力。泰伯将驯化了的雉和凫分给土著做种鸡种鸭，鸡鸭生蛋，蛋生鸡鸭，鸡和鸭就越来越多了。

　　此外，羊也得到了普遍饲养，酿酒也兴起了，勾吴国贵族的食谱上增添了一道道美味，他们天天享用酒肉，生活变得奢侈起来，有人以铺张为荣，滋长了斗财比富的风气。泰伯自己虽然还保持着比较俭朴的生活习惯，却也不反对他的大臣那么做，甚至还觉得很高兴，认为他们耽于享乐，就不会心生异志，就会感激赐给自己地位的国君，这对政权的稳固有益，而且，他们的富有也反映了国家的富裕，这也是有利于勾吴国声誉的。由于泰伯有意无意地纵容，奢靡之风在大臣中越演越烈，还影响到了平民，平民间也出现了挥霍的苗头。

仲雍看在眼里，急在心里，他有心提醒泰伯，又顾忌忠言逆耳，效果不大。泰伯待在国君位子上有些年头了，在他身上发生了一些变化，比如，从善于纳谏转向了刚愎自用，他自己并未意识到，仲雍却看得一清二楚，所以，仲雍要向大哥进言，也须考虑一下方式了。仲雍思来想去，想出了一个办法。

这天半夜，泰伯在睡梦中被一阵响动惊醒，睁开惺忪双目一看，看见一个无头魁梧大汉站在他卧席前跺脚。泰伯并未惊慌，从容坐起问道："你是何方怪物？胆敢跑来吓唬我。"无头大汉嘎嘎笑道："都说你见多识广，怎么连我刑天都不认识？你再仔细瞧瞧，认准了，我再和你说话。"

泰伯揉揉眼睛，借着窗外透进来的星光，上下打量无头大汉，见他一手握盾牌，一手攒大斧，胸脯上本是乳头的部位，长着一对大眼，应是肚脐的地方，生着一张嘴巴，和传说中的刑天形象相符。这刑天原是炎帝近臣，自炎帝被黄帝击败于阪泉后，退到南方隐居，刑天一直伴随左右，不离不弃。炎帝承认失败，不想再争，刑天却不甘心，总想着要复仇。待炎帝死后，黄帝升天为神，刑天安顿好族人，独自手执利斧和坚盾，直奔天庭，向黄帝挑战。黄帝披挂迎战，大战三百回合，胜了刑天，斩其头颅。刑天仍然不肯屈服，以残缺的身体复活，由于没有头颅，他以乳为眼，以脐为嘴，左手握盾，右手持斧，继续和黄帝缠斗。他打得正起劲，忽听到一个声音飘来："刑天回来，刑天回来！"这是炎帝在墓里发出的召唤，刑天当即罢战，从天上降到地上，回南方为炎帝守墓去了。刑天不屈不挠，永不妥协，顽强抗争，战斗不止，令对手黄帝也很钦佩，便奏请天帝封刑天为战神。周人系黄帝一脉，自然对战神刑天相当敬重，泰伯也不例外。

泰伯确信来的是刑天之后，忙调整坐姿，跪坐说道："不知战神驾到，有失恭迎，还望勿怪。战神夤夜到此，有何指教？"

刑天说："你不要一口一个'战神'，我不是只会打仗，我还有作曲的本领，你没听说过吧？我曾为炎帝作乐曲《卜谋》，以歌颂炎帝治理时期族人的快乐生活。炎帝的部族虽然没有你现在的勾吴国富足，但他的百姓比你的国人过得快乐，你知道为什么吗？"

泰伯说："请赐教。"

刑天问："你知道人怎样才能快乐吗？"

泰伯说："望告知。"

刑天说："贪欲害人，淫奢亡国，不贪不奢才平安，平安最快乐。你们周人崇尚俭约，你怎么可以允许大臣奢靡？奢靡必贪，这个道理你也忘了吗？我是黄帝对头，自然也就是周人的仇家，但我不想看到你的勾吴国奢靡之风蔓延，以致由奢而衰，由衰而亡。炎帝阪泉之战败后，不再与黄帝相争，后来又不许我与黄帝无休无止打下去，都是不愿天下纷乱。我今天来给你说这些话，则是希望勾吴国不要衰亡。因为，纷乱，百姓苦；衰亡，百姓苦。你不是个不替百姓着想的君主，那么，你就抑制奢靡之风吧。"说完，刑天大摇大摆走了。

泰伯再也睡不着了，刑天一番话，使他受到了极大震动。一个昔日的仇敌,对他发出了这样的忠告,比自己人说同样的话更能让他深思。泰伯在沉思中度过了下半宿,天尚未亮透,他就遣人去召仲雍进宫,他要与他的国相加兄弟认认真真议一议这件事。

仲雍这一夜也没睡,在等着一出戏的结果。刑天夜访泰伯,正是仲雍导演的好戏。他挑选了一个很有表演天赋的亲信,穿着一件蒙头外套,衣上画了眼睛嘴巴,画的眼睛是挖空的,便于那亲信窥看外面。仲雍选择无月疏星的半夜时分派亲信潜入宫中,是为了让泰伯无法看得太清,以免被看出破绽。宫禁森严,但挡不住那亲信顺利进入,因为仲雍早已嘱咐禁卫放行。亲信完成任务后回到太宰府,仲雍听了汇报,知晓自己预计的结果不大会落空了,十分兴奋,哪里还睡得着?便坐待天明,只等泰伯来召。

然而,宫内来了使者,仲雍却不露面,让家人告诉使者,说他前两天就外出了,估计今日可回转,待他回来就叫他前去面君。使者走后,仲雍又在家磨蹭了半天,过了午时才捧着一只陶甗,来到了宫里。

泰伯等了大半天,等得好不心焦,见了仲雍好一顿埋怨,然后问道:"你这几天去了哪里?你手上捧个甗干什么?"

仲雍说:"我这两天出城,就是为找这甗。我原想和您说说这甗,所以把它带了来。"

泰伯不悦道:"你一国太宰,为这么一只普普通通陶土甗花了两三天工夫,难道这甗里有理政的锦囊妙计?"

仲雍把甗放在脚边,说:"我们等会再说它。大哥,您这么急着召我来,定有大事要交代,先说您要交代给我的事吧。"

泰伯把刑天半夜来访的情形讲了一遍,末了说道:"这是个严重警告,我们决不能容许大臣炫财耀奢了,必须在国内禁绝浪费。二弟,此事你看从何着手？"

仲雍说："真是巧了，我找来的这甏正好派上用场。"他揭开甏盖，从甏里抓出一把谷粒来，摊在掌心，继续说道："这是一位老婆婆收集的，大有讲究。老婆婆几十年来，习惯在灶边放一只空甏，做饭之时，她往灶膛里添稻柴，总要把稻柴先看一眼，发现稻柴上一两粒谷子，她都要捋下放进甏里。她家小辈笑话她，说：'这么一只小甏，你一年也积不满一甏，现在又不愁吃，囤里有的是粮，你费这个劲干吗？'老婆婆回答道：'丰年莫忘荒年，积谷可知节俭。'我听说了这件事，觉得十分有意思，故而不惜花上两三天工夫，寻访这位老婆婆，把她的积谷甏要了一只来，打算放在家中，传至后代，让他们都记得'节俭'二字。"

泰伯若有所思道："我这厢刑天发出警示，你那里觅了积谷甏来，此等巧合，难道真是上天的安排？'丰年莫忘荒年，积谷可知节俭'，这话说得好。二弟，你须在全国上下推广。"

仲雍说："遵旨！这样一来，有助于形成勤俭风气，这个风气可以遏止大哥您担忧的奢靡之风蔓延。有道是'由俭入奢易，由奢入俭难'，大臣中有不少人已染上奢靡之习，我们若是强行禁止，或会激起冲突，不如以俭风压奢习，让他们感到羞愧，自己收敛为好。"

泰伯说："二弟想得周全，就按你说的做。另外，你替我查一下，找出几个不事奢靡的大臣，我要升他们的官。过些日子，再找两三个仍然奢靡的，我要削他们的职，罚没他们家的财产，看还有哪个敢不改过！"

就这样，在泰伯倡导、仲雍主持下，勾吴国俭风渐长，奢习渐挫，百姓都颂国君英明，夸太宰睿智。

【第七辑】

借重诸祖

泰伯扩建翻修蕃离城的时候，开挖了一条伯渎河，并沿河筑了一条大道，大大方便了交通。伯渎河从今无锡梅村通到苏州相城，全长九十多里。这条河的开凿有深意，泰伯希望借助它加强对于吴中的经营，以便条件成熟时迁都去那里，使其成为勾吴国的中心。

要达到这一目的，还有一件重要的事情需做，那就是统一信仰。吴地土著信仰原始神，繁多芜杂，无论什么都有个神灵，风有风神，雷有雷神，花有花神，稻有稻神，蛇有蛇王，马有马王，连茅坑也有个厕神，真是林林总总，无奇不有。周人的神虽然也不少，但都是祖先转化而来，人神合一，半神半人，对族人具有约束力，能启示族人懂尊卑，重秩序，不像土著的杂神，不分大小，不论位序，容易造成混乱。泰伯打定主意，要把这种状况扭转过来，让勾吴国的所有子民接受周人的信仰。

泰伯花了许多夜晚，耗费大量心血，在周人神话传说的基础上，做了加工，编了故事。又选了一批能说会道的部下，把他们派往吴中，给土著讲故事。这方面，泰伯有着成功经验，他曾用杜撰的"姑胥国联姻"

故事，哄得吴族长老带头参加联盟。这回，谅必也会得遂所愿的。

于是，在吴中，开始流传各种各样新奇的有趣的故事。有一则故事这样说，远古时期，吴人靠渔牧为生，食物匮乏，除了鱼还是鱼，日子过得非常困苦。尤其是遇到大风大雨天气，不能下湖捕鱼，只能挨饿。有个聪明的族长，听说天庭有稻种，就鼓足勇气，不畏艰难，踏上了寻找稻种的路途。经过千辛万苦，克服无数险阻，他终于找到了稻种，可是无论他怎样恳求，天帝就是不肯开恩赏赐。族长没有办法，只能偷了几粒，不料立即被天帝发现了。天帝大怒，要处死这个族长，幸亏黄帝在旁求情，才保全了他的性命。黄帝取得阪泉、涿鹿两场战役的大捷，华夏归一，他完成了人间的使命，天帝派金甲龙将他接到天庭做神。天帝是很买黄帝面子的，所以同意放了族长。黄帝赠给族长一双草鞋，说："返程路远，你穿上它，脚不会磨破。"族长感激黄帝，对于黄帝送的礼物极为珍惜，舍不得穿，原封原样带回了吴地。到家一看，草鞋上有十多粒残留的稻谷，族长欣喜若狂，知道这是黄帝垂爱吴人，有意藏在草鞋里，让他偷带下界的。族长把这十几粒稻谷放进箩筐，一眨眼工夫，变成了一箩筐稻谷，将稻谷匀到其他空箩筐里，很快一只只空箩筐也满了。就这样，族长有了二十箩筐稻种，他率领大家用这些种子种植水稻，农作的收成有保障，人们慢慢可以吃饱肚子了。

这个故事让土著很吃惊，纷纷说道："原来周人的神救过我们祖宗的命，还让我们种上了水稻，我们以前不知道，现在知道了，这个神我们也要敬！"

土著没有想到，令他们吃惊的故事一个接着一个灌进了耳朵，他们乐意敬奉的外来神一位跟着一位登上了吴地的祭坛，将本土的杂七杂八神灵一级级往下挤，挤到了无足轻重的位置。

比如这个女娲娘娘。女娲补天的时候，吴地还是混沌初开，到处泽国，波推峰涌，大湖如沸。女娲在天台山炼石补天，远远地朝这儿投来一瞥，见一片汪洋之上，只有零零落落几座山峰成了孤岛浮在水面，有些动物趴在孤岛上哀号，十分凄惨。她想了想，脱下自己一只靴子，轻轻一抛，靴子飘飘荡荡，从云端降落下来，落在了吴地一角。这只靴子变作了一个半岛，把大水拦在一隅，形成一个湖泊。湖东大片土地露了出来，后来就可以住人了。要不是女娲娘娘抛出了她的靴子，吴地恐怕永远还在水下，哪来吴人繁衍生息之地？因此，吴人也得感谢周人的头名女神女娲娘娘。

这个故事不由土著不信，因为讲故事的人能指出靴子变的半岛的方位。半岛位于今苏州西北部，距市中心二十六公里，名"镇湖"，倘若航拍，你会发现镜头下的镇湖全境，真的很像一只款式隽秀的女靴。今天的人也不得不称道这传说的奇妙，泰伯时代的吴地先民，还不给这故事说得一愣一愣的！

有实地可证的故事并非孤例，泰伯派出的故事员，又给土著奉上了这么一个故事。很久很久以前，震泽地区的这个大湖不像现在这样安静，动辄湖水泛滥，常年水患，百姓苦不堪言。天帝为了解救生灵，派了个仙人，从天上赶下一群羊，要把它们赶到这里来填湖。天帝觉得，湖填掉了，就一劳永逸了。天帝不曾再多想想，湖一旦被填，吴中大地会是个什么样呢？

这群羊本来是没有脑子的，懵里懵懂，傻里傻气。天帝选的羊，能让它们有脑子吗？没有脑子，方可任人驱赶。有了脑子就不肯去了，谁愿意给淹死呀！可是，羊群走到一个地方，找到了它们的脑子——白壤。这群羊一有脑子，它们便知道危险了，再也不肯往前走了，就地留了下来。这个地方原来是一马平川，连个小山包也不见，天上的群羊逗留在此，化作了一座座山岭，统称"羊山"。据泰伯的故事员说，这是帝喾点化了没脑子的群羊，它们才知道白墙就是自己的脑子。帝喾是黄帝的曾孙，当然也是周人的祖先。帝喾因为母亲踏巨人足迹而生，少小聪明好学，德行高尚，聪明能干，十二三岁便有盛名，十五岁被封于有辛（今河南商丘），三十岁即帝位，能够明察秋毫，仁威兼施，抚宁四海，恩惠兆民。他前承炎黄，后启尧舜，奠定华夏根基。节气也是他订立的，对农耕大有裨益。帝喾到封国去的时候，顺便也会南下察访，那次走得较远，到了江南，真是巧了，遇到了天上下来的那群羊。虽然他坏了天帝的事，但他功业实在太大，太受百姓爱戴了，天帝最后还是顺从民意，在他死后将他的灵魂召上天庭封了神。

群羊生根化山的地方，今名浒墅关。羊山渐渐讹成了阳山，"阳"与"羊"同音，"阳山"比"羊山"气势宏阔，后来人们都喜称"阳山"，渐渐淡忘了"羊山"。浒墅关离吴族村落不远，族人却从未听闻过这种传说。听了这个故事，土著人人倒抽一口冷气，多亏帝喾啊，要不然大湖就给填掉了，没了大湖，这地方将是个什么情形？不敢想象，不敢想象啊，一想就发怵，越想越后怕。如果羊群没有找到脑子，大湖十有八九就不存在了，这里还会是鱼米之乡吗？周人的祖先真了不起，周人的神好像都记得要来拯救吴人，吴人应该感恩啊！

泰伯用他的一个个故事，不显山不露水就给吴地土著洗了脑。

寓教于谜

　　泰伯对吴地土著，采取了两种手段，一是打压酋长，并吞部落，二是笼络首领，促成联盟，进而纳入勾吴国。那些归顺的土著部落的上层人物，泰伯给他们官职，晋为贵族，享有特权，让他们心存感激，不生异志。特权的表现之一，是他们家的男孩可以进学馆。泰伯拨出充足的经费，在蕃离城设了一座规模很大的学馆，任用仲雍的第三子姬简为掌门人，聘请了一批周人及吴人当中品德正、学识富的人士来当先生，招收六岁至十四岁的贵族子弟来受教。泰伯的这一措施，是颇有远见的，这些孩子经过教化，长大后担任一定职务，对进一步巩固政权基础、融合国民将大为有利。而在土著部落的贵族们心目中，孩子能进学馆，是身份的象征，是有面子的事，同时意味着他们做父亲的受国君重视，地位稳固，所以，都很积极地把符合年龄的儿子、侄子、幼弟、内弟、孙子、外甥送进了学馆。

　　可是，这些孩子很野，贪玩，不爱学习，讨厌约束，上课坐不住，下课到处窜，吃饭吵闹，睡觉鬼叫，真令人头疼。姬简为了提高他们的学习兴趣，想了不少办法，效果都不大，愁得他整天眉宇打结，唉声叹气。

一天，几个逃学的学生被姬简抓住了，他欲待严加训斥，又一转念，以前也曾有这种情况，他训也训过，斥也斥过，并无作用，不如换个方式试试。姬简按下心头恼火，和颜悦色说道："你们常往外溜，到底干什么去了？如果不是在外胡闹，我不责罚你们。"

一个学生说："我们没有胡闹，没有闯祸，我们只是到猜谜语的地方玩去了。"

姬简问："谜语就这么吸引你们，连课都可以不上？"

另一个学生说："谜语有趣，课文枯燥，我们管不住自己的腿。"

姬简又问："你们去猜谜的场所，光是旁观？"

那学生大着胆回道："我们也参与猜的，太难的猜不出，有时也能猜中几条。"

姬简心想，猜谜是要动脑筋的，他们参与猜谜，可见并非不肯用脑，只要肯用脑子，孺子总还可教。想到这一层，他的脸上浮起了笑容，温和地说："你们今天可曾猜到什么谜？说来我听听。"

几个学生起劲了，争着炫耀，这个说猜到了藕，那个说猜到了火，还有一个说猜到了树。姬简问道："这些都是谜底，谜面是怎样的？"

猜到藕的学生一脸得意，说："嫩白肌体，躲在塘底，不断丝儿连到底，未开的窍儿裹着皮。"

姬简点头道："倒还切合。火的谜面呢？"

猜到火的学生一脸骄傲，说："红彤彤，一大蓬，见风它就逞凶狂，无嘴能吃天下物，单怕雨水不怕风。"

姬简道："也可。树又怎么说？"

猜到树的学生一脸兴奋，说："冬天光着头，春夏长绿发。就有一只腿，小鸟喜欢它。"

姬简道："这又更通俗了些。你们既然都喜欢猜谜，我也有几条谜语，看你们谁能猜到谜底？"

这几个学生一齐拍手嚷嚷："好好好，我们来猜，猜不中不罢休！"

姬简说："你们听清楚了。头一条是：弯弯一座拱桥，高高挂在天腰，七彩颜色都有，雨后天晴才到。第二条是：一颗星，两颗星，天上星星数不清，它能给你指方向，满天星星它最明。第三条是：有时像面镜子，有时像把镰刀，镜子不能照人，镰刀不能割稻，若问哪里去找，有时挂上树梢，有时落在山腰。第四条是：飘来飘去在高空，有时淡来有时浓，要是生气一变脸，不是下雨就刮风。第五条是：它出来天变明，它一走黑沉沉，万物无它长不成。"

几个学生时而皱眉苦思，时而小声商量，约莫半个时辰光景，有个最大的学生代表小伙伴说道："我们猜出来了，头一条谜底是虹，第二条是北斗星，第三条是月亮，第四条是云，最后一条是太阳。"

姬简夸道："聪明！可是，你们猜中谜底还不稀奇，谁能讲出日月星辰云彩是怎么来的，才是真本事。"

这几个孩子顿时变成了哑巴，个个脸上爬上了不好意思的神情。姬简问："我来告诉你们，你们想不想听？"学生们使劲点头，一双双眼睛里都射出了渴望的目光。

姬简给他们讲了"盘古开天辟地"的传说。在那遥远得难以想象的太古时期，宇宙一片混沌，唯有虚空与黑暗。就在这无垠黑暗中，悬着一枚巨蛋。也不知什么时候，什么缘故，巨蛋中心孵出了一个人来，名叫盘古，不饮不食，不呼不吸，俨然石像，屈膝而坐。盘古这一坐，坐了整整一万八千年,才呼出了第一口气。这口气一旦呼出,他就开始生长,一日长一丈。随着盘古的生长,巨蛋给渐渐撑开,两只蛋壳化成两股气,一股清气,一股浊气,清气轻浊气重,清气上升,浊气下沉,这就分了上下,上为天,下为地。盘古日长一丈,天日高一丈,地日厚一丈,日复一日,日日如此。从第一日算起,盘古不间断地长,又过去了一万八千年,天高得难测其高,地厚得不知其厚,最后天地定型,就有了今天的天空与大地。

天是天,地是地,天地既定,盘古睁开眼来,打算看看自己置身于怎样的一个世界。呈现在盘古眼前的世界,仍是个黑暗的世界,唯有寂寞与孤独,因为世界之大,仅他一人,其他什么也没有,非但没有生命,连一丝光亮也没有。盘古长叹一声,慢慢地躺卧下来。就在他躺下的一刹那,他叹息的余音变成了雷声,就在这震天撼地的隆隆雷声中,他的左眼飞上天空变成了太阳,右眼飞上天空变成了月亮,眼泪撒向天空,变成夜幕上万点繁星;他的汗珠变成了地面的湖泊,血液变成了奔腾的江河;他的毛发变成了草原和森林,四肢骨骼变成了一座座高山;他呼出的气体变成了清风,体温弥漫变成了云雾。

几个学生听得入了迷,眼瞪得像一颗颗铜铃,嘴张开了合不拢,有个年纪最小的口水都流出来了也未发觉。好一会,有个孩子叹口气,说:"要是我也能讲这样的故事,大家也会钦佩我了。"

姬简说:"其实这也不难,我也是小时候在学馆里听先生讲的。这样的知识在书中还有好多好多,你们只要好好学,认真学,长大了,都能成为让人钦佩的人。"

他面前的几个学生久久沉默着,脸上都现出了与他们年龄不相称的沉思表情。

后来，学馆风气变了，学生们不再打打闹闹，不再逃课。姬简打听下来，得知是那几个孩子劝说、影响了其他学生，他很高兴。泰伯了解到这个情况后，也很高兴，觉得姬简大材可用，赠"大行人"，位列九卿，仍兼学馆掌门人。

岩下宣孝

一日，泰伯在东巡路上，看到一个老头趴在路边一座土坟包上，泪流满面，哭诉道："孩子他娘呀，幸亏你走在我前头，还有我替你办后事，只怕我断了气，连个葬我的人也没有呢！"

泰伯命随从把老头唤到马前，一问方知，老头壮年时死了老婆，没再续弦，全部心思放在幼小的儿子身上。他想，人家儿子有娘疼，自己的儿子娘不在了，比人家儿子可怜，所以自己应该多疼疼儿子。有了这个想法，他对儿子疼爱有加，不忍管束。他又当爹又当娘，含辛茹苦，把三岁小儿拉扯成人。谁知儿子长大后，成了个不孝子，从来不给他好脸色看，一年到头对他恶语相加，坏脾气发作起来还要对他施以拳脚。前不久他得了病，躺在一张破席上三天三夜，儿子只当看不见，问也不问，一口水也不曾端给他喝。老头越想越伤心，挣扎起身，硬撑着来到老婆坟上，打算哭一会儿就自寻短见。

泰伯说："你不用去死，你跟我走，我给你条生路。"吩咐随从腾出一匹马，将老头扶上马背，两边护持着，缓驰慢行，走到了吴族聚居的村落。

泰伯将老头的遭遇告诉了吴族长老，说："他是你地界上的人，再说你现任勾吴国秋官一职，管刑罚的，这事就交给你处理。"

长老说："我会让你看到满意结果的。"

长老派人将老头的不孝子拘来，在牢里关了两天。第三天，他请泰伯一同出门，骑马行约半个时辰，来到一片连绵山岭。到那里一看，已有许多族人，老头也在，那不孝子被拴在一棵树上，他们都是提前出发，奉长老之命在此等候的。

长老领着泰伯走到一块一丈五六尺高的岩石前，在席上坐了，一招手，一名侍卫托着一只鸟笼趋前来，伫立一旁听候吩咐。此时，全场鸦雀无声，都在看长老如何判案。长老清清嗓门，大声说道："今天，我在这里审一个忤逆不孝子，把大家叫来听审，不是让你们看热闹，是要你们记住，勾吴国提倡孝道，我们族里就不允许不孝。对了，你们中间，有谁认识这笼中之鸟？"

泰伯心内好生诧异，你审理就审理吧，怎的扯到鸟身上去了？他侧目瞥一下侍卫手上的竹笼子，见那鸟小小的，羽毛雪白，喙端墨黑。泰伯不认识它，族人却并不觉得陌生，七嘴八舌喊道："苦恶鸟，苦恶鸟。""它喜欢躲在河边芦苇丛里，阴雨天夜晚就不停地叫。""它叫唤起来，'苦呀，苦呀'，听着怪凄凉的。"

长老说："大家都说得出它的名字，都听到过它的叫声。那么，我问问你们，可知道它为何有这名字，一叫就是'苦'？"

没人开腔了。

长老说："我来告诉你们苦恶鸟是怎么来的，这里有个故事。"

故事说的是很久很久以前，有户人家，女的早亡，剩下父子二人过日子。父亲非常勤俭，天天从早忙到晚，舍不得吃舍不得穿，儿子却很懒惰，天天吃饱了就睡，四脚朝天，要多舒服有多舒服。父亲要他起来干活，他骂父亲"老不死"，说："我又不要到这世上来，是你把我生出来的，你就得供我吃用。"父亲摇摇头，不再说什么，天天一日三餐准备得好好的，让儿子吃现成饭。

父亲老了，做不动了，儿子依旧不干活，等吃现成饭。一天，他一觉醒来，肚子饿了，却未闻到饭熟的香味，就破口大骂："老不死的，怎么到现在饭还没有做好？"父亲的眼泪哗哗淌了下来，一口气堵住胸口，回不上来，头一阵昏晕，倒在地上，再也没爬起来。

父亲一死，儿子只好自己干活，自己做饭了。他想想现在样样都要自己做，多苦呀！于是，"苦呀苦呀"成了他整天挂在嘴上的话。一个阴雨天晚上，他口渴难熬，但水缸里没有一滴水，只好捧了个瓮到河边去打水。他走到河滩上，脚一滑，跌进河里，淹死了。

他死后变成了一只鸟，蹲在芦苇丛中，每到阴雨天的晚上，总是凄凉地叫着："苦呀！苦呀！"又因他生前恶待父亲，所以，人们给它起了个名字叫"苦恶鸟"。

说完这个故事，长老命侍卫把拴在树上的不孝子牵过来，斥道："我看你分明苦恶鸟转世，我今天特地抓个苦恶鸟让你看看，如你这般不孝的东西，我将做个大笼子，把你关在里面，逼你从早到晚'苦呀苦呀'地叫，直叫到累死为止。你若不叫，我命人用大锥子扎你。"不孝子闻言，浑身战栗，面无人色。

长老唤那老头上前，问道："我替你惩罚不孝子，你胸中一口气能出掉了吧？"老头两眼流泪，跪下求情："孽子固然该惩，但我总是不忍，还望给他一个悔改的机会。"长老叹息道："可怜天下父母心，但愿世间子女都看到。"他问不孝子:"你愿不愿悔改?"不孝子磕头如捣蒜,连声说:"愿改,愿改。"长老说:"愿意悔改,也算是心底尚存一丝善念,未曾完全泯灭。去恶从善,或可有救,我给你指个榜样,你抬起头来看这岩石。"

泰伯这时也去端详身后的那块岩石,这才注意它的形状有点像一个佝背老翁,心想,这岩上也有什么故事吧?果然,长老又说了个故事。

且说这荒山野岭间,不知何年,住着一户人家,祖孙三代,按理应是其乐融融,快乐度日。可是,家门不幸,儿子不孝,嫌父亲年老多病,不能干活,只会白吃饭,竟然想要在荒山上挖个坑,半夜偷偷把父亲活埋了。他产生这个丧心病狂念头的当夜,做了个梦,梦见一位天神对他叱道:"尔之恶念,当受严惩,明日一早将给雷殛!"不孝子被吓醒,一身冷汗,瑟瑟发抖,坐等天明。

这个不孝子在恐惧中等到东方既白,又挨到太阳高升,他悬着的一颗心落了下来。这么一个大晴天,哪来雷雨?看来噩梦不可当真,何必自己吓自己?不孝子放宽了心,打算出门,谁知他刚跨出大门,万里晴空蓦地响起一声炸雷,一道闪电直奔他而来。不孝子眼看躲不过,只好眼睛一闭等死。就在这一瞬间,有人扑到了他身上,护住了他。也就在这一刹那,闪电拐了个弯,把几步外一棵树劈作两爿,烧成焦木。

不孝子心有余悸地睁开双眼,惊魂未定地看那护他之人,竟是他想活埋的老父。不孝子无以自已,愧疚难当地说道:"爹,我这种畜生不如的儿子,值得你用命来救吗?"老父说:"你可以不要爹,爹不能不管孙,孙儿才两岁,你不在了,他怎么办?"儿子听了,大哭起来,说:"爹,我错了,我愿悔改。"

原来,昨夜父亲也做了个梦,梦见天神对他说:"你儿子明天有雷击之灾，只有你能救他。你儿虽生恶念，但尚未实施，罪不至死，不妨给他机会，看他能否回心转意。父慈子孝和睦度日，方为正途。"所以，父亲天不亮就起床，暗中守护儿子，关键时刻以身遮挡，准备用自己换儿子一命。天神不忍伤这老人，及时拨转闪电，父子二人才化险为夷。

当晚，天神又进入儿子梦中，说："今日你侥幸不死，善恶簿上却仍记着你件件桩桩不孝行径，你今后还难逃惩罚。"儿子说："我已打算改过了，今后一定孝顺老父。"天神说："我却信不过你，似你这种常年不孝之徒，所谓改弦更张，恐怕口是心非。"儿子惶惶然问："要怎样你才相信我呢？"天神说："且看你几年。"

儿子知道，自己必须真心悔改，否则死路一条，而且会死得很惨。从此，他非但孝顺老父，还收留了好多孤寡老人，供给衣食，细心照料。这样过了几年，天神托梦给他，说："今后应该怎样做，你自己常常想想，好自为之吧。"又过了几年，那父亲寿终，天神作法，将他化作这么一块岩石，告诫世人不忘孝道。人们给这岩石起了个名，叫作"寿星岩"，希望天下父母，都能在子女的孝敬下，长寿，善终。

长老指着岩石，问匍匐在岩下的不孝子："你知道以后该如何做人了吗？知道为人之子，应该什么样子了吗？"

不孝子连连点头。

长老说："你今后再不做个孝子，我这里大笼子等着你！"

不孝子赶紧说："我不想做苦恶鸟，不想做，不想做。"

这场别开生面的训诫会，泰伯看了，非常满意。

甘为鳏夫

这一日，朝会之后，泰伯留仲雍在宫内小酌。席间，泰伯说："大业始成，吴地已定，近日我在想，我们以前有些做法似需调整了。"

仲雍说："请大哥明示。"

泰伯说："以前是创基业，有时不能不杀伐，现在应该少动干戈，把精力集中到治国上，对外，以守御为主，只要四边无事，没有侵犯者，我们就不要轻启战端，拓疆扩土暂不考虑，让勾吴境内多一点休养生息的时间。"

仲雍说："先重积累，再图进取，理该如此。"

泰伯接着说："对内，我想主要还得以怀柔为上，慢慢同化土著酋长。他们如今都在朝为官，原来的联盟关系已转为君臣关系，本来凡事须商量着办，或者我们用软硬两手迫使他们听命，现在则是上命下承，职责所在，不遵便是罪愆，惰怠便会获咎。现在国之初立，官才封赏，他们还很新鲜，很兴奋，很有面子，还不曾察觉身份的变化蕴藏着怎样的奥妙。待到新鲜劲过去，回过神来，他们会发现酋长可以独断专行，朝官不能自作主张,他们就会觉得不适应,不情愿,这时就看我们怎么对待他们了。"

仲雍说:"我明白大哥的意思,对他们尽量教化,切忌推车上壁,激其对抗。这是我这个太宰需要多用心的地方,我会按大哥的意思处理的。"

泰伯点头道:"这就好,我放心了。"

谈罢公事,泰伯问了问仲雍的家庭情况,得知上下和睦,阖家安康,一切均好,他很高兴。仲雍却因此想起了一件事,问道:"大哥,听说您当了国君后,有些部落送了几个美姬给您,您悉数退了回去,是否确实?"

泰伯笑道:"我都这么个岁数了,还纳什么妾?当然,他们也是一片好意,所以我并未责怪,只叫他们以后别再替我瞎操这个心了。"

仲雍说:"大哥虽年届半百,身体还很硬朗,有人在身边陪伴照料,其实也用得着。"他有句话未说,那就是若能生育一两个儿子,岂不更好?泰伯原有三个儿子,夭折的夭折,早逝的早逝,仲雍一直替大哥惋惜,故有此想。

泰伯说:"你大嫂离世这么些年了,我独身生活已习惯了,至于衣食起居,我有一帮侍从,还怕没人照顾?"

仲雍说:"毕竟不一样的,自己的女人终究贴心得多。我倒是也想劝大哥留心物色,勾吴国正缺一名国母。"

泰伯摆摆手,说:"二弟,你也来瞎操心了!这话题到此为止,今后不可再提。"

仲雍走后,泰伯并未叫侍从收掉杯筷,而是一人又独饮了一会儿。这就有点借酒浇愁的味道了,仲雍方才一番话勾起了他淡淡的愁苦。他表面上很是豁达，对独身毫不在意，对膝下空虚甚是坦然，然而，私下里他也曾反复考虑，再三权衡，身为一国之君，总得给国人储备一位未来之主吧？这是一种责任。何况，一年之中，难免也有那么几个夜晚，他会感到寂寞，也想有个共枕的人，有个暖被窝的人。说到底，他也是个男人呵！

泰伯带着三分愁、七分醉，入睡了。睡梦中，两个女人翩然而至，一个年纪轻轻，手捧青秧，发梳双髻；一个年岁稍长，头插稻花，手捧稻穗。年轻的自称"秧姑"，另一个说自己名叫"稻花仙姑"，都是吴地本土仙子。

泰伯问："二位仙子驾临，不知有何指教？"

秧姑活泼，咯咯笑道："指教谈不上，只是想来看望你。"稻花仙姑温柔，微微笑道："要说指教，也无不可。不过，话要倒过来说，并非我们来指教你，而是请你指教我们。"

泰伯说："从名字可知，二位仙子当是司稻之神。我来自周原，那里种麦，所以我对水稻并不熟识，没有经验可谈，恐怕只能令二位失望了。"

秧姑说："我们不要你谈水稻怎么怎么，你不是想要把麦子引到这里来吗？稻子麦子轮种，改一熟为两熟，这是大好事啊，但季节安排得过来吗？"

泰伯说："仙姑休虑，我已花了几年工夫观察这里的天时地理，气温水温，四季转换，稻作周期。我还把这里的情况和周原做了仔细对比，我觉得……"

秧姑说："好了好了，这些说起来，就是一篇大文章，留着以后慢慢说吧。我和稻花姑姑今天来，是另有一件事要告诉你。"

泰伯说:"我且聆听。"

秧姑忽然忸怩起来,推推稻花仙姑,红着脸轻声说:"你讲,你讲。"稻花仙姑抿嘴一笑,大大方方说道:"我们姑侄二人,慕你已久,因慕生爱,今夜到此,自荐枕席,还望不弃。"

泰伯大惊道:"二位仙子怎可屈尊若斯!我何德何能,消受不起,消受不起!"

秧姑这时不害羞了,嘴一噘,说道:"我们觉得和你配对挺合适的,你就别客气了。"

泰伯连连说:"使不得,使不得,仙凡殊途,使不得!"

稻花仙姑善解人意,说道:"既然你说到仙凡有别,我们也不勉强你,你可以到国内遍访,只要你诚心,你将会访到与我俩年龄相仿、容貌相似的姑侄二人,脾气秉性都是极好的,你就娶了她俩,一来解你寂寞,二来也不枉我们跑这一趟。话已尽述,就此别过。"

一缕稻香飘来,瞬间弥漫全室,就在这淡淡的香气中,二位仙子隐去了身影。

泰伯醒来,回味梦境,啧啧称奇。他的一颗心,按捺不住地躁动,真想把梦中仙子画成图形,派出大队人马按图寻找,找遍国内角角落落,把那姑侄二人找来。但是,泰伯最后还是强压下了这个冲动,决定依旧当他的鳏夫。泰伯为何做这个决定呢?和他深藏心底的一个秘密有关。这个秘密,他要到生命终结的那一天才揭开。

泰伯没有去找秧姑、稻花仙姑的人间化身,但他心里并不曾忘了她们,因此,到了农历二月十二,他会在案几上摆一只盛满稻种的瓮,上贴表示吉利的红纸。他说这一日是稻花生日,以此祈祷稻花开得繁盛,稻谷结得多而饱满。农历三月播谷做秧田时,他会在秧田的田埂上摆菜肴，烧纸钱，焚香烛，以敬秧神。国君这么做，国人都效学，后来一代代传下来，成了流行在江南稻农中的一种习俗。

兄终弟及

这天，泰伯嘱咐仲雍，查一查当年部落联军的酋长还有多少活着的，他们的妻孥共有多少人仍在为奴。当年泰伯立足蕃离未久，吴地七十余小部落的酋长拼凑了四五千奴隶，企图灭了南下的周人。泰伯率八百精锐应战，四五千奴隶不愿为酋长卖命，临阵溃逃，七十多个酋长都成了周人俘虏，泰伯将他们及其家人、亲戚统统贬为奴隶，分配给了蕃离的贵族。这么些年过去了，泰伯忽然提起这些人，必有想法。

过了半月，仲雍进宫汇报，原有七十三名小部落酋长经长期为奴生涯的折磨，病死累死被主人处死的有四十九人，剩下二十四人都已衰老，苟延残喘，艰难等死。他们的亲属当年没籍充奴的共六百零七人，死了的加上被转卖掉的，现尚有八百六十二人。这倒奇了，这批人明明减少了，数字怎么反而多了呢？说穿了并不奇怪，这批人中有不少女人，她们生的孩子天生就是奴隶，所谓"家生奴隶"是也。

泰伯说："这些小酋长，被贬为奴已有二十年了吧，对他们的惩罚够了。死了的就算了，还活着的，我打算赦免他们。他们的亲属，也一并赦免。我发一道赦令，你抓紧去办。"

可是，泰伯以一国之尊的身份发出的这道赦免令，遭到了强烈抵制，几乎所有当年分到这批奴隶的贵族，都不愿意交出他们的奴隶来。仲雍把这情况报告给了泰伯，看国君如何定夺。

泰伯说："违反国君的命令是有罪的，我可以治他们的罪，但涉及面太大，容易造成动乱。这样吧，我们换个方法，不强制他们交人，改为赎买。奴隶是他们的财产，我用牛羊粮食换，他们不吃亏，不该再抵制了吧？"

仲雍说："现在国库充盈，这笔支出不成问题。"

泰伯说："不必动用国库，你替我盘点一下，我共有多少财产，用我的财产去换。"

泰伯的个人财产一直是仲雍代管的，虽然他一时未必报得出细账，但大致多少还是有数的。听泰伯这么说，他迟疑着没有马上接话。

泰伯问："看你的神情，赎买这些人，我的财产大概也就花完了？"

仲雍点点头。

泰伯问："你舍不舍得？"

仲雍反问了一句："大哥您支配的是自己的财产，怎么有这一问？"话刚出口，他就意识到不妥了。大哥的意思分明是，他无子嗣，财产无人继承，他留下的遗产不给胞弟，又给谁呢？仲雍不由鼻子有点发酸，赶紧补充道："休说大哥您的财产，就是我的全部家产，只要国之所需，也该悉数奉上。我跟随大哥奔吴，不就是效学您押上身家性命，开辟出这一方天地吗？勾吴国才是你我兄弟最大的财产，最需看重、守护的财产！"

泰伯说："有你这话，我甚欣慰。其实，我拿私产赎人，也算是一种弥补。从国家计，当年我不得不那么对待他们，但我一直觉得这手段太严酷了，现在让他们恢复自由之身，我心里也好过些。这事就这么定了，二弟你去办吧。"

又过了半月，二十四名原来的小部落酋长及其亲属八百六十二人，一个不少全给赎买出来，泰伯委托仲雍宴请他们一次，当场发给他们一些生活用品，还为每家提供一两间茅屋，划给他们几亩田地。宴席上响起一片哭声，所有获释的奴隶无一不感激涕零，山呼国君万岁。

泰伯释放了这批奴隶后，又接连做了几件事，仿佛都有弥补以前偏差的味道，给仲雍的感觉好像他在安排后事似的，仲雍感到了隐隐的不安。

仲雍的预感不久得到了证实。这天，泰伯吩咐厨子准备了一盘鹿肉，一盘羊肉，一只鸡，一条鱼，还有些蔬果和一坛米酒，留仲雍在宫里对饮。

兄弟俩边饮边聊，聊的都是儿时一些小事。仲雍记得小时候，他老是跟在哥哥屁股后头玩耍，有一天在渭河里游水，他的小腿肚突然抽筋，人就往水底沉去，是哥哥不顾危险把他托上水面，拖到河边的，若不是哥哥相救，哪里还有他的今天？仲雍还记得，有一次他得了病，巫医为他刮痧，他怕疼抗拒，哥哥拿起石刀在自己身上刮了起来，刮得胸膛满是血痕，却咬着牙不哼一声，他感动了，愿意接受刮痧了，刮罢，烧退了，病好了。仲雍回想起这些，心底涌起一股股暖意。

仲雍还想起了十二三岁的时候，大热天里跟哥哥粘蝉。那是因为父亲偶有小恙，怕烦，一听到声音就睡不着。故而，在父亲午睡时，哥哥就带着他用长竹竿蘸了胶粘树梢上的蝉，免得它们"知了知了"聒噪，影响父亲休息。开始他只是觉得好玩，慢慢地，他从中学到了一份孝心。

　　回想起这一切点点滴滴、细细琐琐的儿时往事，仲雍从心底里为自己有这么一位好兄长而庆幸，他举起酒爵，诚心诚意地说："大哥，我敬你一盏！"

　　泰伯也举起酒爵，和他碰了杯，兄弟两人都一饮而尽。泰伯说："你敬我，我知道你在敬一位好兄长，我举爵，其实也是在敬你，敬一位好胞弟。有你这样的胞弟，我把勾吴国交给你，我放心。二弟，你准备好搬到这宫里来住吧。"

　　仲雍大惊，慌忙避席，伏地说道："大哥何出此言！令我诚惶诚恐。"

　　泰伯扶起仲雍，两人重新坐定。泰伯说："我这位子，迟早是要交给你的，今天不过是趁着酒兴，顺口讲了而已，你不必惶恐。"

　　仲雍恳切地说道："大哥有此安排，我早就明白。您不肯续弦，不愿再生子，就是为传位于我。我尊重大哥的心思，并不推辞，只是大哥这话说得早了些，我心中不安。"

　　泰伯用筷子点点面前几盘菜，说："都说我这个国君俭省，我每日所食，比寻常人不知好了多少，所以我活满了一个甲子，享了两个寻常人的寿。人都是要走上那条路的，你不用为我感到不安。"

　　仲雍道："大哥身体尚健，这些话过十年八年再说。"

　　泰伯笑笑，没再顺着这话题说什么。

　　兄弟二人继续喝酒，说些轻松的闲话。时近半夜，仲雍告辞。待仲雍走后，泰伯吩咐仆人烧一锅温水，侍候他沐浴，洗得浑身上下清清爽爽，换上一套干净衣裳。然后，他进了卧室，关上房门，睡了。

　　泰伯就这么一觉睡了过去，脸上表情十分安详。

茭供苇挂

　　泰伯走得非常平静，但是，他的离世却令吴地上下、官民人等无法平静，勾吴国所有人对他们的国君仙逝，十分悲恸，自动闭市三天，停止一切娱乐活动，婚嫁推迟。总之一句话，全体国民都沉浸在巨大的悲痛中。

　　泰伯生前与仲雍有约，死后简葬，不搞高冢大墓，切莫多劳民役、多耗国帑。仲雍尊重兄长遗愿，没有大办丧事，没有大治地宫，更不曾使用人殉，连马也未杀一匹陪葬。人殉，是用活人为死去的奴隶主殉葬，殉葬者多半是奴隶以及战争中的俘虏。人殉时先将墓室下的部分殉葬者活埋后再填土夯平，墓主人下葬后留下墓道，再将其余殉葬者反绑着牵入，逐个把头砍下，然后封闭墓门。泰伯时代，是人殉最兴盛时期，天子死后殉葬者多达数百人，诸侯级别数十人，一般贵族至少也有数人。人殉是身份地位的象征，不用人殉将被视为破坏规矩。泰伯遗言抛弃这种残忍而野蛮的行为，实乃大仁。

　　仲雍在蕃离城郊选了一块干爽的地，为泰伯营造了墓冢，冢高一丈四尺，绕墓一圈计三十五步。然而，仅隔三月，泰伯墓就长高了，高达十丈。这是怎么回事呢？原来勾吴国民觉得泰伯墓太小了，委屈了他们的国君，自发挑土担泥来增加墓的封土，先是附近的人来，既而各地来的人络绎不绝，最远的如吴族，相距百余里，他们干脆摇着船来，运来了一船船的泥。就这样，不计其数的百姓，花时百日，让泰伯墓摇身一变，变作了一座小山，后人称这座山为"皇山"。更神奇的是，皇山出现后，跑来了一头牛、一头羊、一头猪、一头鹿、一只兔和一匹马，在山前路两旁跪伏下来，化为了石牛、石羊、石猪、石鹿、石兔和石马。人们说，这是泰伯仁义，六畜来归。

泰伯陵墓每天都有人来祭奠，不少人在供台上摆上了菰米饭。菰，茭白；菰米，茭白的种子。泰伯时代菰米与黍、麦、稻、粱、菽并列为"六谷"，到了秦汉间，除用茭白种子为粮食外，也用茭白茎做菜，唐以后茭白就完全用作菜蔬，彻底退出了粮食范畴。因周原无茭白，泰伯到江南后尝了菰米饭，感觉新鲜，很喜欢吃。茭白对水肥条件要求高，不能像稻一样大面积栽培，菰米因此"物以稀为贵"，一般人吃不起，贵族也得省着点吃。泰伯了解到这个情况后，就没再吃过菰米饭。贵为国君的泰伯，天天吃菰米饭都不算什么事，但他认为这是一种奢侈，所以不吃。他死了，人们用菰米饭供他，在菰米饭上寄托了对这位国君的疼惜和敬爱。

还有人扛来一捆捆芦苇，要在泰伯陵旁搭草庐为国君守孝三年。仲雍得到消息，亲自前来劝阻，说："先国君最不愿意扰民，你若在他墓旁住三年草庐，他在泉下将不安三年。先国君生前那么体恤子民，现在你也要体恤他的在天之灵，不要让他为你的一片好意而生歉疚。我替先国君谢你了，你回去过好日常生活吧。"那人接受了劝告，回了家，想了想，将一束芦苇挂在门上，表示自己住在草庐里，为国君守丧。左邻右舍见了，纷纷学样。邻居的邻居，也跟着做。没几天，满城屋门皆挂芦苇，人人都在为国君守丧。

这就是"茭供苇挂"，成了江南治丧的一种民俗，延续了很长很久。与祭泰伯有点不同的是，唐以后不再用菰米饭，而用新鲜肥嫩的茭白了。

一年后，在泰伯忌日，有人特地做了双馅团子，到他陵前祭祀，以示悼念，同时又献一屉给仲雍，表达敬意。"馅"，在吴语中读如"让"。双馅团的喻义是，如果泰伯、仲雍不让掉周国君位，怎么会奔吴？吴地百姓怎会有这二位贤明的国君？因为有这样的意思，大家都学着做这种团子，并且一代代传了下来，成了苏州一道著名的特色点心。

泰伯功绩昭彰，非但当时的勾吴国民由衷地悼念他，后来的吴人也世世代代纪念他，赞美他。在苏州流传着许许多多泰伯的故事和传说，都是一代代百姓编来颂扬泰伯的。与泰伯丧事有关的传说也不少，比如这一则：

泰伯、仲雍离开周原时，一不带珍宝，二不带锦衣，只带了一袋苎麻种子。兄弟俩骑马，一名随从紧跟，不知越过了多少座山，也不知渡过了多少条河，到了现在的无锡地界上。这时，仲雍的坐骑已经累死，不巧，前面又有一条大河，挡住了去路。眼下正是黄梅季节，山洪暴发，河水猛涨，加上雷声隆隆，大风呼啸，天空墨黑，眼看暴雨即将来临，如果再不过河，就有被洪水冲走的危险。泰伯急中生智，叫仲雍与自己合一骑，只听宝马一声长嘶，四蹄腾空，直向河对岸冲去。不料到了河心，马蹄陷入河底，不能动弹。随从是个大力士，急忙潜入水底，用尽浑身之力，将马肚往上一托，那马立即浮上水面，又向前奔去。

到了河边，泰伯跃下马背，回头一看，那名随从面色煞白，口吐鲜血，死在了河边。泰伯兄弟俩忍着悲痛，把随从埋了，又将一把苎麻种子撒在坟墩四周。

泰伯、仲雍在今天梅村这个地方定居之后，看到这里的土著衣着不全，浑身刺满花纹，像野人一样，就把带来的苎麻种子分给大家，让大家种植。收割后，用麻丝织成布匹，制作衣服。他们还把中原的耕作、兴修水利等技术传授给了土著。大家看到泰伯、仲雍十分能干，又得知他俩"避让君位"的美德，都来归附他们，泰伯有了一批人马，建立了勾吴国。

泰伯当上勾吴国君后，没有忘记大力士随从的救命之恩，每年到了渡河遇险的那一日，总要到他的坟前祭祀。泰伯去的时候，正是芝麻开花的当口，他就把青白的苎麻花采下来，撒在坟上，表示自己对死者的怀念。

后来，泰伯也作古了，百姓都舍不得他，哭声震天。在百姓心目中，泰伯德行高尚，好像苎麻花清清白白。大家又知道他生前用苎麻花祭奠随从的事情，也就学着把苎麻花采来撒在他的陵墓上。苎麻花采光了，后到的人无花可采，索性把麻皮束在头上，缠在腰间，表示哀悼。从此以后，慢慢就形成了一种风俗，父母死了，子女都要披麻戴孝，一代一代地传了下来。

这个传说想要告诉我们的是，当年的吴人是将泰伯当作慈父一样祭奠的。

【第八辑】

周章获封

老大泰伯和老二仲雍一起出走，周国的第二代君主只能由老三季历来做了。季历死，其子姬昌即位。亶父当年曾预言："我世当有兴者，其在昌乎！"他不曾看走眼，周国在他这个心爱的孙儿手中，确实大大兴旺起来了。姬昌生活勤俭，穿普通人衣服，还到田间劳动，为臣民做表率；奉行德治，倡导笃仁、敬老、慈少的风气，大力发展农业生产，商人交易不收税，有人犯罪妻子不连坐；招贤纳士，许多外部落的人才以及从商朝来投奔的贤士，他都以礼相待，予以重用，如伯夷、叔齐、太颠、闳夭、散宜生、鬻熊、辛甲、姜子牙等人，都先后归附在姬昌麾下称臣；开疆拓土，先后兼并了虞、芮、黎、邘、崇等方国，还向南扩展势力，于是，"天下三分，其二归周"。

就在姬昌完成了灭商的所有准备之时，他得了病，撒手人寰。姬昌之子姬发，成为周国第三代君主。姬发即位后，任姜子牙为军师，以兄弟周公旦、召公奭为助手，进一步整顿内政，增强军力，国力愈加强盛，便公开亮出了征讨商纣王的旗号。姬发在孟津（今河南孟津）大会诸侯，前来会盟的诸侯多达八百。两年后，姬发见时机已到，亲率战车三百辆，虎贲之士三千名，步卒万人，以及盟国的三万余众，浩浩荡荡向商朝的都城朝歌进发。

姬发起兵伐纣，船队顺流而下，忽然狂风陡起，天昏地暗，一个个巨浪迎着船头打来，覆舟之险随时都会发生。姬发端坐船头，左手持了一把黄金色的大钺，右手擎了一竿悬挂白牛尾的旌麾，瞪大眼睛直视前方，厉声说道："我既然担当了天下的重任，谁敢来违逆我的意志！"此话一出，顷刻间，竟就风也停了，涛也息了，天也蓝了。

周军安然渡过黄河，姬发下令烧毁全部舟船，说："此番征战，要么到朝歌痛饮庆功酒，要么尸骨抛散异乡，大家只能鼓踊跃向前之志，不可存侥幸生还之心！"接着，所过的渡口和桥梁，姬发下令一律烧掉，彻底自断了后路。

抵达邢丘这个地方，适逢天降大雨，连续三日，军中还出现了若干盾牌无故折为三段的怪事。有人害怕了，说："难道这是上天警示，伐纣尚非其时？"姬发说："不然。大雨三日，那是上天在替我军沐洗甲兵，盾折为三，是上天晓示我军临敌，须三路布阵。上天对我军如此厚爱，我们若不奋勇前行，直捣朝歌，那才是要受上天惩罚的。"姬发的话消除了军中流言，坚定了将士的必胜信念。

终于到了决战的这一天，在朝歌西面的牧野（今河南卫辉境内），周军与商军进行了一场惨烈的厮杀。

姬发将周军分作三部，前部为周国的三千虎贲、三百战车，其余四万将士为左右两翼。商军是周军四倍，共十七万人，布下四方阵，商纣王由五千名亲兵簇拥着，在后面押阵。战鼓擂响，两军交战，姜子牙挥舞令旗，前部精兵突入敌阵，横冲直撞，乱其阵脚，震慑敌胆。姬发亲率后续两翼跟进,合围冲杀,直杀得商军人翻马仰,四处逃窜。商军由奴隶组成,本无斗志,禁不住周军勇猛冲阵,刚一接仗,便迅即瓦解。商军慌忙后撤,遭到压阵亲兵弹压,纣王为防奴隶上阵逃跑,早就预备了这一手,这时亲兵们一齐挥刀,朝溃军乱砍,胁迫他们返身投入战斗,无奈亲兵仅有五千,面对潮水般卷来的十多万溃逃奴隶,休想阻拦得了,奴隶为了逃命,与亲兵对打起来,亲兵阵线很快被撕开了几个口子,周军紧随着溃逃奴隶杀到,五千亲兵转眼被斩一大半。纣王见势不妙,调转马头,撤回了朝歌。

纣王并非无能之辈,年轻时也曾很有作为,他重视农桑,发展生产,国力强盛之余,便兴拓土开疆之事,发兵攻打东夷诸部落,把商朝疆域势力扩展到江淮一带。晚年因安于享乐,耽于荒淫,致使失政,民怨鼎沸,诸侯反叛。纣王在早年多次亲征中,积累了丰富的军事经验,牧野一战虽败,主力损失惨重,但他并未方寸全乱,章程尽丧,退回朝歌后,他收拾残军,重做布置,据城固守,尚有得一拼。

周军追至朝歌城下,姬发见纣王守城有法,一时难下,便下令扎营围困。姬发与众诸侯商议对策,说:"朝歌城坚池深,商纣困兽犹斗,急切难下,若以力攻,徒费心力,当以计取可也。"一诸侯说:"我率本部遁进城去,里应外合,可望一举成功。"姜子牙说:"不可!你部潜入城内,守军必择巷战,未免有一场恶战,我恐百姓连带遭殃,遭受屠戮。商都百姓,近在辇毂之下,被纣王残虐独甚,惨毒备尝,今再加之杀戮,非所以救民,实所以害民也。"姬发说:"军师之见甚是,不知军师可有妙计?"姜子牙说:"今百姓被纣王敲骨吸髓,恨不能食其肉而寝其皮,不若先写一告示射入城中,晓谕众人,使百姓自相离析,人心离乱,不日其城可得矣。"姬发点头道:

"军师之言乃万全之策，这告示就请军师代劳了。"姜子牙援笔作稿，命人抄写了数十份，四面射入城中，这些从天而降的告示，或落于城垛，或落于屋顶，或落于街巷。城内军民拾得告示，打开观看，只见告示上写道：

"纣王荒淫不道，苦虐生灵，不修郊社，绝灭纲纪，杀忠拒谏，炮烙虿盆，淫刑惨恶，人神共怒。纣王稔恶不悛，惨毒性成，民命何辜，遭此荼毒！今我奉天讨罪，会同诸侯，伐此独夫，解万民之倒悬，救群生之性命。本欲进兵攻城，念尔等万姓久困水火之中，望拯如渴，恐一时城破，玉石俱焚，甚非我吊民伐罪之意。尔等宜当体此，速献都城，庶免杀戮之虞，早解涂炭之苦。尔等当速议施行，毋贻后悔。特示。"

城内军民竞相传阅，互为通告，都说："周主仁德著于海内，兴兵吊伐，诚为至公。我们遭昏君凌虐，深入骨髓，若不献城，是逆民也。"满城一心，于三更时分，一声喊起，朝歌城四门大开，父老齐出，大呼道："我们军民百姓愿献朝歌，迎迓明主！"

呼声震天，喊声动地，纣王在宫中听到，自知大势已去，无力回天，便架起柴薪，自焚而死。商朝灭亡，姬发得了天下，史称周武王。

周武王姬发记得小时候听祖父季历念叨，说自己的国君之位是大哥泰伯和二哥仲雍让给他的。武王对这二位伯祖父充满了感激，如果他们二人不让，就没有他祖父的君位，也就没有了他祖父一支的社稷传承，更没有了他今日天下共主、尊为王者的可能。武王想要用实际行动来表示感激之情，于是派出特使，到吴地封赏泰伯、仲雍的后人。这时勾吴国的国君已是仲雍的曾孙周章，特使向周章宣读了武王的敕书，正式承认了这个勾吴国，赠周章侯爵衔。从等级上讲，武王封的勾吴虽只是个二等诸侯国，但封与不封有天壤之别，此前勾吴只能算"山寨版"的，现在得到了中央王朝的承认，完成了"注册"，便是西周大家庭中的正式一员了。

周章获得这种待遇，靠的是泰伯余荫。

寿梦迁都

勾吴国传至第十九世寿梦，迎来了一位锐意进取的国君。寿梦去掉了勾吴国的"勾"字，使国名更像个国名，他已不满足二等诸侯的地位，决定称王。寿梦自封吴王的当年，便亲赴洛邑（今河南洛阳）朝见刚即位的周简王，这是吴国建国以来第一次朝见周天子。吴、周本是一脉，寿梦在洛邑认祖归宗，周简王大喜，拉着他的手说："还是同宗亲啊，以后你要多替寡人分忧。"

周简王是东周的第十七代天子，这时周室式微，周天子的权威已经荡然无存，诸侯国纷纷坐大，周简王深感威胁。寿梦正是看准了这点，才北上朝觐的，目的一是让天子默认他的僭称王，二是希望获得某些授权。寿梦的目的达到了，周简王担心的是晋、楚、秦、宋、郑等国，对从未介入中原争战的吴国，并不防备，且有拉拢之意，所以，根本不会计较他改了称号。天子不当面纠正，等于允许了他以王的名义示世，寿梦得遂所愿。至于周简王要他多分忧，寿梦求之不得，从此，他采取什么行动，都可以打出"奉天子令"这个旗号了。

第二年春天，寿梦就以"代天子训诫"的借口，发兵攻打郯国（今山东郯城）。郯国很小，地域仅相当于今天的一个乡。因为弱小，它从来不惹事，对周天子恭敬，与邻国和睦，对大诸侯国服从。前一阵，楚国遣使来通知郯国会盟，郯国和楚国虽不接壤，不至于直接遭到侵犯，但它不想惹恼楚国，就答应了。孰料楚国不恼，却恼了吴国，吴王寿梦责之以"依附逆臣，轻慢周室"，派出三千人马，长途奔袭郯国。郯国国君吓得慌忙筹齐大量酒肉，远迎十里，犒劳吴军，一股劲承认错误，恳求吴王退兵。寿梦原本也只想吓唬吓唬郯国，耍耍威风罢了，便卖个顺势面子，吃饱喝足，打道回府。

寿梦此举，意在激怒楚国。如果楚国发兵为郯国撑腰，他就可以放开手脚和这个邻国大打一仗了。为了这一仗，吴国已经准备了好多年。楚人先祖鬻熊辅佐周武王灭商有功，武王之子周成王念其功劳，封鬻熊曾孙熊绎为子爵，领地五十里，据以建国。熊氏在荆地脱颖而出，利用周王这块牌子，并吞了一个又一个部落，疆域不断扩大。迅速壮大起来的楚国觉得自己停留在四等诸侯国，这是周室不公，于是撇开周天子，自封为王。寿梦也是先自封为王，再用小计谋得到周简王默认的，不好意思以"讨伐僭王"的冠冕堂皇理由向楚国宣战，所以想方设法促使楚国先动手。

不知是楚国并不在乎远方的小小郯国呢，还是忙于并吞，反正楚国并未如寿梦期望的那样为郯国动干戈。寿梦不免失落，便去攻打巢国（今安徽巢湖）和徐国（今安徽泗县）。这是楚国的两个附庸国，楚王不能不管。楚国令尹子重奉命驰救，吴军却撤走了。子重见巢、徐无事，也率军撤回了国内。楚军刚撤，吴军又至，巢、徐告急，楚王命子重再度往救，楚军快到，吴军又缩了回去。楚军一走，吴军兵锋又逼近巢、徐，如此往复，七次牵引子重奔波，搞得楚军疲惫不堪，被吴军打了个埋伏，颇有损失。

楚国受挫于吴国，中原一些老牌诸侯国幸灾乐祸。这些诸侯国都看楚国不入眼，认为这个"暴发户"太狂妄，早就想教训教训它，现在吴国替它们出头，它们对吴王寿梦就有了好感，鲁、晋、齐、宋、卫、郑等国在钟离（今安徽蚌埠）会盟的时候，也邀请寿梦参加。这是吴国第一次参加与中原诸侯的会盟，地位大大提升。

这一下，楚国真的被激怒了。在楚王眼里，吴国只是个蕞尔小国，竟敢对楚国这个大邦发起袭击，已属太岁头上动土，不知死活，如今中原诸侯们如此抬举吴国，更是有意侮辱他堂堂荆地之王，给他难堪，他若不再狠狠惩治吴国一下，这世上真搞不清谁是强者了。楚王召来子重，说道："上回吴虏前来骚扰，侥幸占了些便宜，势必越发嚣张，若不将其气焰打下去，只恐复来，一次次入境搅得我们无有宁日。我命你举兵伐之，一击将其打瘫了，起码十年恢复不了元气。"子重也想报一箭之仇，当下慷慨领命，自任元帅，大阅舟师，选精卒两万，顺长江东下，直逼吴境。

楚军甫动，便有细作报于寿梦，寿梦点长子诸樊为帅，治兵于江口（今安徽颍上），抵御楚军。楚军水师受阻，先锋将邓廖献策道："长江水流进易退难，末将愿率一军前行，得利则进，失利亦不至于大败，元帅暂且屯兵不进，相机观变，可以万全。"子重采其言，选车甲五百，步勇五千，皆气强力大，一可当十者。邓廖率领这支精兵，弃舟登岸，快速急行，打算绕到吴军侧后偷袭。诸樊早有防备，安排了伏兵，邓廖偷鸡不成蚀把米，只剩车甲八十、步勇三百狼狈而回。

子重统领的大小舟船百艘，停泊在江面等候消息，忽然，诸樊率战船十多艘，杀向楚军舟阵，子重指挥水师包抄，诸樊急令船队后撤，楚军水师穷追不舍，直至采石港（今安徽马鞍山）。诸樊已在采石港布下埋伏，由其弟余祭、余眛负责。诸樊佯败东走，将楚军水师诱入了包围圈。待到楚军百余舟船悉数进入，两岸杀声大振，石弹遮天，矢如蝗阵，余祭、余眛伏兵从后夹攻，诸樊船队掉头回战。楚军水师大乱，阵式全失，无法组织有效抵抗，余祭、余眛各乘艨艟大舰突入敌阵，舰上俱精选勇士，以大枪乱捅敌船，楚舟多倾覆，楚兵多溺毙。子重拼死突围，总算逃出包围圈，捡了条性命回到楚都。

子重是楚国辅臣，任令尹后，清查户口，免除欠税，救济老弱，赦免罪人，安定好了内部，频频对外用兵，远伐卫、鲁，袭击宋国，攻打陈、莒，立下赫赫战功，不想竟如俗语所说"大河里不死，死在阴沟里"，败给了根本不入楚人眼的吴国，而且败得这么惨。子重羞愧难当，郁忿成疾，无多时日，活活气死了。

吴王寿梦选择与楚国为敌，有他的深谋远虑，他清楚吴国想要发展，楚国定然遏止，两国地理位置摆在那儿，不想发生利益冲突绝无可能。吴楚迟早有一战，迟战不如早战，趁楚国尚未重视吴国之际，吴军可以利用对方的麻痹轻敌，一战打出威风。寿梦的决策非常高明，取得了预料中的成功。但他并未被胜利冲昏头脑，他掂量两国实力，毕竟楚国是"大块头"，吴国是"小个子"，该避还得避，不可一味碰硬。因此，寿梦有了迁都之心，他要把国都往东迁移，与楚国之间留出更广阔的缓冲区域，万一楚军前来报复，吴国将有更早的预警时间，更大的安全屏障，更充裕的调兵余地。

这时的寿梦，特别感谢吴国的开国君主泰伯。泰伯在创业之初，就已将东部列入了规划，定下了"巩固东部，防御西陲"战略，并通过苦心经营,为子孙留下了一块足以建设成吴地中心的地盘。现在,寿梦有条件完成吴国始祖的心愿了。

寿梦迁都出蕃离,于东南六十里处另筑新都城,位置在今天苏州平门北。

诸樊效祖

寿梦年老时，遇到和老祖宗亶父一样头疼的问题。寿梦有四个儿子：长子诸樊、次子余祭、三子余昧、四子季札。季札在寿梦四子中最知书达礼、仁爱贤明，因而深得父亲的宠爱，寿梦想要把王位传给老四季札，但老大、老二、老三怎么办？他拿不定主意。

寿梦将诸樊、余祭、余昧逐一叫来，说了自己的心思，问他们有什么想法。诸樊说："我们吴国的开国君主早就做出了榜样，我也是长子，我也可以让。"余祭说："当年是老大、老二一起让位给弟弟的，我不会做出第二种选择，我与大哥一样做。"余昧说："当年老三下面如果还有老四，我敢断定季历一定会步两位兄长的后尘，所以，我愿意让给季札。"这三个做兄长的，都特别疼爱最小的兄弟，都认为季札的德行才干胜过他们，最足以继承王位，他们是真心实意争相拥戴季札当下一代吴王。

寿梦大感欣慰，觉得自己的儿子个个都是好样的。既然老大、老二、老三皆肯让位，他最钟爱的老四继承大位就没有任何问题了，自己比高祖亶父省心多了。寿梦唤来季札，兴冲冲把这好消息告诉了他。可是，季札不愿接受，说："传位给嫡长子，是礼制所系，如果我笑纳了本应属于长兄的位子，我便是破坏礼制之人，父王不能因爱我而害我。"

寿梦说："你这个孩子，怎么这么死心眼？我们的先祖亶父不是也传位给最小儿子的吗？已经有了先例，现在不过是复演一遍罢了，没有你说的这么严重。"

季札说："这个先例学不得，它造成了泰伯、仲雍二位先祖的背井离乡，远奔吴地。我不希望兄长们也离开，忍受一辈子的思亲之苦。"

寿梦说："谁要他们离开吴国了？难道你不会给他们安排适当的官职？你放心，他们会留下来辅佐你的。"

季札说："我相信三位兄长可以做到这点，唯其如此，我就更不能受让了。兄长待我如此仁爱，我也不是个不知仁义的人。父王，请收回您的意思吧。"

寿梦说："你平时最听我话，今日为何非要跟我犟着？不顺父意，乃是不孝，不从君旨，便是不忠，难道你不怕背上不忠不孝的名声？"

季札说："别的我全听您的，唯独此事，哪怕担这天大的罪名，我也不从。"

寿梦见他如此坚决，只好说："此事暂且搁置，以后再从长计议吧。"

寿梦说服不了老四，又把老大找来，将这一场父子对话告诉了他，要他再去劝劝老四。诸樊当天就去找到季札，恳切地劝说四弟接受父王的安排。季札待他把要说的话说完，问了一声："长兄，你知道子臧这个人吗？"

诸樊一愣，说："想不起来。"

季札说："子臧是曹国的公子，曹宣公死后，国人都认为新立的曹君无能，想改立子臧，子臧拒绝了。为了坚守为臣者应有的忠义，打消国人拥立他的念头，子臧离开曹国，避往宋国，使曹国新君仍然得以在位执政。这种谦恭无争的美德，被人们赞为'子臧之节'。我从小潜心学礼，前贤的美德在我心中如烙如镌，历历可数。我虽德薄，但仰慕贤圣，追比德行，还是要勉力去做的。我只愿自己大节无亏，立身天地间不至惭愧，国君的尊位哪里是我所希求的呢？倘若父王和兄长定要逼我继承大位，那就不是你效泰伯，而是我学子臧了。况且三位兄长，皆非无能之人，都有治国之才，我岂不更有避走的理由了吗？假如兄长还念手足之谊，就不要再劝我，让我安心留在你们身边，享受骨肉之情，阖户之欢。"

季札话已至此，诸樊只得放弃再劝。他到宫中向父亲禀告，寿梦沉吟半晌，说："我另外想想办法，总得让老四改变主意才好。"

诸樊离开王宫，回到自己府邸，派人去把二弟、三弟请来，说："父王一心要让四弟当上吴王，可是无论父王发话，还是我苦苦相劝，四弟坚持不逾制，非得我这个嫡长子继位。我有心效学泰伯、仲雍二位先祖出奔，四弟说这是我用此举逼他避国，看来先祖行得，我行不得。我只有每餐祈祷，让我速死，以全父王之愿。"

余祭、余昧双双动情落泪，暗暗打定主意，也学老大捧起饭碗就求上天，保佑他们早点遭难，得个药石无效的大病，或干脆遽亡，以便给老四腾出空位来。谁知上天反被他们的孝悌之心感动，保佑他们个个无病无恙，一年到头连喷嚏也不打一个，越来越身强体健，全都是虎背熊腰，力可举鼎。

求疾不成，哥仨不约而同想到了另一途径。每逢战事，三人总是亲赴疆场，率军奋战，冲锋陷阵一马当先，攻城破堡甘冒矢石，无非是想为国捐躯，马革裹尸，上报父王之恩，下垂昆弟之好。然而，箭镞似乎长了眼睛，见到这哥仨就绕道，刀矛仿佛也有情，从不在他们身上舔血剜肉。诸樊等三人皆身经大小数十战，皮都未擦破过，更莫谈致命的创伤了。

幸好寿梦赶在临终之际，终于想出了办法，他把四个儿子一齐召到身边，用手指颤颤地点一下诸樊，再点一下余祭，又点一下余昧，最后点了点季札，吐出了四个字："兄终弟及。"这话一出口，他就溘然长逝了。

吴国为先王隆重治丧，种种程式之繁复，自不必说。丧仪完毕，余祭、余昧找到诸樊，问："王兄，你还打算让位给四弟吗？"

诸樊反问："你们也没有改变让位给四弟的初衷吧？"

余祭、余昧双双点头。

诸樊说："这就好。我们三人还是要为国家选择季札这个吴王，但现在就把君位给他，他必不接受。父亲为我们留下的是个两全其美的办法，我将立个规矩，君位传弟不传子，我们兄弟几个依次继承，最后把君位交给季札，他再也无可推辞。"

余祭说："既然王兄这么说了，我依了就是。"

余昧说："我也遵从王兄之言，只是有一事须问，既然是立规矩，季札之后，王兄可有考虑？"

诸樊说："君位最后传到了季札手上，他之后何人为王，那是他考虑的事了，你我此时议这事，太早了些。"

诸樊即位后，第一天朝会，就向大臣公开宣布，自他始，吴王之位传弟不传子。诸樊的决定迅速传遍全国，国人欢欣鼓舞，交口称颂。

季札让国

　　依据"兄终弟及"的传位顺序，诸樊死，传位二弟余祭，余祭死，传位三弟余昧，余昧死，王位应传给四弟季札，吴国臣民都翘首以盼，盼这位新吴王即位。由此可见，季札在时人心目中非比寻常。

　　季札非但在吴国国内声望隆隆，而且在国外名头也很大。季札的名声，甚至盖过了吴王，列国或许不关心当朝吴王是谁，但一定知道吴国有一位杰出的人物季札。季札曾出使鲁、齐、郑、卫、晋诸国，在鲁国，鲁君用原汁原味的周乐招待他，让他聆听了宫廷艺人演奏的《周南》《召南》《邶》《鄘》《卫》《王》《齐》《豳》《秦》《魏》《唐》《陈》等乐曲，《小雅》《大雅》《颂》等歌谣，还让他观赏了《象箾》《南籥》《大武》《韶护》《大夏》《招箾》等舞蹈。季札从《周南》中发现了教化开始奠基，从《王》中联想起周室东迁之后的忧思，从《魏》中领悟到大而宽、俭而易的盟主之志，从《唐》中听出了上古陶唐氏的遗风，从《大雅》中感受到了周文王之德，等等。最后的压轴戏《招箾》让季札惊叹道："这是最令人叹为观止的至德乐章，就如同苍天无不覆盖，大地无不承载。就算是盛德之至，也是无以复加了。"季札对于所有歌舞一一加以评论，说出的感想都很精当，令鲁君刮目相看。

鲁国疆域在泰山以南，今山东南部。周武王灭商后两年去世，王位传给了儿子姬诵，是为周成王。由于成王年幼，天下初定，叔父周公旦唯恐诸侯叛周，便以"摄政"的身份治理天下。鲁国是武王分封给周公的，周公因为辅助成王，没有前往封地，派嫡子伯禽代他就国，伯禽也就成了鲁国实际的开国君主。伯禽出发之前，周公告诫他说："我是文王之子、武王之弟，成王的叔父，在全天下人中我的地位不算低了。但我一顿饭往往三次吐出正在咀嚼的食物，停下来不吃，起身接待贤士，这样还怕失掉天下贤人。你到鲁国之后，千万不要因有国而骄慢于人。"周公将耗费了六年心血制作的礼乐交给伯禽，接着说道："你要贤士来投奔，首先得把鲁国治理得让人向往。要想让人向往，礼乐是最重要的，你应该将鲁国治理成一个礼乐之邦。"因这缘故，鲁国一直被人视为传承正宗礼乐的大本营。在鲁国历代君主眼里，除了自己，任何人都不能真正理解《周南》《大雅》《象箾》等的精髓，没想到季札的诠释如此确切，如此高深。吴国在鲁君心目中，原本是个未开化的鄙荒小邦，季札用他深厚的艺术素养改变了鲁君的偏见，大大改变了吴国的形象。

季札到齐国，会见了齐相晏婴，他劝晏婴："贵国祸乱将起，你赶快交出自己的封邑和权力，这样你才能免于祸患。"晏婴接受了季札的建议，在不久后的贵族相互攻杀中，因他在众人眼里已无足轻重，不被记起而得以身免。季札到郑国，见到了子产，他对子产说："贵国掌权者奢纵欺人，大难将临，你是下一个执掌大权的人。等你主政，务必以礼治国，否则贵国难免衰败。"后来，子产为相数十年，仁厚慈爱、轻财重德、爱民恤孤，颇有建树，郑国一度相当强盛。季札到卫国，非常欣赏蘧瑗、史狗、公子荆、公叔发、公子朝，感慨道："卫国君子很多，因此国家无患。"他说得没错，这一班人在世的时候，卫国虽小，周围的大国却不敢吞并它。季札到晋国，看到韩宣子、赵文子、魏献子这三位大夫势力膨胀，预言道："晋国政权将要落到这三家了。"果如他所言，晋国分裂成了韩、赵、魏三个国家，史称"三家分晋"。总之，季札一路出使，会晤各国重臣，高谈政事，评论时势，无不准确，令人钦佩。通过季札，中原国家对吴国不再藐视，纷纷表示愿意与吴国通好，吴国的地位得到了极大的提升。

季札出使途中，还有一件特别为人称道的事。一日，季札路过徐国，因徐国并不在他出访的目的国之列，他本不打算停留，但徐君慕季札之名，热情地挽留他住一宿，盛宴款待，觥筹交错，相谈甚欢。席间，徐君的眼光几次掠过季札的佩剑，显然是很想要这把剑，但不好意思开口。季札因佩剑是使者的身份象征，不便当场赠送给他，也就装作不曾察觉对方心思。待须访五国皆已访毕，季札回程时特地绕道再经徐国，不料徐君已经病故。季札备了祀牲，到徐君墓上祭拜一番，临走，解下佩剑挂在墓旁树上。随从人员说："徐君已死，吴剑珍贵，遗之若何？"季札说："当初我内心已答应了他，怎能因为徐君之死，我就违背承诺呢！"此事传开，季札被人视为礼义和诚信的代表人物。

季札有如此之博的才情学识，如此之多可圈可点的表现，吴国上下期盼他登位主政，殷切之状如同众星捧月。怎奈季札在这个问题上，脑子里一根筋，想的只是复制先祖泰伯与仲雍的让王至德，完成自己的道德追求，说什么也不肯接受吴王这个人人羡慕的位置。为了表明坚定的志节，彻底打消国人的拥戴之念，季札在余昧行将咽气之前，离开了都城，跑到自己的封地延陵（今江苏常州），再也不在朝堂露面，以示"终身不入吴"之誓。

季札成功了，被人称为"至德第三人"。历来为争王位，手足相残，甚至父子血拼，层出不穷，司空见惯。而放着唾手可得的王位不取，弃探囊取物的君权成义，则是唯大德至尚的人才能做到的。泰伯做到了，仲雍做到了，现在是季札做到了。季札将名垂千古，光耀青史，这份荣誉是一个方国的国君之位所不能给予他的。

阖闾强吴

余眜死了，季札跑了，王位空着，"国不可一日无君"，大臣们一合计，立了余眜之子姬僚为吴王。

大臣们也有道理，"兄终弟及"链既然到余眜断了，那就恢复"父死子继"的制度，由他的儿子来继承包括王位在内的遗产，合法合理合情。再说，大臣们看在眼里，姬僚自小到大，不奸不刁，比较厚道，没什么劣迹，坐上王位大概可以成为很不错的一代君主。

姬僚坐上了吴王宝座，史称王僚。王僚有个堂兄姬光，是诸樊的长子，对于姬僚为王，一肚皮的不乐意。他有他的逻辑："王爷爷定下的兄终弟及规矩不可废，叔叔季札不愿做大王，那就应当在我们这一辈分上再从头开始轮流传袭，我是长子长孙，新一代吴王我是头一名，姬僚抢了我的位置！"所以，姬光对姬僚恨得牙痒痒的，天天想着怎样除掉这个堂弟，夺回王位。姬光很有心计，表面上与堂弟亲亲睦睦的，暗中却在物色帮手，窥伺时机。

经过长时间的寻觅，终于给姬光网罗到了两名死党，一个是伍子胥，另一个是专诸。伍子胥负责设计，专诸负责实施。伍子胥的计谋，针对姬僚的弱点而设。其实也不算什么弱点，说穿了只是姬僚嗜美食，这实在是人的共同爱好。凡有美味菜肴可供一饱口福，姬僚不大肯放弃。那时候的美食是羊，中国字"美"就是"羊"的延伸，在太湖地区，最美味可口的食物还有鱼，"鲜"字就是"鱼"同"羊"并列。伍子胥让专诸到太湖边学烹鱼的技术，学了三个月，专诸成了个特级厨师。姬光现在要用专诸烹的鱼，取姬僚的性命连同他的宝座了。

但姬光并未贸然行事，而是遍请朋客，天天在府中摆全鱼宴，鳜鱼、白鱼、鲫鱼、青鱼，爆鱼、蒸鱼、鱼松、鱼羹、鱼饼，尤其是品牌菜"糖醋鱼"，吃得一拨拨客人赞不绝口。受过姬光宴请的人，个个甘当活广告，到处宣扬，王室中有些身价的人都在传这件事，七传八传传到了姬僚耳朵里，姬僚派人传话给姬光，也要到他府上尝尝那样的佳肴。

姬僚也知道周围觊觎王位的大有人在，虽然姬光给他的印象是对自己竭力拥戴，百般顺从，没什么威胁性，但姬僚仍还有点儿提防这位堂兄的。首先，在赴姬光府第时，他身披三重铠甲，把全身从头防御到牙齿；其次，从宫门到姬光府第的一路上，让亲信带领兵马三步一岗，五步一哨，实行严格的一级保卫；第三，在姬光宅中，特别是在举办宴会的大厅里，全部换上自己的贴身侍卫，侍卫手执长戟，组成最后一道防护网，连苍蝇也休想飞进一只。如此一番安排之后，姬僚放下心来，安坐享宴。

酒至半酣，姬光忽然起身，假称自己有足疾，请求入内室换药，姬僚未加多想就同意了。姬光一离开杀机四伏的宴厅，专诸便登场了。专诸端着个托盘，托盘里卧一条烹煮得红油赤酱的糖醋大鱼，走到大厅前，侍卫照例要搜他身，专诸将托盘交给侍卫，自己动手，三下五除二，便把自己剥了个赤条条一丝不挂，然后从侍卫手中接过托盘，径直朝厅内走去。如此全裸一个，谁也不会认为他身上可能藏有武器，疑心病再大的人也会消除了戒心，鬼也猜不到一柄锋利无比的鱼肠剑，就藏在那鱼腹中！专诸来到姬僚面前，猛然从鱼腹中抽出剑来，对准姬僚便刺，利剑穿透三重铠甲，把姬僚给刺死了，侍卫们一拥而上，专诸也被剁成了肉酱。姬光一声令下，早已埋伏好的精锐甲士杀出，将姬僚的侍卫们斩尽杀绝。外面的兵马见大势已去，弃械投降。姬光政变成功，如愿当上国君，从此以吴王阖闾名号面世。

阖闾这把交椅能否坐稳，还得看一个人愿不愿意，那就是姬僚的儿子庆忌。庆忌当然是一百二十四个不愿意，他已经逃到卫国，正在操练一支部队，随时准备杀回来复仇。庆忌自幼习武，膂力过人，勇猛无畏，万夫莫当，还很有智谋，且又保持高度警惕。这样一个人，阖闾想故伎重演，再派个刺客去刺杀他，谈何容易！

阖闾不愧为阖闾，他起用了要离。要离矮小瘦弱，风稍大些便能把他掀个筋斗，不像专诸人高马大，满脸横肉，易遭人防范。要离让阖闾借故砍掉了他的右臂，又与阖闾商定，在他逃亡之后，阖闾装作迁怒于他的亲属，将他的妻子烧死在了闹市口。这样一来，要离与阖闾的刻骨仇恨天下共知，要离投奔庆忌，庆忌非常可怜他，就把他留在身边。庆忌发兵攻打阖闾时，让要离与自己同乘一条船，庆忌坐在船头，要离悄悄踅到庆忌上风头，左手持矛，借风力扑向庆忌，贯胸而入。庆忌一把抓住要离的头发，将他往水中按了三次，然后置要离于膝上，对涌上前欲砍要离的部下说："我是天下无双的勇士，此人竟敢兵刃加我，也算是个勇士了。你们不要杀这个人，否则，一天死两个勇士，太可惜了。"说完，庆忌就断了气。他的部下把要离送上岸去，让他回阖闾那儿去领赏，要离大概觉得与那样大度的庆忌相比，自己太蹩脚太有愧了，便用剑抹了脖子，自杀了。

如此惊心动魄的事件，引起了吴国朝野强烈的震荡，人心惶惶，时局不稳。吴国的宿敌南方有越国，西边有楚国，都在窥视这块太湖地区最富饶的土地，随时准备发兵来侵。阖闾虽说使用了不大光彩的手段上台，但他毕竟是个雄才大略的君主，有办法让吴国臣民承认他是开国之君泰伯真正的继承者。阖闾的办法是什么呢？筑大城。

阖闾对满朝大臣说："先祖泰伯开凿伯渎河时，曾登虞山以鞭南指，说那里才是龙兴之地，强国之都，日后谁在那里建起大城，谁才是我最合格的子孙。先祖所指的地点到底在哪里呢？其实当时就知道了，因为先祖说过此话的第二天，有个地方开出了一大片瑞莲，还有凤凰盘旋。现在我要在这地方筑一座阖闾大城，如果筑成，我便是先祖合格的传人，吴国当然的王者。如果筑不成，我就不配为王，人人得而诛之。"

阖闾任命伍子胥为筑城总司使，负责规划和施工。历时二年，阖闾大城屹立在了太湖之滨，就是今天的苏州城。阖闾大城周长四十七里，城墙高四丈七尺，底宽二丈七尺，八座陆门以象天八风，八座水门以象地八聪，水陆城门一律装有可以升降的悬门。护城河绕廓环流，河上架有吊桥。城内河道纵横，临河建房，形成街巷。街巷布局形似棋盘，主要街巷的走向，都是正东、正西、正南、正北，十分规范，十分整齐。重要建筑如宫殿园苑、社稷祖庙、卿大夫府邸、供各国使臣下榻的宾馆，这一幢幢立龙飞翼的高楼，令人叹为观止。其壮丽雄伟，令各国诸侯瞠目结舌。在当时的众诸侯国国都中，阖闾大城数一数二。当时，鲁国的国都曲阜，城四边每边仅为九千尺，与阖闾大城相比，真可谓小巫见大巫了。就连周天子的洛邑，城周不过四十里，也小于阖闾大城。吴国臣民都为这座大城而自豪，吴王阖闾的正统地位从此无人质疑。

夫差称霸

　　泰伯的作用，在历代吴王中是无可替代的，必要时他就会被抬出来，一经抬出，再棘手的事也能一烙铁烫平。阖闾就非常聪明地抬出过泰伯，他的儿子夫差在一个关键时刻，也及时将泰伯抬了出来。夫差抬出泰伯，是在黄池会盟之时。

　　话要从吴越的槜李（今浙江嘉兴）之战说起。阖闾即位后，和越国陆陆续续打了二十多年，这一次他亲自出征，显然是要毕其功于一役，彻底解决南方这个麻烦的邻居。

　　越王勾践掂量双方实力，自知必败无疑。他搜肠刮肚，绞尽脑汁，想出了一个怪诞战术，把宝全押在了这一着险棋上，指望靠这一招咸鱼翻身，侥幸取胜。勾践用抽签的方法，在全军抽出了三百名死士，他把这些死士集中起来交代任务，周围布置了一千名刀斧手。

　　"如果你们贪生惧死，不愿自到乱敌，寡人立即命令刀斧手把你们剁成肉泥，事后还要将你们灭门灭族！"勾践威胁了一通之后，换上一张笑脸又说，"如果你们乐意按照寡人的计谋去做，为寡人献生趋死，寡人定将厚赐你们的妻儿亲属。两条路，任你们自己选，只是结果都得死，这一点是无法更改的。"

勾践话音刚落，死士中有一个壮年汉子站出来，悲愤地说道：

"大王，你何必如此！国家兴亡，匹夫有责。两军对垒，我们当兵的，早已抱定了拼死疆场的宗旨，还用得着你讲这种话来胁迫我们吗？我们马上就要为国捐躯了，你做君主的竟这样对付我们，怎不叫人伤心呵！"

勾践的脸上一阵红、一阵白，有心发作，却碍于大敌当前，尚需借重这三百死士，便竭力忍耐住，装作一片诚心地对那个壮年汉子说道：

"对，你的话有道理。你叫什么名字？寡人日后一定重赏你的亲人。"

"山野之人，无有名姓，大王只需记得越国百姓就是了。"壮年汉子说罢，大步走到堆放着短剑的地方，拿起一柄，对其余二百九十九名死士招呼道："为国立功，就在今日！弟兄们，跟我来吧！"

死士们阴沉着脸，默默地一人拾起一柄短剑，跟着那个壮年汉子向吴军阵前走了过去。这三百人组成的"死士队"，排列得整整齐齐，袒露着上身，一人手拿一剑横在颈上，步行到吴军阵前。走在最前面的那个壮年汉子，大声对吴军说道：

"我们越王不自量力，得罪了贵国，招来了大军的讨伐。我们越国现在知罪了，必须惩罚自己。今天，我们三百人决定代越王以死来向贵国表示忏悔之意，请贵国宽恕我们这个小国的罪愆。"

说罢，此人手上一使劲，自刎身亡，剑上顿时沾染了鲜血。排在他后面的其余二百九十九个死士，依法炮制，一个个抹了脖子。吴军阵前，横倒了三百具尸首。

这种见所未见的怪事,引起了吴军的惊异,"嗡嗡嗡嗡",像是一群群马蜂飞过,吴国军士交头接耳,议论纷纷,有些人竟拥到阵前来看稀奇,这样一来,阵脚就乱了。

越王勾践瞅准这个时机,一声令下,鼓声"咚咚",后备部队呼啸着冲向敌阵。吴军猝不及防,给冲了个稀里哗啦。越军见吴军溃不成军,士气大振,尾追砍杀,直杀得吴国军士只恨爹娘少生了两只脚!这一仗,越国取得大捷,吴军死伤过半。吴王阖闾也在混乱中给砍伤了右足。

阖闾在部将保护下,突围出来。他虽未殒命敌阵,但因惨败蒙羞,脚上疮口又严重感染,又疼又气,败退回营后,大叫一声而亡。他的儿子夫差成了新一代吴王,吴王夫差吩咐宫中一班甲士,在他每天早朝的时候,大喊三声:

"夫差!杀父之仇忘否?忘否?忘否?"

夫差总是诚惶诚恐地回答三遍:

"不敢忘!不敢忘!不敢忘!"

老相国伍子胥天天看着这一幕,非常感动,赞叹夫差是个大孝子。伍子胥突发奇想:为什么不让吴国百姓都知道国君的这番孝心呢?孝,历来是百姓推崇的,为了行孝道而向越王复仇堪称天经地义,如果用君主的孝心来号召全国,相信所有的父母都会鼓励儿子去替大王出力,而所有的儿子也都会竞相奔赴疆场,纵然捐躯也在所不惜。

伍子胥为这个想法暗自激动,便向夫差上了一本,建议选择一处地方作为推行孝道的固定场所,以此达到君臣父子团结一致之目的,这一建议马上得到了夫差的采纳。没几天,夫差就亲自来到阖闾大城西部山地,选择了一座小山,这山不高,但非常有灵气,且山顶平坦而安全,适合老年人登达。

到了农历九月初九重阳节，夫差率领满朝文武，以及从全国挑选来的一百位老寿星，登上了这座小山。山上有块平地，事先已树起了先王阖闾的神主牌位，还摊开了一百张席垫，夫差请一百位老寿星在一百张席垫上就座。这样的阵势真把这座无名小山弄热闹了，山下看热闹的百姓挤得水泄不通。夫差拜了神主，又向一百位老寿星表示祝贺，祝贺他们长寿。伍子胥趁机向百姓演说，讲大王如何推己及人，将自己对先王的孝顺转为对全国老人的敬重。百姓听了个个感动万分，有人想起了上辈流传下来的一个说法，说吴国的开国君主泰伯曾在这一带山岭宣扬过孝道，于是，更觉得现任吴王今日之举意义非凡。吴国百姓从此记住了这座小山，把它叫成"贺九岭"。重阳节贺九岭登高，此后一直延续，影响逐渐扩散，演变成中华民族的一种风俗。

吴国青壮男儿在孝义感召下，踊跃投身军营，夫差加紧训练三军，不久就在夫椒（今太湖包山）彻底击败了越军，越王勾践也当了俘虏。夫差将勾践发往白马涧养马场服劳役，穿粗布衣，睡稻草铺，从早到晚铡草，喂料，洗刷马匹，打扫马厩。征服了越国，就消除了后顾之忧，夫差可以放心地向中原争霸了。

春秋争霸的霸，不是横行霸道的霸，而是以实力和信义竞争诸侯联盟的盟主地位。霸，古通"伯"，伯仲叔季之"伯"，意为老大哥。那时的诸侯都讲"王霸"，意思是"以霸道取天下，以王道治天下"。夫差认为吴国已有当盟主的实力，他争霸理所应当。

夫差率军北上，攻陈（今河南淮阳）胁鲁，打开了进入中原的大门。接着，他又进行艾陵（今山东莱芜）之战，斩齐军三千，缴获革车八百乘，从此齐国无力再战。夫差遣使送信到晋国，请晋定公到黄池

（今河南封丘）晤面，商量怎样共保周室。晋定公姬午本想推辞，但吴军虎视眈眈逗留在他的国境边上，若被夫差觉得驳了面子，很可能就是一场战争，他可不想重演齐国的悲剧。姬午决定赴约，为了不致引起夫差误会，他带的将士不多。

到了会盟这一天，一众小诸侯国的国君只有台下待着的份，夫差与姬午并肩站在封禅台上，检阅三军。吴军精锐尽出，声势壮大，夫差一抬手，三军将士必齐声欢呼。姬午赞道："吴王你真是上马可治军，下马可治国之君也。"姬午此话，言不由衷，纯粹用来哄夫差高兴，制造个好气氛，等到接下来论盟主之时，有利于讨价还价。

但是，进入谁当盟主这个话题时，再好的气氛也不管用了，两人互不相让，争执不下，最后姬午发急了，碰出急令牌，说："晋是姬姓国家中最大的，应该由我主持仪式！"夫差一笑，轻飘飘回了一句："我是泰伯后裔，周的长房，主持仪式当仁不让。"姬午顿时无语，这个荣耀落在夫差头上，盟主他当定了。

【第九辑】

三吴首祠

　　西汉晚期，朝政衰败，外戚擅权，结果是王莽篡汉，改称"新朝"。王莽的新朝很不走运，水旱等天灾不断，导致赤地千里、哀鸿遍野。赤眉、绿林、铜马等数十股大小农民军纷纷起义，海内分崩，天下大乱。汉高祖刘邦的九世孙刘秀在这动乱之世脱颖而出，经过长达十二年之久的统一战争，最终夺得天下。

　　汉光武帝刘秀在位三十三年，大兴儒学，重用儒贤，整顿吏治，提倡节俭，不尚边功，与民休戚，薄赋敛，省刑法，抑豪强，释奴婢，一系列政策措施奠定了东汉前期国家强盛的物质基础。光武帝崩，其第四子刘庄继位，是为汉明帝。明帝对政权的巩固做出了自己的贡献，尤其是威服匈奴、重构西域通途、引进佛光、促进文化交流，更为史家称道。明帝崩，章帝立。汉章帝刘炟励精图治，注重农桑，兴修水利，轻徭薄赋，"与民休息"，而且，他和祖父、父亲一样，衣食朴素，也"好儒术"。章帝使东汉经济、文化得到很大的发展，国家继续保持欣欣向荣的势头，与其父共创"明章之治"。

从光武帝建国到章帝归天，共六十余年，东汉连续出了三个好皇帝，是中国历史上较好的时期。可惜，章帝英年早逝，年仅三十三岁。章帝第四子刘肇被立为东汉第四代皇帝，是为汉和帝。刘肇出世后即被未育的窦皇后夺去，其生母梁贵人忧郁而死。因刘肇名义上的嫡母是窦皇后，他三岁时就被立为太子。刘肇继位，尊窦皇后为皇太后。刘肇年甫十龄，幼小懵懂，岂知国是，由窦太后临朝称制。

窦太后独断专横，把持中枢，任哥哥窦宪为侍中，掌管朝廷机密，负责发布诰命；任弟弟窦笃为虎贲中郎将，统领皇帝的侍卫；任弟弟窦景、窦环为中常侍，负责传达诏令和统理文书；还把大批窦氏家族子弟和亲朋故友，任为朝官或地方官，上下勾连，结成集团。这样，朝廷尽在她一家掌控之中，容不得其他朝臣置喙。

窦氏集团大权在握，为所欲为，窦景放纵奴仆白天公然拦路抢劫，侮辱妇女，有司莫敢举奏。窦宪养了许多刺客，专事暗杀对头，以报宿怨私仇。周荣为尚书袁安府吏，袁安曾上书言窦宪骄纵、窦景腐败，均出自周荣之笔，窦宪派门客徐龂当面威胁周荣，周荣只得远走避祸。在明帝永平年间，窦宪的父亲窦勋犯法，韩纡审理此案，考实其罪，窦勋坐狱被诛。窦太后当政时，韩纡已死，窦宪派刺客刺杀了韩纡的儿子，割其首级拿到窦勋坟上祭奠。这类事件频发，满朝公卿慑于窦氏淫威，皆噤声谨言，不发异议，朝堂一片暗暗。此后，东汉日趋腐朽。

朝廷如此，社会风气怎会不坏？吴郡（郡治在今江苏苏州）也不能幸免，纲纪窳败，盗贼蜂起。后来，糜豹被委任为吴郡太守，他上任后致力剿盗贼，但剿了一伙，一伙又生，糜豹头疼不已，差点就要弃官了。一日，他带衙役出阊门捉拿几名盗牛贼，扑了个空，又气又累，路过金阊亭，便在亭内小憩一会儿。

这座亭子有些来历，是汉武帝时的会稽内史朱买臣所建。朱买臣，吴县人，家境贫寒，却爱读书。他和妻子上山砍柴，挑到集市换些粮食，他途中高声背诵书文，引起路人嘲笑，妻子感到羞愧，屡劝无效，求他写了一纸休书，拿着另嫁他人去了。朱买臣独自又挨了几年，终于熬到了时来运转，同乡严助在京做官，向武帝举荐了他，他就此踏上仕途，不断升迁，最后回到家乡任职来了。朱买臣那天微服私访，出阊门走了一段路，口渴难耐，踏进桥头一家茶坊，因争座席与几个吏胥闹得很不愉快。这位内史初来乍到，这些下级不认识他，自然不买他的账。朱买臣恼了，拿出藏在怀里的印绶，镇住了这几个小吏，并罚了他们一笔钱，用来建造了一座亭子。这座亭子赖罚金所建，因事得名，初号"金伤"，大概是靠近阊门的缘故吧，后谐为了"金阊"。

糜豹听说过金阊亭的故事，现在坐在亭里，由朱买臣想到了武帝，颇生感触。想武帝那时，严刑峻法，打击豪强，社会上哪有今天的乱象？糜豹搞不明白的是，自己对付盗贼，也够严厉的，抓住了就重判，充军寻常事，杀头不稀奇，偷只鸡也至少杖八十，打得小盗贼哭爹喊娘丢了半条命，原以为这样就能够令人害怕，不敢违法，却不料打也打了，杀也杀了，盗贼并未禁绝，相反有越剿越多之势。糜豹想到这里，十分沮丧，不由长吁短叹，心头纠结。

忽然有人在后拍拍他的肩膀，说："愁有何用？不如多动动脑筋，或许有解。"糜豹回头一看，是个老者，便问道："老丈您又不知道我为何事发愁，怎来此言？"老者笑着悠悠道："你不是在为纵有武帝之刑，也无遏盗之功想不通吗？我正是来与你说这事的。"

糜豹顿时肃然起敬，忙起身作揖道："老丈您看透了我的心事，我这厢有礼了。还望老丈不吝赐教，我虚心聆听。"

　　老者说："武帝峻法，比之嬴秦如何？始皇帝嬴政的法令之苛，远胜汉武，为何秦方二世，便有大泽乡揭竿而起，汉武轮台罪己，诏认暴戾，却能传国累代？只因汉武除了严刑峻法，还采纳董仲舒的主张，罢黜百家，独尊儒术。这一条了不得，儒家重民生，重教化，庶民有活路，知礼节，世道就太平。民穷又不知耻，故而成盗做贼，你一味剿杀，只能激变，难怪盗贼剿之不尽矣！"

　　真是一语点醒梦中人，糜豹大悟，眉间愁云消散。他恭恭敬敬一揖到底，以表感谢。待他揖罢直起腰来，老者已经不见，想来是君子诲人不受谢，所以趁他长揖之时，悄悄离开了。

　　糜豹从此改弦更张，轻刑重教，同时将生计无着落的穷困之人，安排去撂荒田上耕作，免费供给农具种子，使他们不受冻馁。经过一段时间，果然盗风消弭，贼不滋生。糜豹想感谢老者，却遍访不得。他依稀记得老者面容，觉得似曾相识，便去翻检古籍，看到一幅泰伯像，与金阊亭所见老者有些相像。糜豹暗自说："原来是勾吴始祖显灵，我何其幸也！"

　　于是，糜豹在遇见老者处建庙以祀，这是历史上第一座泰伯庙。

贤相留庙

武则天似乎一出生, 就注定将是个不平凡的女人。相传唐朝初年, 星相大师袁天纲从京师长安南下入蜀, 做客利州 (今四川广元)。端午这天, 他应利州都督武士彟之邀, 到嘉陵江看龙舟赛。突然, 江中腾起一条乌龙, 天边飞来一只凤凰, 乌龙和凤凰在天空盘旋片刻, 才一起驾着彩云, 消失在了天尽头。袁天纲对武士彟说:"这是龙凤呈祥, 此地必出贵人。"第二年正月间, 武妻生下一个女婴, 武士彟想起了袁天纲端午所言, 特地请他来替女儿看相。这天女婴是男孩装束, 袁天纲瞥了一眼, 说:"日角月颜, 龙睛凤项, 伏羲之相, 贵人之极也。"武士彟问: "贵到如何?"袁天纲沉默不语, 竖起一个食指, 指指天穹。武士彟笑道:"须知她乃女孩。"袁天纲仔细端详女婴良久, 凑到武士彟耳畔轻轻说了声:"是女, 亦当主天下。"

武则天后来果然当上了中国唯一的女皇帝, 她的王朝国号"周"。武则天称帝时, 已经六十七岁了, 因保养得法, 看上去像是四十七八岁模样。她的身体好, 精神也旺, 脑子也灵, 每日披阅奏章百余件, 不知疲倦，政由己出，明察善析，军国大事，决策果断，是一位睿智的有魄力的女皇。武则天奖励农桑，发展经济；减轻赋役，稳定社会；大开科举，破格用人；知人善任，容人纳谏；平叛讨逆，制止动乱；开疆拓土，安定边陲，是谁也抹不去的功业。

由于是女人做皇帝，加上任用酷吏、鼓励告密、宠幸面首，所以，"正统"士大夫对武则天往往抱轻蔑、敌视的态度。不过，也并非所有读书人都是这种态度，狄仁杰就是个例外。

狄仁杰在武则天还是唐高宗的皇后时，就窥到了她的政治才能。武则天通过高宗，宣布了十二项改革措施，向全天下颁布了自己的政治纲领，史书称为"建言十二事"。这十二件事分为四个方面：一、施惠百姓。劝课农桑，轻徭薄赋，停止对外战争。二、提倡节俭。按制度皇后可穿十三襕裙，她为了减少宫廷奢侈品的生产，从自己做起，只穿七襕裙。三、笼络百官。提高官员待遇，八品以上普涨俸禄，晋升才高位卑的中下官吏。四、提高母权。母丧父在，同样须守制三年。狄仁杰从这"建言十二事"中，发现武则天不同凡响，对她甚是钦佩。因此，在武则天称帝之后，他全力辅佐她，成了她最倚重的大臣。狄仁杰对这位女皇忠心耿耿，武则天对这位宰相非常敬重，尊称他为"国老"，从不直呼其名，还不让他行跪拜之礼，说："你年事也不低了，每当看到你跪拜，朕的身体都会感到痛楚。"武则天容忍狄仁杰，甚至超过了唐太宗对魏徵。

一天，狄仁杰进宫奏事，武则天正把南海郡进献的集翠裘赏赐给男宠张昌宗，让他穿上，准备玩双陆游戏。见狄仁杰来了，她说："国老，早就听说你是玩双陆的高手，你和昌宗玩吧，朕要看看你们谁厉害。"狄仁杰就座后，武则天问："你们赌何物？"狄仁杰道："赌他身上的袍子。"武则天又问："你用什么相抵呢？"狄仁杰指指身上的紫袍："我用这个。"武则天道："国老大概不知，他身上的袍子价值千金，你那件和它不对等。"狄仁杰道："我这件袍子，是大臣朝见天子时穿的，他那件只能拿来炫耀宠幸，庙堂之高，岂是若辈可比！"武则天笑道："国老的话甚是有理，朕允了。"张昌宗脸上红一阵白一阵，羞赧沮丧，气势不振，连连败北，最后只好把集翠裘交给狄仁杰。狄仁杰出宫，将集翠裘随手丢给一个家奴，策马而去。张昌宗向武则天哭诉道："这老儿欺负我也就罢了，还暗讽圣上，圣上怎么不罪他？"武则天道："你呀，仗着朕宠你，对大臣颐指气使，朕今天是有意让你知晓国老的厉害，你以后学乖些，别去招惹他。朕虽少不得你，却更少不得国老，朕要为江山社稷礼遇他。"

武则天还有一名男宠冯小宝，原是个游走江湖、贩卖药材的市井无赖，因肌腱发达，侍寝有术，深得女皇欢心。为使冯小宝能堂而皇之往来后宫，武则天安排冯小宝剃度为僧，当上了白马寺的住持。冯小宝恃宠而骄，广收门徒，放到江南大建寺庵祠观，借以敛财。狄仁杰早就想收拾这个冯小宝，一直在等机会。这一日，武则天说白马寺要造一座大佛像，需数百万钱、数万夫役，请宰相调度。狄仁杰进谏道："陛下一向主张放宽徭役，免去不急需的工程，造这大像一定不是陛下的意思。何况，白马寺也安不下如此高大的一尊佛像，冯小宝只是借个名目骗取国家钱货而已。此事臣万万办不得，若是照办，恐有碍陛下英名。"

武则天说："不会吧，冯小宝竟敢哄朕？朕再三告诫他们几人，朕高兴了，赏赐多少都行，但不可借朕名义，狐假虎威，揽权贪墨，冯小宝有那么大胆？"

狄仁杰说："冯小宝的胆大妄为，远远超出了陛下的想象！陛下，您还记得先帝途经妒女祠这件事吗？"

　　经他一提，武则天回忆起来，有一年，她随高宗前往管涔山的汾阳宫，途中有一座妒女祠，民间传说，盛服过者必致风雷之灾。并州长史李冲玄想，皇上皇后的服饰应是天下最华丽的，倘若真如民间所言由此引起狂风暴雨，电闪雷鸣，惊了圣驾可不是要的。李冲玄打算征发上万夫役，另外开辟一条御道，绕过妒女祠。他向上面请示，狄仁杰正色道："天子出行，有千乘万骑扈从，风伯为之清尘，雨师前来洒道，还怕什么妒女？"制止了这次徭役，一州百姓未受骚扰。高宗得知后，对皇后说过这样的玩笑话："想必妒女祠供的是个不入流的神灵，不然，怎会给狄仁杰的正气一压，就一点动静也没有了？"

　　回想起此事，武则天警觉起来，问："国老是否要告诉朕，冯小宝背着朕搞了什么乌糟糟的庙宇？"

　　狄仁杰说："据臣所知，他在江南以为陛下祈福之名，强令官府拨帑，胁迫商贾捐款，甚至摊派到每户小民，搜刮了无数钱财，拿出其中一小部分建了寺庵，都是些假和尚假尼姑在里面鬼混，尽干些苟且勾当。"

　　武则天怒道："江南是富庶之地，我大周的粮赋重镇，他竟伸手到了那里，难道要搅乱朕的基业吗？国老，朕委任你为采访使，代朕巡视江南，将邪庙淫祠全给朕拆了。倘若冯小宝在江南搞得太过分，你查实了禀朕，朕决不姑息他！"

　　从此，武则天对冯小宝产生了嫌厌之心，冯小宝还不知收敛，对武则天胡搅蛮缠，强行索宠，武则天忍无可忍，授意太平公主，一阵乱棒把他打死。这是后话，一笔交代过去。

　　狄仁杰到了江南，一口气拆毁了一千七百多所乱七八糟的庙庵祠观。行至苏州，照章办理。有一董姓乡绅，早就打泰伯庙主意，想把这块风水宝地占为私宅，企图利用此次机会浑水摸鱼，拆了泰伯庙。董乡绅贿赂府衙黄师爷，黄师爷在呈报采访使的待拆庙观清单上做手脚，把泰伯庙含糊写成"下塘庙"，以期蒙混过关。孰料狄仁杰自小就仰慕泰伯，平日读书，凡涉及泰伯的片言只语，皆熟记于心。他虽是生平第一回来苏州，但泰伯庙的位置、建筑、历史、现状，一闭眼便能描绘得清清楚楚，原本他就想办完公事，抽空前去参观泰伯庙，黄师爷这点小伎俩，怎遮得了狄仁杰的法眼？狄仁杰大怒，严询黄师爷，牵出董乡绅，事情搞清，狄仁杰写下一纸判词，词曰：

"劣绅姓董，礼义廉耻全不懂。西席姓黄，托人托了王伯伯。黄某杖八十，驱返原籍，永不准再受聘。董某罚万钱，任其破产，可为贪婪者诫。"

泰伯庙在贤相狄仁杰手中留了下来，狄仁杰还用罚款将泰伯庙修缮一新。这是泰伯庙始建以来，一百四十年间首度较大规模修缮。

元璙移建

　　唐末农民大起义，自懿宗大中十三年（859年）浙东裘甫始，到僖宗中和四年（884年），黄巢失败止，前后历时二十五年，席卷了今山东、河南、安徽、江西、江苏、浙江、福建、广东、广西、湖南、湖北、陕西等十二省区。之后，唐朝又勉强维持了二十三年，于哀帝天祐四年（907年）灭亡，中国进入五代十国时期。"五代"指后梁、后唐、后晋、后汉与后周这五个位于中原地区依次更替的政权，"十国"是中原政权之外的前蜀、后蜀、吴、南唐、吴越、闽、楚、南汉、南平、北汉等十个割据政权。其中的吴越国，开国之君姓钱名镠。

　　钱镠十六岁开始以贩私盐为生，从杭州、越州（今浙江绍兴）等地的盐场廉价买来私盐，走偏僻的山路，挑到宣城、歙县去卖，一次要挑两百多斤，练出了他强壮的身体、过人的膂力，而且，还练出了他的胆识和机敏。二十一岁，钱镠从军，挂甲七年，身经百战，从一名普通军士升至节度使，统辖两浙。苟延残喘的唐朝企图借重这位实力人物，于昭宗天复二年（902年）封他为越王，两年后又封为吴王，又过三年，两个头衔加在一起，封为吴越王。就在这一年，唐朝覆灭，钱镠当仁不让，在属于他的地盘上，建立了吴越国，做了一国之君。

钱镠当上国君之前，在节度使任上生活豪华，耗巨资在故乡临安盖起了宏大的宅第。他经常回临安，来去都坐车、骑马，有卫兵簇拥。他每次回乡，父亲钱宽总是避而不见。于是，钱镠单身步行回乡，找到了父亲请问原因。钱宽说："我家世代靠力气吃饭，没出过有财有势的人。如今你成了一方之主，却是多面受敌。你已够让人捏一把汗了，你还要去与别人争地盘，我怕你一朝兵败，连累全家，所以不愿见你。"钱镠听了这番话，大为震动，流涕表示一定牢记父亲的教训。立国后，钱镠始终小心翼翼，不忘吴越处境危险，保持着高度的警觉。他用小圆木制成枕头，熟睡时头稍微一动就落枕惊醒，称为"警枕"。他又在寝殿里放置一个粉盆，夜里想起什么事，就起床记下，投入盆中，以免遗忘。他命令侍女通宵值夜，一有人来禀报军国大事，务必立刻唤醒他。钱镠可算是五代十国期间少有的勤勉、谨慎君主之一。

吴越国的版图北至苏州，南抵福州，其间囊括两浙。据有这一大片膏腴之邦，换了五代十国期间的其他任何一个君主，都会凭仗这里丰富的出产、雄厚的财力，更加穷兵黩武攻城略地扩大势力范围，钱镠却不愿那么贪得无厌，他制定了一条基本国策，四个字：保境安民。

这一国策的产生，与灵隐寺一位高僧不无关系。这个高僧法名贯休，最精佛理，又通释道，对世外凡俗均有精辟的见解，人称"梵相"。钱镠很尊重他，常去向他请教。贯休能书会画善诗，他赠了一首诗给钱镠，诗中有"满堂花醉三千客，一剑霜寒十四州"之句。钱镠看了，沉吟半晌，用商量的口吻说："大法师，能不能改成'一剑霜寒四十州'呢？"钱镠的意思是：我这个吴越王已经掌握了两浙十四州的地盘，你对世事那么洞察，请你看看，我今后的前景如何？换句话说，就是有没有可能一统天下？贯休回答道："州亦难添，诗亦难改。"简明扼要两句话，八个字，对于钱镠不啻醍醐灌顶，从此，他打消了扩张的念头，坚定了保境安民的决心。

苏杭自古有天堂之誉，眼馋的人自然少不了，盘踞四周的闾丘真、李宥、孙儒、董昌、徐约、秦裴、李裕、何朗等辈，都曾相继攻打苏州，这些拥有一支武装的角色，大抵出身盗魁，杀来杀去，目的就是抢地盘、抢财物、抢女人。社会遭到毁灭性破坏，偌大神州安不下一张犁，没有粮食生产出来，军阀就抓"两脚羊"宰肉充当军粮。所谓"两脚羊"，就是尚未饿死的百姓！若是苏州落入他们之中的任何一人之手，苏州百姓将陷入比地狱还可怖的境地。苏州侥幸，多次得到吴越王钱镠的救援，才在那样的乱世中得以保全，而且经济还有所发展。钱镠于苏州有大功，要是没有他，苏州很可能在五代十国时就注定了不会再有清乾隆朝的《盛世滋生图》出现。

钱镠虽将吴越国的国都建在杭州，但他把苏州看得跟杭州一样重要，为了苏州的万无一失，他派第六子钱元璙，以中吴建武军节度使、太傅、同中书门下平章事的身份，前来镇守苏州，可见其对苏州的重视和关切。

钱元璙很年轻的时候，就表现出了非凡的勇气和才干。徐绾起兵背叛钱镠，钱镠派大将顾全武到扬州联络杨行密一起对付徐绾。为了表示诚意，钱镠让钱元璙一起去。这显然是个很危险的事，钱元璙当年不过十七岁，却慨然应诺，扮作顾全武的小仆前往。路过润州时，润州团练使安仁义设宴招待，看到顾全武的贴身小仆一表人才、聪明伶俐，大为欢喜，要以十个仆人来换钱元璙。顾全武含糊其辞，不敢多说，半夜里花重金买通守城士兵，连夜过江。到了扬州，钱元璙向杨行密指陈逆顺之理，杨行密为之动容，感慨地说："生子当如钱郎，我之子豚犬耳。"杨行密不但同意与钱镠结为同盟，共同讨伐徐绾，还把女儿嫁给了钱元璙。

钱元璙身材魁梧，仪表堂堂，谦逊节俭，英勇善战，打起仗来非常勇猛，胜多败少，建功累累。难得的是这样一位大将，没什么野心，人也挺善的。有一回，他与七弟钱元璀喝酒，就手足两个，并无旁人，元璀多喝了几盅，酒后吐真言，把憋在肚里好久的真实想法讲了出来，很恳切地说道："父王之位，我们兄弟几个，将来由六哥你继承最合适了。"元璙一听，慌忙离座伏在地上，诚惶诚恐说道："据我所知，父王有意日后让你继位，这是择贤而立，父王的眼光是准的。我所能做的，仅是不敢忘掉忠顺！"元璀十分感动，双手扶起元璙，兄弟俩相搂着，一齐淌出了泪来。后来，钱元璀当上了第二代吴越王，对钱元璙信任有加，仍将苏州交给他掌管。

钱元璙治吴三十年，疏导诸河，兴修水利，募民垦荒，勿收其税，实行了许多有利于生产发展的措施，使当时的农业、手工业都有了较大的进步，促进了吴地经济的繁荣，人民安居乐业。当然，钱元璙最大的政绩，便是使苏州始终未毁于战火。

钱元璙在苏州做的另一桩功德，是保护泰伯庙。钱元璙平日爱结交文士，常听他们颂扬泰伯，他对泰伯也心生敬仰。苏州虽然凭着城池坚固，屡次打退来犯之敌，但城外难免遭掠受害。为避免泰伯庙在战火中遭殃，钱元璙亲选地址，将此庙从城外移建到了阊门内。

钱元璙移建的泰伯庙，至今仍在原址，位于阊门内下塘街250号桃花坞历史街区之中。

元祐赐额

　　提起范仲淹，人们马上就会想到《岳阳楼记》中的名句："先天下之忧而忧，后天下之乐而乐。"范仲淹的一生，正是实践他这句话的一生。

　　范仲淹，苏州人，自幼刻苦好学，时常伴灯苦读到天明，才和衣而眠。每日仅煮一罐稠粥，凝冻后划成四块，早晚各取两块，拌韭菜和盐末而食，这就是历代流传的"断齑划粥"的典故。范仲淹在他的自述中也提到此事，原话为："昨粥一器，分为四块，早暮二块，断齑数茎，入少盐以啖之。"生活如此清苦，他却毫不在意，寒来暑往，数度春秋，学业大有长进。但他仍不满足，深感孤陋寡闻，盼望得名师指教。宋真宗大中祥符四年（1011年），范仲淹进入应天（今河南商丘）北宋四大书院之一的南都学舍，更加如饥似渴勤奋学习，昼夜攻读，实在太累了才躺下休息一会儿，一连三年都是和衣而寝。有一次，宋真宗至亳州太清宫朝拜，路过应天，人们一齐涌出门去，以一睹圣颜为幸，唯独范仲淹仍闭门读书，好友催促道："此乃千载难逢的机会，你再不去，就错过了。"范仲淹微微一笑，答道："异日见之未晚！"意思是，我有朝一日立身朝堂, 还愁见不到皇帝么? 由这短短一句话, 可见他的志向与自信。

大中祥符八年 (1015年), 范仲淹考中进士。在多地任官之后, 于仁宗景祐元年 (1034年), 范仲淹调任苏州知府。他先前曾在家乡买下南园一块地, 打算建宅供以后告老回乡安度晚年。当上苏州最高长官后, 有个风水先生求见, 向他贺道:"我勘过您的那块宅基地了, 此乃宝地, 在此兴建住宅, 您的官必将越做越大, 后辈也会公卿频出。"范仲淹心中一动, 笑道:"与其独占宝地, 不如让出建学, 岂不出更多公卿将相之材?"于是他捐出这块地, 创设府学, 延请名流讲学, 一时盛况空前, 各地纷纷仿效, 故有"苏学天下为第一"之誉。范仲淹还改革旧制, 首创官学与祭祀孔子的庙堂合为一体的制式,"左为广殿, 右为公堂, 泮池在前, 斋室在旁", 左庙右学, 此后逐渐成为全国各地府、州、县官学的统一规制。

范仲淹主政苏州不久, 恰逢大旱, 一帮乡老前来请他出面到龙王庙求雨, 领头的一位老秀才说:"太守领衔求雨, 龙王定会感念您的诚心, 降下甘霖解生灵涸渴之苦, 消田地龟裂之灾。太守向有爱民之仁, 想来这件事决不会推辞的。"

范仲淹问:"到龙王庙求雨, 果真有用吗?"

老秀才说:"有用有用, 绝对灵验。太守博学, 人皆有闻, 肯定知道有一部《海龙王经》。汉朝大旱之年, 僧竺昙昼夜念《海龙王经》, 祈雨成功; 晋朝, 浔阳亢旱, 僧慧远读《海龙王经》, 大雨普降; 南朝宋, 连年无雨, 僧跋陀罗朗读《海龙王经》百遍, 阵雨连下三日; 唐贞观中大旱, 玉泉寺泉水枯竭, 僧空藏吟《海龙王经》, 泉水应声涌出, 旋即沛雨天降。如今, 太守您到龙王庙念《海龙王经》, 老朽我敢保证, 不出三日, 必有雨下。"

另一位老先生显然有备而来，从怀里掏出一卷《太上护国祈雨消魔经》，翻到折角的一页，念道："尔时月光真人又白天尊言：'天下及诸方外国时遭炎旱，如此苦恼，作何法事，即得雨水调和，五谷会得丰熟，人民饱满？'天尊语月光真人曰：'子受吾教于阎浮之内，或在聚落，或在高山，或在水岸，或在洞穴，或在清净之处建立坛场，安置尊像，挂诸幡盖，烧香燃灯，香汤沐浴，着新净衣服；转读此经，广为众生设诸花果、名香，随时供养；广设斋馔，上献方十无量天尊、三十六天帝君、天功父母及诸神仙、一切龙神及诸灵圣，作大利益。天帝当遣八部大龙王，云、雷、雨师，兴动云雾，施绕世间。须臾之顷，即令江河溪涧、上下四畴令得雾霈，草木丛林、一切花果五谷之类，悉皆生成枝叶茂盛。'太守，您照着这上面说的做，不怕求不来雨。"

老秀才说："不不不，还是按佛经设祈雨坛的好。《大云经》说，祈雨坛应筑于露天，坛为方形，秽物瓦砾须清除干净，张设青帏，悬青幡，涂抹香泥，坛中画七宝水池，池中画海龙王宫，龙宫中画释迦牟尼佛像，佛右画观音菩萨，左画地藏菩萨，佛前右画难陀龙王，左画跋难陀龙王；坛四方各画一龙王，东方龙王一身三头，南方龙王一身五头，西方龙王一身七头，北方龙王一身九头，皆下半身蛇形，尾在池中，上半身菩萨形，合掌从池涌出，均以青云缠绕；坛四角置四瓶清水，另有饮食果子一律染成青色。祈雨之人提前三天吃素，每日沐浴，祈雨日穿新缝制的青衣，以香涂手，在坛西面诵《海龙王经》，经声不可间断，所以需要多备人员，一直诵到下雨为止。太守，您就按此要求，领我们虔诚诵经，方有效果。"

范仲淹暗暗摇头，很不以这些迂拙之言为然。他青少年时期生活在民间，对求雨这件事很了解，求雨仪式的程序相当繁复，先要设祈雨坛于闹市，坛为正方形，共三级，每级高二尺，阔一丈三尺，坛外二十步，界以白绳。坛上植竹枝，挂龙图，图是画在素缣上的，右画黑鱼左顾，环以天鼋十星；左画灵龟右顾，吐黑气如线；中画白龙，吐金色云；下画水波和金银朱丹饰龙纹。府县长官率僚属至坛下，依次行二跪六叩首礼，礼毕拈阄，定出会日子。定下具体日子，传示乡民洒扫街道，禁止屠杀牲畜，各铺户、家户门首供设龙王牌位、香案。到了这一日，雇僧侣或道士以及吹鼓手，在诵经声和吹吹打打中，长官率僚属素服步行到龙王庙迎接龙王神像，置神像于大轿内，由壮汉抬着巡游城内大街，再出城巡游各乡。市民、乡人排成长队殿后，往往多至两三千人，长达三四里。凡加入出会的人，皆手执小旗，烈日晒头，不得戴草帽，脚穿草鞋或蒲鞋，表示虔诚，其中有以肉身灯、臂锣臂香这样残忍自虐的方式企图感动龙王的。肉身灯是袒露上身，肩搁两支燃烧的大蜡烛，蜡烛油滴在皮肉上，炙得"吱吱"响。臂锣臂香则是用铁钩将沉重的大铜锣或香盘钩在臂膀上，一路走一路敲锣，鲜血随着锣声撒一路。巡游完毕，置神像于祈雨坛，长官率僚属行二跪六叩首礼。此后每日辰、申二时，行香两次，乡老、僧道轮流跪香、诵经，昼夜有人轮流值班，谓之"侍雨"。"侍雨"须待天上降下雨来，神像送回龙王庙，方告结束。这期间，不准鱼虾上市，各家净灶吃素，违者处罚。

出会是要费用的，费用摊派到每家每户，城内各坊、乡下各村都有一个"会头"，负责挨户收取。会头或是乡绅，或是族长，收的经费总是高于实际支出，所以每逢天旱，这些人就鼓动求雨。知府、县令是他们首选游说对象，只要府县长官一答应，一府一县就摆平了。范仲淹深知个中机巧，加上本就怀疑龙王的灵验度，故而他不想答应带头求雨。不过，他也不打算使这些乡老难堪，没有当面拒绝，推托说："兹事体大，容本官想想怎样做得更好，你们过两天来听回音吧。"

打发走这些乡老，范仲淹一身便服，前往泰伯庙。他刚上任时曾来过泰伯庙瞻仰这位吴国始祖，听庙祝讲了许多这座庙的趣闻轶事，记得庙祝好像说过他的前任的前任到这庙来求过雨，居然还真求着了。当时听了他没上心，今天倒要认真问一问了。范仲淹找到庙祝，从庙祝口中得到了证实，便有了章程。

两天后，乡老们来听回音，范仲淹说："汉儒董仲舒《春秋繁露·求雨》曰：'春旱求雨，令县邑以水日，令民祷社稷山川，家人祀户。'先贤告诉我们，雨是要求的，但不用大事铺张、劳民伤财，只要心诚，在家里求就可以了。泰伯是我们吴人的贤君，我们将他看作大家长也未尝不可，本官准备到泰伯庙去向大家长祈告，说不定也能求来甘霖。本官打听过了，以前就已有过先例，这回大概也不会落空的。"

范仲淹亲自撰了一篇祈雨文，备了香烛和几样简单的供品，率僚属去到泰伯庙，虔诚祈祷了一番。真是巧了，第二天，老天真的降下了一场大雨，苏州城乡的旱象解除了。

此事在苏州传为佳话，事隔五十余年，宋哲宗元祐六年（1091年），由时任苏州知府黄履上奏皇帝，请颁诏嘉奖泰伯庙。哲宗果真下旨，赐匾额一块，上书"至德"二字，自此泰伯庙又称"至德庙"。

汤斌进香

汤斌,睢州(今河南睢县)人。自幼聪颖,十五岁前就读毕《左传》《战国策》《公羊传》《史记》《汉书》等书。清顺治九年(1652年),汤斌中进士。康熙二十三年(1684年),汤斌出任江苏巡抚。清代苏州是江苏的省会,江苏巡抚的辕门在苏州,汤斌在苏州是最大的官了,如果他爱美食,苏州这样的富庶之区还不是要什么有什么,一年三百六十五天可以天天供给巡抚大人不同花样的佳肴?可是,山珍海味他不爱,偏爱吃豆腐,他天天以豆腐下饭、炖豆腐、煎豆腐、拌豆腐、红烧豆腐、豆腐煲、豆腐羹、咸菜豆腐、葱油豆腐、酱汁豆腐、麻辣豆腐,翻着花样吃,百吃不厌。偶尔豆腐里也放点肉末,放点虾皮,有时候还奢侈一下,蚌肉烧豆腐,甚至是鲤鱼头豆腐砂锅,每逢这么改善伙食,汤斌眉飞色舞,咂嘴舔舌,像个馋娃儿,吃得有滋有味,啧啧有声。汤斌常年豆腐当菜,吃豆腐吃出了名气,苏州百姓都听说了,送了他一个雅号,叫"汤豆腐"。

汤斌自己生活简朴还不算,还要全家人跟他一起一日两餐豆腐下饭,日子一长,他的公子吃不消了,偷偷央求老管家买来一只老母鸡,偷偷杀了煮了,偷偷狼吞虎咽杀杀馋。不想汤斌到了月底查看收支账,发现账上开支了一只鸡的钱,把老管家找来询问,老管家不敢隐瞒,流着泪说:"老爷啊,我们吃素不要紧,少爷正在长身子骨的年纪,偶尔吃只鸡,并不过分啊!"汤斌却不肯就此罢休,把儿子唤来,命他跪下,训道:"这点苦都吃不起,以后得了功名做了官,还能指望你是个廉吏吗?我给你两条路,一条,回老家去,你天天吃鸡我也管不着,另一条,留在我身边继续吃青菜豆腐,你选择吧!"儿子磕头求父亲别生气,表示自己知道错了,宁愿留下来吃青菜豆腐。

就在汤斌到苏州上任的当年,恰逢康熙帝首次南巡,两江总督下一道公文到江苏巡抚衙门,要求扩修御道。汤斌回了一封信,说拓宽御道须拆掉沿途无数民房,此事不可为。总督很生气,又发一道公文斥责这个下属,说:"你想想皇上何等恩宠你,也不可不将御道修得更整齐些,拓得更气派些。"总督说的是事实,汤斌这个巡抚,是康熙帝亲点的,汤斌行前,康熙帝念他一向廉洁,家境清贫,特赐鞍马一匹、绸缎衣料十匹及银五百两。这事在官场上几乎人尽皆知,难怪总督搞不明白他为何不借扩修御道表表对主子的感恩之心。汤斌却不在乎上司怎么想,干脆连信也不回了。他当然明白抵制扩修御道,自己担了天大干系,万一皇上不悦,顶戴摘掉事小,很可能连命也不保。但汤斌不考虑个人的利害,他考虑的是替百姓免掉毁屋无居之灾。

苏州湖荡盛产芡实,俗称"鸡头米"。苏州府台赵禄星谒见汤斌,建议道:"抚台大人,卑职寻思,待皇上御驾莅临,我们不妨进献鸡头米羹,皇上尝过,必定称赞,我们便可奏请将这土产作为贡品,以示我们做臣子的一份孝心。"汤斌回答了两个字:"不准!"赵禄星闹了个没趣,讪讪地走了。但他不想放掉这个巴结皇上的机会,过了几天,又跑到巡抚衙门重提此事,并说呈报土特产是惯例。汤斌严肃起来,语气缓重,说道:"例自人作,你不呈报,此例与你何涉? 芡实全凭天时,又不是年年都有这些收成的,一旦作为贡品,就成永额,年年要交一定数量进京,逢到欠产的年份,怎么办? 我们只能催逼百姓,百姓岂不难死了吗? 我们主政一方,凡事都要替百姓想,对百姓宁宽不苛,宽一分则民受一分之惠。此事不许再议了,以后你再想出这种花花主意,莫怪本院参你!"

这么一个爱民之官,对上方山的五通祠自然就容它不得。苏州城南有个石湖,石湖南北长十里,东西宽四里,周长二十里,三面环山,湖光山影,十分旖丽,是著名风景区。石湖四季美景,皆有诗赞,春有"山水回环隐者栖,丹青画出越来溪。千重柳色莺难见,夹岸桃花客到迷"。夏有"暮雨洗炎蒸,凉意惬幽赏。忽生鼓楫思,渡头理双桨。丝丝柳垂阴,苍苍月初上。微风静不波,绿水平于掌"。秋有"西风初入小溪帆,旋织波纹绉浅蓝。行入闹荷无水面,红莲沉醉白莲酣"。冬有"众峰带雪玉崔嵬,风定湖光镜面开。山色可堪西子笑,日落浮图对古台"。上方山又名楞伽山,是石湖畔三面环山中的一座。只因有了一座五通祠,这里的村民就生活在了愁苦惊吓之中。

五通祠是明太祖朱元璋的"杰作"。朱元璋晚年,一天晚上做了个梦,梦见层层叠叠鬼魂围着他的床榻哭号。鬼魂个个破衣烂衫,面黄肌瘦,有的无头,有的断臂,全是血污淋漓,惨不忍睹。朱元璋从鬼魂的嚷嚷中知道,这些都是替他争夺江山而命丧黄泉的士卒,前来要求赏赐。朱元璋给鬼魂闹得心烦,醒来想想,赏官赏钱赏美女,他们死都死了,赏了也无福受用,不如将他们都封神,享受祭祀,也不枉他们为自己的皇位丢了性命。不过，死鬼无数，封不过来，如何是好？朱元璋一动脑筋，有了，不如参考军队编制，五鬼为一伍，设个"五通圣"的名号，把他们分到各地享祭。于是下旨，敕全国各府、县、乡、村斥资建造五圣庙、五通祠，由百姓四时八节上供品烧纸锭。

上方山的五通祠刚建成，五通神就托梦给山下乡民，说是家家户户的祖上都借了他的债，要他们世世代代来还，如若违抗，决不轻饶。乡民谁也不相信祖上借了五通神的阴债，都认定五通神在讹诈，没有一家理睬他。五通神见恫吓不成，便放出许多蛇虫、百脚（蜈蚣），让它们下山去咬人，要把乡民统统咬死。

从这天开始，上方山周围不太平了。张家老伯伯给毒蛇咬死了，李家小妹妹也给百脚咬死了，赵家的新媳妇清早起来扫地，门角落里蹿出一只大蝎子，把她的脚背蜇了一下，她没挨到吃午饭，就全身发肿发黑，死掉了……这类噩耗到处传，弄得人心惶惶。

五通神又托梦给乡民，他狞笑道："嘿嘿，你们这下知道我的厉害了吧。乖乖承认你们祖上欠了我的债，答应从你们这一代开始，子子孙孙付给我利息，不然，定叫你们一个个死在蛇嘴虫口！"乡民全给吓醒了，家家户户抱头大哭，没办法，只得年年岁岁、世世代代到山上去焚香点烛烧纸锭，还五通神的永远还不清的"债"。

汤斌决定为民除害，捣毁邪神。在去上方山之前，他先去了泰伯庙，供三炷清香，念一篇自撰祷文："泰伯让王，千古流芳。至德高节，滋吾吴邦。礼仪教化，普惠四乡。浩然正气，赖尔显彰。无愧圣贤，青史留香。敬为神明，万众瞻仰。正神当奉，邪神当亡。天理昭昭，民心所向。"

然后，汤斌率领衙役三班来到上方山，先搜捕了那些巫婆神汉，一个不漏锁在五通祠前树下。这些家伙都是恶棍，惯于借五通神讹诈乡民，有乡民意外死亡或遇到灾祸，天时不周或旱或涝，巫婆神汉就说成乡民不敬五通神，所以遭到惩罚。乡民害怕，只得凑钱祭祀，巫婆神汉从中捞了不少油水。因有这等好处，巫婆神汉竟成了世业，代代相承，已三百余年，这样的人家敛财甚丰，都造了大院，置了田地，天天大鱼大肉，日日如同过年。汤斌将他们拘来，待捣毁五通祠后，带回衙去一一治罪。

巡抚欲毁五通祠，四周乡民闻讯，纷纷赶来围观。只见汤大人身穿石青色蟒袍，缀锦鸡补子，头上孔雀翎顶戴，完全是坐堂问案的打扮，一脸怒气，指着五通神像大声呵斥，历数其危害地方的种种罪状，斥罢，下令将神像丢进石湖。差役畏首畏尾，相互推诿，汤斌便喝令他们退到一旁，自己取条铁链，一头套在神像脖颈，一头拴在自己腰间，拖着神像出祠门，下山，到湖边，解链，"扑通"一声，把神像推入了湖中。百姓见了，胆也壮了，跟着汤斌一起动手，花了一个时辰，将五通祠拆毁殆尽。汤斌唯恐五通祠日后死灰复燃，请旨勒石永禁，替苏州彻底铲除了这颗毒瘤。

庚申奇迹

清咸丰十年（1860年），太平天国忠王李秀成统率二十万将士，从天京（今江苏南京）挥戈东进，夺取苏州。苏州是清朝东南地区的主要支撑点之一，与上海、杭州鼎足而立，一旦苏州失守，清朝在东南一片的局面将难以收拾。因此，江苏巡抚徐有壬决心死守，除城内原有防军外，又将原属江南大营调度的江南提督张玉良所部精锐留驻苏州，以壮实力，总兵力达十万之众。

农历四月十三日黎明，李秀成挥军猛攻阊门，战斗正酣，守军中的候补道李绍熙率标兵二百名突然反水，打开城门，迎入太平军。李绍熙本是游民，早年参加上海小刀会，小刀会失败后降清，积军功以道员补用，这次看到太平军阵势庞大，料想苏州必失，故而临阵倒戈，意欲在太平军方面赚个大功，同样可享荣华富贵。阊门洞开，太平军如潮水般涌入，分股进击，一部分登上城头，环走六门，胁降守军，一部分直扑城里，袭占官署。张玉良见大势已去，率本部兵马自盘门沿大运河南逃杭州，徐有壬一头栽进巡抚衙门后花园的荷花池自杀身亡。

太平军涌入时，阊门内顿起大火，有说清军溃卒所放，有说太平军火攻盘踞民屋的残敌所致，混战之间哪还分得清？反正，这场大火烧了三天三夜，阊门内大街小巷悉成瓦砾。火熄之时，人们惊讶地发现，下塘竟还耸立着一幢建筑，片瓦无损，完好无恙，这就是泰伯庙。

这是个奇迹！苏州百姓纷纷跑到阊门下塘观看，感叹连连，都说泰伯至德，遂有上天庇护，四周皆成焦土，唯独此庙可拒祝融。这些议论传到李秀成耳中，他也感到惊奇，找了几个读书人来一问，方知泰伯是何人，百姓因何尊敬他。李秀成觉得泰伯身上系着民心，保留这座庙，有利于他经营"苏福省"，于是从自己的卫队中拨出二十人，驻扎下塘，看护泰伯庙，对外讲是防止有人来撬砖偷瓦，其实他是担心有部下去把庙拆了。

忠王虽是全军统帅，却因天王洪秀全对他心存猜忌，以滥封王的手段来削弱他的权力，他的军中就有大小八十余王，搞得他处处受肘掣，号令不通畅，他若责问，他们就会反诘说："天王旨意和你不尽相同，我听天王的还是你的？"最近发生的一件事，便是如此。

洪秀全有个马夫，姓俞，从未立过寸功，却也被封为"列王"。所谓列王，是洪秀全封王太多，一共封了三千多个，把能想到的字都用完了，再封时干脆不叫什么王了，统统叫列王。这个俞列王早听说苏州富庶，央求天王将他派到忠王军中，等打下苏州来可以发点财。他进了苏州城，把一位老学究杀了，李秀成问他："老学究并未反对我们，为什么要杀这个人？"俞列王振振有词说："这个老学究教的是四书五经，洪天王钦定四书五经是妖书，传授妖书就该杀。"李秀成非常生气，将他打了三十军棍。俞列王跑回天京，向天王哭诉，告了忠王一状。

李秀成在朝中也有投缘的人，他们赶紧派人到苏州，给李秀成透了消息。俞列王告他除了袒护传授妖书的人，还保护妖庙。洪秀全曾下旨，天下学宫、寺院、道观、祠堂全是妖庙，一律毁弃。俞列王说，孔子对泰伯极为赞扬，孔子被天王视为大妖头，泰伯当然也是个妖头，所以泰伯庙留不得，忠王留它，便是和天王唱对台戏。这个罪名万一被洪秀全认可，李秀成处境危矣。

李秀成很清楚，虽然天王洪秀全亲笔赐他"万古忠义"四字，但始终不曾真正信任他。这次，他从战略意义上提出了"苏福省"构想，奏请天王准许他亲率大军攻占苏杭，天王迟迟不允，逼得他将妻儿老母送往天王府做人质，方能成行。李秀成完全知道天王极有可能听信谗言，那么，他还该为保存一座泰伯庙而担风险吗？李秀成左思右想，有了主意。他把军务交给慕王谭绍光代理，自己由一队精兵护卫着，快马加鞭，星夜驰往天京。

李秀成风尘仆仆进入天京，顾不上休息片刻，策马径奔天王府。天王府是在原两江总督署的基础上向周围扩建十里，四周有三丈高的黄墙环绕的宫殿群。宫墙外面一道深宽各二丈的御沟，沟上有三孔石桥称五龙桥，供行人进出往来。过桥迎面第一道大门为天朝门，门外悬挂着十余丈的黄绸，上有洪秀全手书的五尺朱色大字诏令："大小众臣工，到此止行踪，有诏方准进，否则云中雪（洪秀全创造的'杀头'隐语）。"李秀成下马，由宫门守将入内通禀。隔了好大一会儿，守将带着一个女官气喘吁吁返回，请他进去。女官领着李秀成穿过天朝门，到了第二道门圣天门，门旁置两面大鼓和两座琉璃瓦的吹鼓亭，每天十二时辰鼓声不断，琴音袅袅，乐曲悠扬。过圣天门方始进入宫殿区，迎面有一座牌坊，东西两排数十间朝房，正面是天王坐朝的金龙殿。在大殿后面，是一条长长的穿堂，又有七八进，到末层第九进是一座三层大楼，顶层四面绕栏，栏内长窗，登楼可以眺望到数十里远。这种重殿叠檐的建筑，是洪秀全亲自设计的九重天庭。宫殿内还建有东花园、西花园、后林苑，园中水池内有石舫，池畔又建有五层高楼，也可以登高远眺。楼宇雕镂工丽，饰以黄金，绘以五彩，庭柱用朱漆蟠龙，鸱吻用鎏金，门窗用绸缎裱糊，墙壁用泥金彩画，大理石铺地。洪秀全正与嫔妃在石舫饮酒，女官将李秀成引至石舫，躬身而退。

李秀成在舫首先行跪拜之礼，口呼"万岁万万岁"。洪秀全问："你从苏州赶来，有何事啊？"李秀成说："启奏天王，臣有一事不敢擅决，唯天王才智天下无双，方能明断，故特来聆听圣音。"几句话说得洪秀全心里像给汤婆子焐了似的，语气也亲切起来，说："秀胞，进来吧，有何疑难？朕与你解。"

李秀成踏进舱内，又跪下，说："天王，苏州有座泰伯庙，想来天王已有所闻。臣本是要拆了它的，但它既然能在大火中幸存，必有来头，臣不知是上天还是爷火华（洪秀全翻译的上帝称谓）的意思，故不敢轻动。若是百姓所说的老天爷，臣并不惧他，天王是爷火华之子下凡，任何神魔都得退避三舍。只怕爷火华另有玄妙，有意留下此庙，臣毁了它，爷火华惩处臣倒是小事，万一连累了天王，臣纵然万死也难赎其咎。"

洪秀全听了这番话，脸上暗暗转色，心里不免忐忑。别看他写的打油诗豪气干云，口口声声"手提三尺定山河，擒尽妖魔归地网""手握乾坤杀伐权，斩邪屠魔全由吾"，但他内心仍是很忌讳鬼神的，尤其不敢得罪上天，怕遭报应。洪秀全沉吟了半晌，说："在朕的天国里，只有爷火华，哪有什么老天爷的位置！看来，是爷火华在晓谕朕，古人都愿意留在朕的天国里，万国来朝的日子不远了。秀胞，你回苏州后，好生看管泰伯庙，莫辜负了爷火华的深意。"

泰伯庙可以保全了，李秀成偷偷舒了口气。

【第十辑】

清歌吴趋

　　西晋时阳羡（今江苏宜兴）有个周处，惯于横行霸道，寻衅闹事。一天，他大摇大摆走在街上，注意到了路人对他投来的全是愤恨鄙视的目光。周处拉住了一个老头，问："老丈，你告诉我，为什么大家都恨我，避开我？"老头哆嗦了半天，壮起胆子说："你真的想知道原因，去问南山虎、长桥蛟吧！"周处像是遭了雷击，一下子傻在了当街。周处不笨，自能从老头转弯抹角的回答中听出弦外之音来，原来自己在世人眼里，已经坏到这般田地了！周处拖着一双沉重的腿，心事重重地回了家。

　　周处回到家里，将两把钢刀磨得极其锋利。这两把钢刀，周处打算一把用来杀虎，一把用来斩蛟。周处背插两把钢刀，出了门。临出门前，他给老母亲下跪，郑重其事磕了三个头，什么话也未说。周处不说，老母亲也明白了，他这一去，凶多吉少，他是抱着与恶虎孽蛟同归于尽的念头去的。老母亲没有阻拦他。

　　周处先上了南山。他怎样将猛虎杀死的，乡人并不知道。周处上南山之前，不曾事先吹嘘，所以大家并不清楚他打算干吗。一个时辰过后，周处从南山上下来，浑身是血，攥着一把豁了口的钢刀，发一声吼："众乡亲听真切了，南山之虎已给我宰了，大家从此只管放心上山打柴挖草药吧！"有几个胆大的，将信将疑跑到南山去探个究竟，不一会儿，果真就抬了一头被砍死的大老虎下山。大街上顿时欢声雷动，有人便向正在茶馆里喝茶休息的周处献殷勤，拿出金创药什么的，让周处涂一涂身上的伤口。周处笑道："我哪里受伤？我身上的血迹全是虎血。你们不要来烦我，待我恢复力气，我便去把那长桥之蛟一并收拾了。"一天之内，竟要连战两个孽畜，众人听得瞠目结舌。

周处缓过气来，又雄赳赳踏上了征途。这时，乡亲们都尾随在周处后面，都想亲眼观看这场搏斗。周处将另一把寒光闪闪的钢刀高擎在手，纵身就跳下了河。两岸观众一齐屏住了呼吸，瞪圆双眼，一瞬不眨盯着水面。只见周处与蛟龙绞在了一起，开始在桥下斗，后来就脱离了人们的视线，因为傍晚上游来了大水，周处和蛟龙纠缠着被湍流冲往下游去了。

观众散了。他们未看到周处与蛟龙被冲出数十里的过程中，仍在进行殊死搏斗。他们只知道三天三夜了，周处不曾回来，蛟也不曾出现。乡亲们寻思，孽蛟大概是给周处杀死了，周处十有八九也送了命。

然而，周处终究还是回来了，他在七八十里外，好不容易才爬上了岸，摇摇晃晃走回到了阳羡城里。他听见了震耳欲聋的鞭炮声，以为乡亲们是在欢迎自己的安全归来。再一听，不对了，鞭炮声中还夹杂着欢呼："三害都除掉了，我们从此可以安居乐业了……"周处的泪哗哗地泻下来了。

原来，自己在人们眼里，仍旧是个大祸害！怎么才能彻底改变自己在世人眼里的形象呢？

周处悄悄地离开了阳羡，到了苏州。周处到苏州想找陆机，请他解惑。周处以前曾听人说，陆机是大名士，最有学问，人品也特好，去向他寻个答案，应该不会没个结果的。

周处登上陆机的府邸，要求拜他为师。"阳羡三害"，陆机也有所耳闻，听了周处的自我介绍，陆机抚琴唱道：

"楚妃且勿叹，齐娥且莫讴。四座并清听，听我歌吴趋。吴趋自有始，请从阊门起。阊门何峨峨，飞阁跨通波。重栾承游极，回轩启曲阿。蔼蔼庆云被，泠泠祥风过。山泽多藏育，土风清且嘉。泰伯导仁风，仲雍扬其波。穆穆延陵子，灼灼光诸华。王迹颓阳九，帝功兴四遐。大皇自富春，矫手顿世罗。邦彦应运兴，粲若春林葩。属城咸有士，吴邑最为多。八族未足侈，四姓实名家。文德熙淳懿，武功侔山河。礼让何济济，流化自滂沱。淑美难穷纪，商榷为此歌。"

唱罢，陆机说："这是我作的赋，题为《吴趋行》。赋里提到的'八族'，指陈、桓、吕、窦、徐、傅、公孙、司马，'四姓'是顾、陆、朱、张，都是吴郡人才济济的名门望族，你不用盯着我们陆家，多去走几家，或许能找到更合适你的老师。"

周处没有强求，默默退出了陆府。按他过去的脾气，是决不会这样善罢甘休的，但他现在一心想的是改掉毛病，所以就忍耐下来了。

第二天，周处再度上门求见。陆机见他来了，将昨天的赋弹唱了一遍，说："蔼蔼云，泠泠风，多藏育，清且嘉，山水秀美，风貌醇厚，所以，吴地养育出了那么多有才有德的俊彦，你下半辈子真能坚持做德才兼备的人，才对得起这片养你育你的土地。如果你有这样的志气和决心了，不求师也无妨。你回去吧，别再来打扰我了。"

周处行了个礼，告退了。但他不肯放弃，第三天，他又来了。

陆机问："你识字吗？"

周处说："识一些。"

陆机递给周处一块帛，帛上有他事先写好的《吴趋行》，说："今天我唱慢些，你仔细听，边听便看这上面的字，看你能否听出些名堂。"陆机轻抚琴弦，舒缓地唱了起来，由于放缓了节奏，歌声显得格外悠扬。歌罢，陆机撩起眼皮，看着周处。

周处指着帛上一行字，说："先生唱到这一句，特别动人，我想先生这首赋，要说的就是这个道理吧？"周处手指点着的那一行是"泰伯导仁风"。

陆机点头道："正是泰伯以仁开了教化吴民的风气，吴地才像我这赋所言，成了文德熙淳、邦彦应运的地方。这样吧，你去泰伯庙周遭转几天，看看能否悟到什么，有了悟再来找我。"

周处遵命前往泰伯庙，在附近租了间屋住下。半个月后，他来见陆机，说："先生，这些天我要么请左邻右舍说泰伯，要么在庙里静静坐着，对着泰伯像琢磨，今天一大早，我终于想明白了，泰伯的仁，缺不得一个'让'字。我以前争强好胜，嗜斗喜霸，就是不懂让。人家国都让得，我还有什么让不得的？不过，自己年纪不算小了，只怕脱胎换骨也无所成。"

陆云说："你有这悟性，可以留下来了。古人贵朝闻夕死，况君前途尚可，且人患志之不立，亦何忧令名不彰耶！"几句话，醍醐灌顶，周处明白了，从此，幡然改过，励志勤学，认认真真读书、做人。

陆机没有白教诲他，周处后来成了个人才，前途也挺不错，从军屡立战功，累经升擢，历新平太守、光汉太守、楚内史等职，并迁御史中丞，替百姓做了些好事，为人称道。这时的周处，还显示了一种良好的品性，即不恋爵禄，见老母年事已高，他辞去了官职，专事伺奉高堂以尽孝道。但是，他并未放弃对国家尽责，当军阀叛乱，朝廷用人之际，他接受了征召，重新披上甲胄，指挥平叛，临危不退，战死在了疆场。

羽客凭吊

我们谈到历史上比较好的时期，总是提起西汉的文景之治、东汉的光武中兴、隋朝的开皇之治、唐朝的贞观之治和开元盛世、明朝的永宣盛世、清朝的康乾盛世。其中的"开元盛世"，指的是唐玄宗李隆基当皇帝的一段岁月。玄宗登基初，年号为"先天"，用了两年，改"开元"，用了二十九年，改"天宝"，用了十五年。开元间，是玄宗最志得意满的一段时光，政敌已基本肃清，国家太平无事，财政一年比一年宽裕，朝内外只听到一片歌颂盛世的声音。玄宗陶醉在了歌舞升平气象里，觉得应该犒劳自己了，也就是到了尽情享乐的时候了。

于是，玄宗的宫中从早到晚弥漫着一片骄奢淫逸的氛围，《五方狮子舞》集中体现了这一点。中国本土是不产狮子的，我们今天在动物园看到的狮子，是从非洲或西亚、南亚地区进口来的。东汉章帝章和元年，也就是公元87年，西域月氏国遣使献来了一雌一雄两头狮子，这是中国人第一次见识这种"兽中之王"。狮子进入中国后，经历了一个中国化过程，这个过程并不是改造狮子本身，而是狮子的形象设计。

在历代画家笔下,狮子渐渐被宠物化,变成浑身卷毛,蓬头大尾,巨口环睛,憨态可掬,嬉闹昵人,像只放大了的狮子狗。这种艺术层面上的"中国狮",具有浓烈的装饰性和娱乐性,因而派生出了用作装饰的石狮和娱乐的狮舞。

玄宗和他的宠妃杨贵妃都是艺术家,他俩将西域杂耍艺人驯狮表演和中国古代原始兽舞糅在一起,加以创造,创作出了《五方狮子舞》。《五方狮子舞》通常由十人扮演五头狮子,一狮两人,蒙一层彩画的"狮皮",连同两个耍狮者,共十二人。演出时黄狮子位于中央,代表中央王朝的权力;四方的狮子为青、红、白、黑四色,分别代表东、南、西、北四方,表示四海向中央礼拜。另有一百四十人组成的伴舞队,围绕这五头狮子跳"太平乐"舞。伴奏用龟兹乐。龟兹是古代西域大国之一,以库车绿洲为中心,最盛时辖境相当于今新疆轮台、库车、沙雅、拜城、阿克苏、新和六县市。龟兹在很长的历史阶段内,是丝绸之路新疆段塔克拉玛干沙漠北道的重镇,宗教、文化、经济均较发达,居民擅长音乐,玄宗非常欣赏龟兹乐,宫廷舞蹈常用经他亲自编排的龟兹乐曲伴奏。

《五方狮子舞》演出时场面壮观,气氛热烈,玄宗认为这个大型歌舞,足以表现盛唐的宏伟气魄,这个舞蹈就成了宫廷的保留节目,经常演出,玄宗百看不厌,看一次陶醉一次。有时实在太兴奋,他便亲操鼓槌,充当乐师,每到这种时刻,杨贵妃就会扮饰耍狮者,手擎"狮灯",配合玄宗,将演出推向高潮。观看演出的王公大臣、宫娥内侍拼命鼓掌叫好,场面几近癫狂,玄宗由此获得了最大限度的满足。

有时候,进京朝见皇帝的安禄山也会凑热闹,毛遂自荐,扮一个"狮子郎"。狮子郎是舞狮者的称呼,安禄山身为范阳、平卢、河东三镇节度使，甘充杂耍，无非是要博得皇帝欢心，对他更加信任。其他狮子郎戴红抹额，穿彩衣，安禄山别出心裁，戴一个笑面佛面具，披袈裟。安禄山巨胖，体重三百三十斤，在玄宗面前跳狮子舞，动作却快得像旋风一样。舞罢，安禄山一头拜倒在杨贵妃脚下，开口便说："娘娘是古今最贤的贤娘娘，我虽是佛，也要来拜您。"

玄宗这才知道，他今日为何如此打扮。佛经称释迦牟尼为"两足尊"，称狮子为"四足尊"，常以狮子譬喻佛法威猛，能摧伏一切邪魔。故释迦牟尼亦称狮子佛，释迦牟尼说法亦称狮子吼，释迦牟尼座位亦称狮子座，佛度众生则称狮子游戏。《大智度论》："佛入于狮子游戏三昧，大地发生六种震动，能使一切地狱恶道众生皆得解脱而升天界。游戏者，乐事也。四足尊狮子以捕猎为乐，两足尊佛祖以救度众生为乐，故称佛祖广施救度为'狮子游戏'。"这本是一种譬喻，后来演变成了由一名舞者扮作笑面佛逗弄狮子的游戏。玄宗原以为安禄山虽能领兵，肚子里墨水却是没有的，想不到这个赳赳武夫也会玩这种把戏，觉得很是有趣。

玄宗有意逗他，问："朕在这里，朕难道当不起古今最贤的贤君，你为何不拜朕只拜贵妃？"

安禄山答道："臣是胡人，胡人只知母亲不知父亲。"

这回答太切中玄宗心意了，玄宗对杨贵妃，万千宠爱集一身，奉承杨贵妃比直接拍皇帝马屁更让玄宗心花怒放。果然，玄宗闻言大笑，连连说："好好好，难得你有这份孝心，朕做主了，贵妃收了你这个干儿子。"

安禄山比杨玉环大十六岁，听得此言，非但不感憋屈，反倒喜笑颜开，仰起头做小儿状，拖着长长尾音唤了一声："娘——"

于是，宫中又演出了一幕滑稽剧。安禄山生日过罢第三天，杨贵妃特召安禄山进见，替他举行"洗三"仪式。杨贵妃让宫女把安禄山当作婴儿放在大澡盆中，为他洗澡，洗完澡后，又用锦绣大襁褓包裹住安禄山，把他放在一顶彩轿上，用二十个太监抬着，在御花园里转来转去，杨贵妃唤一声"禄儿"，安禄山奶声奶气答一声"娘"，惹得所有人喷饭。一唤一答，不断重复，杨贵妃笑得花枝乱颤，宫女们笑得直喊肚子疼，太监们笑得直不起腰，轿子也抬不稳了，将安禄山翻出轿来，安禄山装"呜呜"啼哭状，四肢并用爬进彩轿，顿时又引起一片哄然大笑。这般嬉戏取乐，延续了足足两个时辰。

宫中这般闹剧反复上演，令一个人看不下去，这个人是吴筠。吴筠是玄宗时著名道士，与李白等名士相契，文章传京师。玄宗闻其名，召见了他，任为待诏翰林。吴筠性高洁，不随流俗，他看到玄宗耽于享乐，朝政纲纪日渐紊乱，李林甫、杨国忠等奸相用事，安禄山反骨已露，便上书皇帝，说："夫万姓所赖在乎一人，一人所安资乎万姓，则万姓为天下之足，一人为天下之首也。然则万姓众矣，不能免涂炭之祸；一人尊矣，不能逃放戮之辱。岂失之于足？实在于元首也。"如此痛切之语，玄宗只当耳边风，依旧我行我素，且还越演越烈。吴筠屡讽无效，彻底灰心了，辞去待诏翰林一职，飘然南下，跑到了苏州。

吴筠到苏州专访泰伯庙。因预感到天下将发生大乱，他特别缅怀起泰伯、季札来。有句话他不敢说，那就是玄宗既然惰怠政事，不如让位，把治国的担子交给勤勉的新皇帝，自己只管声色犬马去吧。倘若玄宗肯让位，还不失为明智之君，可是他知道玄宗是不可能这么做的。相比之下，泰伯、季札的主动让国，在吴筠心目中，就显得格外难能可贵了。

在这样的心情下，吴筠凭吊了泰伯庙，写下了《太伯延陵》，诗曰：

"太伯全至让，遂投蛮夷间。延陵嗣高风，去国不复还。尊荣比蝉翼，道义侔崇山。元规与峻节，历世无能攀。"

殷殷嘱托

　　司马光首次引人关注，是在他七岁那年。一天，司马光和几个小朋友在花园里玩捉迷藏，花园里有座假山，假山下面有一口大水缸，缸里装满了水。有个小朋友爬上了假山，一不小心，掉进了大水缸里。别的小朋友都慌了，有的哭，有的喊，还有的跑去找大人。司马光没有慌，他搬起一块大石头，使劲砸那口缸。水缸破了，缸里的水流了出来，掉在缸里的小朋友得救了。这个故事传开，大家都说："这小孩不得了，才这么一丁点儿就如此冷静，善于应对，将来必成大器。"

　　司马光后来果然成了大才，宋仁宗宝元元年（1038年），他二十岁，高中进士甲科，从此步入仕林，历仁宗、英宗、神宗、哲宗四朝，累官至龙图阁直学士、副宰相。时人谓之"社稷栋梁"，尤其是他主持编写的《资治通鉴》，更被誉为"天地一大文也"。

　　司马光为人温良谦恭、刚正不阿，做事用功刻苦、勤奋。然而，司马光本人最看重的品质，是诚信。司马光要卖掉一匹马，这匹马毛色纯正漂亮，高大有力，性情温顺，司马光对管家说："此马夏季易喘，恐它肺有暗疾,你务必告诉给买主。"管家笑笑说:"哪有卖马自诉其病之理?买主看出了是他的本领,看不出也不是我们的错。"司马光正色道:"一匹马值几金事小,对人不讲真话,坏了做人的名声事大。做人必须诚信,失去诚信,岂为人乎?"管家听后非常惭愧,答应一定照主人的吩咐去做。

这时,旁边有个邻家孩童,这孩童叫杨忱,因为听大人讲过司马光砸缸救人的故事,对司马光很钦佩,三天两头跑司马家来玩,司马光也挺喜欢小杨忱,常抽空和这稚童说说话。

杨忱两眼眨巴眨巴,仰脸瞅着司马光说:"叔叔,您说做人诚信最要紧,我长大了学您做诚信的人。"

司马光抚抚杨忱的小脑袋,高兴地说:"好啊,你学我,我也是向先人学的,我给你讲讲先人是怎样守信重诺的。"

司马光讲了个"曾子杀猪"的故事。曾子是孔子的学生,有一次,曾子的妻子准备去赶集,由于儿子哭闹不已,曾妻许诺儿子回来后杀猪给他吃。曾妻从集市上回来后,曾子便捉猪来杀,妻子拦住他说:"我不过是跟孩子闹着玩的。"曾子说:"决不可以哄骗孩子,小孩本来就不懂事,凡事跟着父母学,听父母的教导,现在你哄骗他,就是教孩子骗人啊。做妈妈的骗孩子,孩子一旦变得不再相信妈妈的话,以后还会相信别人吗?我不能舍不得一头猪,害了儿子终生!"于是,曾子把猪杀了。

接着,司马光讲了个"韩信报恩"的故事。韩信幼时家里很贫穷,常常衣食无着,他跟哥哥嫂嫂住在一起,靠吃剩饭剩菜过日子。小韩信白天帮哥哥干活,晚上刻苦读书,刻薄的嫂嫂非常讨厌他读书,认为读书耗费了灯油,又没有用处。韩信只好等到后半夜,哥嫂都睡熟了,他才从铺上爬起来偷偷点灯读书,结果还是被嫂嫂发现了,把他赶出了家门。

韩信流落街头，过着衣不蔽体、食不果腹的生活。有一位老婆婆很同情他，支持他读书，还每天给他饭吃。韩信很感激这位善良的老婆婆，对老人说："我长大了一定要报答你。"老婆婆笑着说："等你长大了，我大概已入土了。我看你以后会有出息的，所以帮帮你，我不指望报答。"后来，韩信成了三军统帅，被刘邦封为楚王，他惦记着这位曾经给他帮助的老人，找到了她，将她接到自己的府里，像对待亲生母亲一样对待她，兑现了承诺。

小杨忱听得入迷，央求司马光再讲几个这样的故事，司马光又给他讲了个"季布一诺"的故事。季布和韩信是同朝人，以真诚守信著称于世，时人谚曰："得黄金千斤，不如得季布一诺。"季布曾效力于西楚霸王项羽，多次击败汉军。项羽败亡后，季布被汉高祖刘邦悬赏缉拿，他的旧日朋友不仅不被重金所惑，而且冒着灭九族的危险来保护他，使他躲过了一次又一次的追捕。汉朝的许多开国功臣也纷纷出面保荐季布，刘邦终于赦免了他，并拜他为郎中。惠帝时，他官至中郎将。文帝时，他任河东郡守。

见小杨忱还不满足，司马光给他讲了"李勉葬银"的故事。李勉是唐朝人，从小喜欢读书，养成了诚信儒雅的君子风度。他虽然家境贫寒，但是从不贪取不义之财。李勉有一次外出，在一家客栈里遇到一位卧床不起的书生，便给予了悉心照料，无奈书生病太沉重，药石无效。书生临终交给李勉一百两银子，部分用以办棺木安葬，其余的都奉送给他。李勉精心为书生料理了后事，剩下许多银子仔细包好，悄悄地埋在了棺木下面。书生的家属接到李勉报丧的书信后，赶到墓地，移出棺木，果然发现了陪葬的银子，都被李勉的诚实守信不贪财的高尚品行所感动。后来，李勉在朝廷做了大官，他仍然廉洁自律，诚信自守，深受百姓的爱戴，同僚的敬重。

小杨忱说："叔叔，这些先人的故事我都爱听，不过，你能否再给我讲个近些的故事，最好是你自己的。"

司马光微笑道："你这小家伙真是贪得无厌，你这样的贪婪我喜欢。我自己没什么可讲的，我给你讲讲晏殊吧，他离我们不远。"

晏殊是个著名词人，素以诚实著称。在他十四岁时，有人把他作为神童举荐给宋真宗。真宗召见了他，让他与一千多名贡士同时参加殿试，晏殊发现试题是自己十天前刚练习过的，就如实向真宗报告，请求改换题目。真宗非常赞赏晏殊的诚实品质，赐给他"同进士出身"。晏殊当职时，正值天下太平，京城的大小官员经常到郊外游玩或在城内的酒楼茶馆举行各种宴会。晏殊家贫，无钱出去吃喝玩乐，只好在家里和兄弟们读写文章。有一天，真宗提升晏殊为太子太傅，负责教储君读书，并对大臣们说："近来，群臣经常游玩宴饮，只有晏殊闭门读书，如此自重谨慎，正是东宫辅臣合适的人选。"晏殊谢恩后说："我其实也是个喜欢游玩宴饮的人，只是家贫而已。若我有钱，也早就参与宴游了。"这么一来，晏殊在同僚中博得了美誉，而真宗也更加信任他了。

讲完晏殊的故事，司马光语重心长说道："诚信者，必诚实。古往今来，鲜有不诚实者讲诚信的。如有，必是欺世盗名、奸诈阴险之徒。你长大后愿以诚信立世，务必自小诚实，远离诳瞒。"

司马光讲的这些故事，说的这些话，对杨忱影响很大。后来，杨忱也金榜题名，踏上了仕途，也是个诚实的人，诚信的官。

杨忱做了几年管理皇家祭祀的太祝后，外放地方任职，被授长洲知县。武则天万岁通天元年（696年），析吴县东部分置长洲县，与吴县同属于苏州管辖。杨忱知道司马光在苏州有不少故旧门生，其中有些人并不得意,曾写信给司马光要求他向地方官打打招呼,给予照顾。故而,在司马光为他践行时,杨忱特地问司马光有何事需他办,司马光沉吟半晌,写了一首诗,密封交给杨忱,让他到了任上拆阅。

杨忱到了苏州,拆开信来阅读,见到了题为《送杨太祝忱知长洲县》的一首诗,诗曰:"三吴佳县首,民物旧熙熙。专用清谈治,非如俗吏为。林疏丹橘迥,稻熟白芒攲。宜使民无忘,严修泰伯祠。"

这首诗的意思是,苏州是个好地方,民丰物阜。这样好的地方,只要无为而治,不要像一些俗吏那样多生事端,就不愁不年年橘红稻熟。但生活富足了,也不要忘了教化百姓,所以,拜托你,在长洲任上,一定好好整修泰伯庙。

司马光的这首五言律诗一如他的为人,堂堂正正,毫无私弊夹赃。司马光对泰伯庙的这份特殊关照,其实也是想通过教化,提倡诚实、诚信的风气。

操咏酲狱

　　"姑苏第一名街"山塘街,是唐代大诗人白居易任苏州刺史时开凿山塘河,用挖出的泥堆筑岸堤而成。山塘街东起阊门渡僧桥,西至虎丘望山桥,长约七里,称为"七里山塘"。其实,确切的说法应是"七狸山塘",因为山塘河上有七座桥,每座桥的桥堍蹲着一只石雕狸猫,街名由此而来。这七只狸猫各有其名,山塘桥畔为"美仁狸",通贵桥畔为"通贵狸",星桥畔为"文星狸",彩云桥畔为"彩云狸",青山桥畔为"海涌狸",西山庙桥畔为"分水狸",普济桥畔为"白公狸"。多亏有了七狸,否则,这河这街恐怕早已毁于明太祖朱元璋之手了。

　　朱元璋坐了龙庭,时时担心有人来夺他的江山,下旨给全国州府,要各地密切注意潜龙之兆。皇帝是真龙天子,如果什么地方又出现一条龙,便有改朝换代的危险,他这个大明朝还长久得了? 所以,朱元璋必须消灭一切潜在的龙,只允许他朱家的龙脉存留世间。

　　这道圣旨下达不久,就有人赶到京城,向皇上奏报,说是发现了潜龙。来人是苏州一个风水先生,他寻思,张士诚曾据守苏州,与当今皇上争夺天下，故而皇上对苏州最不放心。他说有一条尚未出世的龙潜伏于苏州山塘，皇上必信无疑，少不了自己的好处。果然，朱元璋赏了他黄金百两，又说："卿若还能提供破解之术，朕另有赏赐。"风水先生信口说道："填河拆街，一劳永逸。"就这么轻飘飘一句话，他又获得了绸缎百匹的赏赐。

朱元璋打发走了风水先生，立即召见刘伯温，命刘伯温即刻离京，火速前往苏州，拆了山塘街，伤潜龙之经络，填了山塘河，断潜龙之血脉，总之，要让潜龙成为死龙，永无出头之日。刘伯温上知天文，下知地理，对堪舆术也很精通，当年攻打张士诚，他随军到过苏州，城里城外转了个遍，根本未看到什么龙潜之地。苏州来的那个风水先生，无疑是投皇上之好，编个鬼话捞笔钱财罢了。但是，刘伯温不敢实话实说，唯恐皇上得知上当，脸上挂不住，反倒为了维护尊严，迁怒于他。既然不便说，那就别说，只有到了苏州，再想办法。刘伯温诺诺连声，退出大殿，回到家中，连夜整理行装，天刚薄明就已启程，以示忠于皇上、勤勉奉旨之心。

刘伯温带着满腹心事，晓行夜宿，快马加鞭，风尘仆仆进了苏州城。他并未惊动地方官，而是用个假名在阊门一个客栈住了下来。第二天，刘伯温青衣小帽，雇一艘船，在山塘河上慢慢前行，沿途观赏景致。

刘伯温看到的山塘街，商贾云集，行人如流，店铺鳞次栉比，酒幌撩拨灯笼，一派繁华景象。街面铺的麻石，苏州人有句俗话："天下最美山塘街，雨后着花鞋。"大雨方毕，淑女们就能穿着绣花鞋上街玩耍了，鞋子一点也不用怕湿，更无须怕脏，可想而知这条街该有多清洁！街即是堤，堤旁夹种桃李，水中遍栽莲荷，移步易景，美不胜收。河上的一座座桥,座座秀丽。此情此景,舍弃了此街此河,还能上何处觅得?

刘伯温越想越不忍毁了山塘的河与街,但他又不敢抗旨。那么,有没有办法既不惹恼皇上,又可保住山塘呢?刘伯温苦思冥想,绞尽脑汁,终于想起皇上年轻时曾当过一阵子和尚,佛的话皇上应该还肯听,何不前往古寺名刹虔诚祈祷,求菩萨赐一个不废山塘的理由?

刘伯温吩咐船家,紧摇橹板,驶往寒山寺。寒山寺供奉的"和合二仙",最希望人间祥和融合,最不愿世上乖戾暴虐,毁坏山塘无疑是张戾气而灭祥光,和合二仙决不会坐视不管,充耳不闻,所以,刘伯温选择了这里。

在和合二仙像前敬献了三炷清香之后,刘伯温正打算去求见方丈,谈谈碰到的难题,看这里的大德高僧能否为他出个好主意,却见一群七八岁孩童从外面涌进寺院来,绕着圈满院子奔跑,手拍手唱道:"你拍一,我拍一,一二三四五六七。七里长街动不得,潜龙惊遁无处觅。你拍一,我拍一,一二三四五六七。昨夜西天神狸来,保得大明万年业。"小儿反反复复唱,刘伯温听得入神,听着听着心里开了窍,拦住孩童问道:"娃儿,这歌何人所教?"孩童告诉他,今天一早,有两个年龄相仿的蓬发小儿对他们说,只要学会这歌,见到怎样的一个人,唱给他听,便能有糖吃。刘伯温朝和合二仙像望望,点头自语:"对了对了,二位有教了。"从怀里掏出一块碎银递给孩童,说:"买糖去吧。"十来个孩童欢天喜地,一阵风似的跑出了寺院。

忽然又有猫叫声响起,刘伯温循声望去,见一只圆头阔耳、绿眼棕毛的漂亮可爱的狸猫蹿了过来,后面跟着一位慈眉善目老僧。狸猫蹿到刘伯温脚前蹲下,举起一只前爪一下一下挠他。老僧双手合十,对刘伯温说道:"阿弥陀佛!昨日老衲正做夜课,忽然来了这猫,不卧不眠,圆睁双眼，似在等候何人。此刻看来，定是等候施主你了，施主领了它去吧。"刘伯温道一声谢，抱起狸猫，离了寒山寺。

刘伯温直奔府衙，亮出身份，命知府召集石匠，依照那狸猫的模样，一夜间雕琢成七只石狸。然后，请一百名僧人在虎丘举法会，一百名道士在阊门做道场，轰轰烈烈，大肆张扬，吸引得百姓倾城而出，都来看热闹。在万民目睹下，刘伯温郑重其事，按一里一只的规程，把七只石狸安置妥当。

事情办完，刘伯温回京复旨，瞒掉自己动的那一番脑筋，只说到达苏州当夜，和合二仙便托梦给他，告诫填废山塘之险，并赐予狸猫，因此，自己才大胆采用此法，伏望万岁明鉴。朱元璋权衡利弊，觉得刘伯温的做法也不失为一种良策，如果潜龙真的受惊逃窜，大明幅员辽阔，到哪儿去找它的踪影？岂不是隐患长存，威胁常有？那就更麻烦了。朱元璋想通了这点，颔首道："既然是和合二仙的主张，朕就无忧了。刘爱卿，你发个公文到苏州府，就说是朕说的，只要七狸在，山塘可留下。"就这样，山塘街和山塘河，厄运总算解除。

天下没有不透风的墙，这段逸闻不久就在坊间传遍。诗人高启借宿泰伯庙，听说了这件事，望着泰伯像，颇有感慨。他想，当今皇上好歹也是个天子了，怎还改不了早年小农脾气？把国家当成了自家的一亩三分田，唯恐被夺走，他难道不懂"天下有德者得之"的道理？有德君王创的基业谁也夺不走，就像泰伯，让掉一个国，又创了一个国，传至二十五世；无道昏君坐了天下也不长久，就如秦始皇，二世而亡。高启一感慨，就写了一首诗，还谱了曲，然后弹琴吟唱，情真意切，十分感人。他这首诗题为《操咏泰伯庙》：

"粤我有土，岐山之下；孰是营之，维我考祖。今我于迈，自岐徂荆;岂不怀归,念我弟兄?民勿我思,我思安只;国巳有后,先君季子。"

　　高启是个才子,才子往往张扬。他对自己这首诗颇得意,有朋友来,他就弹琴高唱,唱了也就罢了,他还要解释,将自己的感慨毫无保留一吐为快。有道是"病从口入,祸从口出",高启这些话七传八传,最后传进了朱元璋耳中,朱元璋记住了这个人。

　　不久,新任苏州知府魏观把府衙门修到了张士诚宫殿的遗址上,被人告发。朱元璋本来未必太当回事,但他翻阅一大摞检举材料,发现所附"罪证"中有高启的一篇《郡治上梁文》,他岂能放过?朱元璋把高启文中"龙蟠虎踞"四个字挑出来,还在"龙"字上专门加了个朱笔圈,御批曰:"此句寓苏州犹存龙生之窝,暗藏谋反叛逆之心,诛不可恕!"朱元璋还特地口谕,不能一刀砍下头颅便宜了这等逆贼,要让他死得极其痛苦。于是,高启被处以腰斩。

　　借给高启十个七窍玲珑心,他也不会想到,就因为操了一通琴,咏了一首诗,自己成了明初第一桩大冤狱的枉死之人。

惺惺相惜

　　姚广孝家世代行医,祖辈事佛积善,他十四岁时出家为僧,法名道衍。这个和尚有"奇僧"之称,通儒、道、佛诸家之学,善诗文,擅绘画,尤对军战征伐、排兵布阵兴趣浓厚。明洪武十五年(1382年),明太祖朱元璋选调一批高僧,以"主录僧"身份派给诸王,为已故马皇后诵经荐福,姚广孝以荐入选,随燕王朱棣至北平(今北京),从此成为朱棣的重要谋士、心腹幕僚。燕王朱棣谋夺江山,打出"清君侧"旗号,发起"靖难之役",推翻建文帝朱允炆,夺取了皇位。在四年靖难之役过程中,姚广孝每逢关键时刻,都会献上妙计,使朱棣化险为夷,反败为胜,最终赢得了胜利。永乐帝朱棣十分感谢足智多谋、功高盖世的姚广孝,要他弃僧还俗,在朝为官伴君,享荣华富贵,但姚广孝厌惧官场争斗凶险,对功名利禄并不感兴趣。朱棣给他一处大宅院和两个貌若天仙的美女,他都不要,只恳请皇上允他回家乡继续为僧,朱棣再三挽留无果,最后总算同意了。

　　姚广孝临出京,朱棣问他还有什么要求,姚广孝说:"臣唯有一求,伏望陛下无论如何也要恩准。"朱棣问什么事，姚广孝说："皇上要坐稳江山，必然铁腕驭国，只是有一个人不能杀，不管他怎样犯龙颜逆龙鳞，也万万杀他不得。"朱棣问此人是谁，姚广孝说："方孝孺。"朱棣问什么理由让方孝孺如此值得姚先生珍惜，姚广孝说："我要为世上留个读书种子！"

朱棣当时一口答应了，但不久还是食言而肥。朱棣成为九五之尊，是叔叔夺了侄儿的皇位，故而人心不服，全国上下局势动荡不安。朱棣性格酷肖其父朱元璋，极其残忍，为了巩固政权，他采用残酷镇压的手段，杀戮旧臣。旧臣稍有不屈，就备受惨毒，不是击齿，就是割舌，甚至截断手足。有的被杀后，还要灭族。遭灭族之祸最厉害的是方孝孺，人家灭三族，方孝孺灭十族。灭十族在中国酷刑记载中，仅方孝孺一例。

方孝孺之祸，因拒拟诏书而起。朱棣坐上龙椅，少不得诏告天下，便指定方孝孺替他拟这份诏书。为什么非要方孝孺提刀？一是方孝孺学问大，文采好，二是方孝孺为建文帝最倚重最信任的大臣，如果朱棣即位的诏书出自方孝孺之手，有利于新皇帝收服建文旧臣。

方孝孺本来是可以逃走的，但他不逃，一身白衣素服气昂昂直上金殿，朱棣问："你为谁戴孝？"方孝孺答："先帝（朱允炆）宾天，天下当哭。凡立国，皆应以孝为本，父死子吊，君亡臣吊，这么明白的道理，还用问吗？"朱棣给抢白得直翻白眼，因为还要借重他一支笔，不便发作，便按捺性子，叫他快快拟诏。方孝孺接过纸笔，不假思索，写下四个大字："燕贼篡位。"朱棣把纸扯了，命他重写，方孝孺还是四个字："燕贼篡位。"朱棣威胁道："你再胡闹，不怕项上人头不保？再替朕好生写来。"方孝孺一言不发，提笔仍旧四个字："燕贼篡位。"朱棣怒道："你不改写，灭你九族！"方孝孺把笔一掷，朗声道："灭十族又何妨!"朱棣终于暴跳起来,咬牙切齿道:"好!成全了你,就依了你,灭你十族!"从来只听说"九族",朱棣把与方孝孺毫无亲属关系的,仅和他有过诗词唱和的一批朋友,还有他的一些学生,弄来凑成一"族",共八百七十三人一起押往刑场,全部身首异处。另有受此案牵连的数千人入狱、充军。

消息传到苏州,姚广孝如遭雷击。姚广孝和方孝孺政治立场不同,但姚广孝非常敬重方孝孺的学养,又深知方孝孺的为人,定然会为建文帝尽忠,这样的人,朱棣是必然要杀的,所以,他以自己替朱棣立下的卓著功勋为筹码,企图买下方孝孺一条性命。结果,方孝孺仍被朱棣杀了,还搭进了十族。

姚广孝痛惜方孝孺之余,想到要为他做水陆道场,超度冤魂。姚广孝有自己的寺庙觉林寺,但他决定到别的寺院另请高僧做这道场。方孝孺的秉性,姚广孝太清楚了,其死后之魂肯定还在坚守"忠奸不同朝"的原则。姚广孝帮朱棣夺天下,在方孝孺眼里,十足一个大奸臣,忠臣的魂灵,怎肯踏进奸臣主持的寺庙呢?姚广孝正是有鉴于此,才有了另找寺院超度方孝孺的念头。

可是,姚广孝找遍了苏州大小寺院,统统遭到婉拒。姚广孝这才清楚,方孝孺被杀,世人把账也算到了他头上,连方外之人都这么看的。这也怪不得人家,他不辅佐燕王打一场靖难之役,当今皇上未必轮到朱棣做,永乐朝不成立的话,方孝孺怎会遭此惨祸?现在方孝孺成了冤魂,他要超度方孝孺,人家很自然就看作了猫哭老鼠假慈悲,谁愿意蹚这浑水?

姚广孝想来想去,想到了一个地方,这个地方就是泰伯庙。方孝孺的诗文,姚广孝几乎都读过,他记得其中有一首《泰伯墓》,诗里透露了方孝孺将忠孝大义看得比身家性命还重。为大义而不惜杀身，在方孝孺早已定了，他宁可灭十族而拒绝拟诏，并不奇怪。既然方孝孺从泰伯那里吸收大义的力量，那么，到泰伯庙去超度他，他应该肯领这个情的。

姚广孝要为方孝孺做道场，如果方孝孺的在天之灵不买这个账，他岂不是白忙活一场，传扬开去，贻笑大方？姚广孝为了将这桩功德做圆满，真是动足了心思。姚广孝想，方孝孺骨子里是个读书人，读书人总是明事理的，看到他借泰伯庙做道场，应该体察到他的诚意，知道他毕竟也是看重忠孝大义的，不至于非要摆出冰炭不同炉的姿态吧？只要方孝孺的魂灵接受了道场，他心里多少也就减轻了些折磨。

姚广孝定下了地点，把觉林寺里的一班僧众拉过来，在这里超度了方孝孺。这是泰伯庙自建以来，头一回做法事，后来也再未有过，可说是空前绝后。法事做过，姚广孝亲笔缮写，将方孝孺的那首诗抄在了泰伯庙的墙上：

"勾吴三让王，采药扶纲常。忠孝一身尽，皇山土也香。"

姚广孝为方孝孺做的这一切，说到底，有一种惺惺相惜的意味。

建文题壁

　　明洪武二十五年（1392年），农历四月二十五日，朱元璋的嫡长子、太子朱标三十七岁病死，死在了老子前头，对业已暮年的朱元璋打击太大，他在皇宫东角门召见群臣，大哭道："朕老矣，太子不幸，遂至于死，命也！"当即宣布立朱标之子朱允炆为太孙，从而可见，朱元璋想把皇位传给嫡出一系。洪武三十一年（1398年），朱元璋死了，二十一岁的朱允炆即位，改元"建文"，史称朱允炆为建文帝。

　　朱允炆当上了大明第二代皇帝，镇守北平的燕王朱棣愤愤不平。朱棣是朱元璋第四子，脾性行为，活脱脱是朱元璋的翻版，深受朱元璋宠爱，朱元璋曾多次说过："此儿类我。"然而，不管朱棣如何像是朱元璋模子里翻铸出来的，因是硕妃所生，系庶出，在继承大统问题上，朱元璋不考虑他。当爹的不考虑，朱棣就自己来夺，建文元年（1399年），他以"清君侧"为借口，率燕军南下，经过四年战争，攻陷南京。朱棣成了皇帝，朱允炆何去何从呢？

　　关于朱允炆的下落，有一种说法是，燕军攻陷皇城，朱允炆眼看大势已去，不得已下令焚宫，顿时火光熊熊，朱允炆携皇后跳入火中自焚而死。燕王朱棣入宫后，清宫三日，搜查朱允炆下落，太监宫女都说朱允炆已被烧死，并从火堆里扒出两具尸体作为证明。朱棣见到的尸体，全烧焦了，根本认不出面目，惨不忍睹。为了笼络人心，朱棣以天子礼葬了朱允炆。

其实，这是朱棣玩的障眼法，是他密令心腹放的火，用意在于断掉建文旧臣的念想。那两具焦尸，是事先勒死投进火场的。朱棣心里明白，朱允炆逃走了，一天不抓到，不秘密除掉，他的皇位就始终有个威胁存在着。于是，朱棣委派户部给事中胡濙出京寻找朱允炆。

胡濙找了十个月，回京复命，说虽未找到朱允炆，但得到了一条线索，燕军破城那天，朱允炆和其皇后，以及几个贴身内侍，化装成僧人跑掉了。

原来，燕军破城而入时，朱允炆欲拔刀自尽，宦官王钺在侧拦住说："陛下不可轻生，从前太祖升遐时，曾留有一个箱子，并说'子孙若有大难，可开箱一视，自有方法'。"朱允炆即命王钺取箱，片刻后有太监四人，抬了一个箱子入殿，箱的四围俱用铁皮包裹，连锁心内也灌生铁。王钺取了铁锥，将箱敲开，里面藏着度牒若干张，以及袈裟僧帽僧鞋等物，还有一件尼衣，并有剃刀一柄，白银十锭，及一张纸，纸上写着："从太平门出。"朱允炆叹息道："天命如此，还有什么可说的？"太监立即取出剃刀，给朱允炆剃发，王钺几人也相互剃了光头。朱允炆脱了衣冠，披上袈裟，藏好度牒，痛哭一场，偕一行人匆匆出走。太平门外通水道，朱允炆一行鱼贯出门，门外泊有一艘小船，船中有一道士，呼朱允炆乘舟，并叩首称万岁。道士说："昨夜梦见太祖皇帝，命臣来此守候。"流亡诸人遂乘舟而去。

朱棣听了，将信将疑，问："你怎会知道得如此详尽，好像亲眼所见？"

胡濙说："回皇上话，外面传得有鼻子有眼的，臣不敢不禀。"

朱棣沉吟道："会不会是有些旧臣心里仍怀念旧主，编了散布出去的？"

胡濙嗫嚅道："这个……臣不敢瞎猜。"

朱棣挥挥手，说："你继续去寻找吧，不管是真是假，照禀便了。"

胡濙走后，朱棣命锦衣卫把朱允炆当年的主录僧溥洽抓了起来，逼他供出朱允炆去处。溥洽受刑不过，只得胡乱招供，今天说朱允炆去了这，明天说去了那，隔一天又说去了某处。锦衣卫派出一批批特务，急驰这些地方搜查，皆是一无所获。朱棣明白这是溥洽酷刑之下乱说，大概他真的不清楚朱允炆藏身何处，但仍不放他，将他投入大牢关了十几年。

过了三个月，胡濙又带回一个消息，说朱允炆已经亡命海外了。朱棣不管这是不是谣传，命郑和领兵浮海，到西洋各国寻找，这就是历史上著名的"三保太监下西洋"。明时的西洋，指今文莱以西的海洋和沿海各地，远至印度半岛、波斯湾及红海沿岸、非洲东北部一带。郑和本姓马，小名三保，昆阳（今云南晋宁）人，回族，于明初入宫为宦官，侍奉朱棣，从朱棣起兵有功，赐姓郑，擢内官监太监。郑和率领的船队十分庞大，最多时舰船二百多条，人员两万七千多人。郑和下西洋共七次，历时二十八年，先后到达东南亚、印度半岛、阿拉伯、东非三十余国，主要航线多达四百余条，总计航程十六万海里。这么大规模的行动，耗资巨万，耗时累年，结果，连朱允炆的一根毛也未寻着。

永乐末年，长期在外漂泊、久断音讯的胡濙突然回来了。因心里埋着一大秘密，胡濙不敢露面，隐姓埋名到处流浪，居无定所，打短工糊口。这种日子有多艰辛，看他现在又黑又瘦，未老先衰，破衣烂衫，便可想见。近日，他在坊间听闻，皇上已病得很重，只怕来日无多，心想身为人臣，既受皇命，总须给皇上一个交代，这才硬着头皮回来面君，至于是福是祸，听天由命吧。

朱棣以为胡濙人间蒸发了，不想他又冒了出来，颇感意外，抱病单独接见了胡濙。胡濙见了皇上，拼命磕头，额角都碰出了血来，口中连连说道："臣死罪，死罪！臣有欺君之罪，万死，万死！"

朱棣说："恕你无罪。有什么话，照实奏来。"

胡濙从袖中摸出一纸，双手高举过头，呈于皇上。朱棣接过，见纸上写着一首诗，诗曰："远隐停骖泰伯乡，仰瞻墓宇法先王。避荆不为君臣义，采药能全父子纲。八百周基无足贵，千秋俎豆有余香。深惭今日争天下，遗笑勾吴至德邦。"

朱棣问："此诗何人所作？你让朕看它，是何想法？"

胡濙战战兢兢道："此诗名《题泰伯墓东壁》，是江南某寺一个老僧所写。"

朱棣心中一动，再去细细看纸上字迹，越看越觉熟悉，脱口问道："难道是朕那侄儿所书？他还活着？人在哪里？过得怎样？"

胡濙不回话，一味磕头，这回磕得更急更重，血从额角小川似的淌下来，一张脸变得像关公了。

朱棣叹了口气，丢下一条手帕，说："你不用怕成这样，朕已老了，火气没有那么大了。你把额头捂了，莫让血再淌了。这里只有你我君臣二人，阅过此诗，朕也有些话要讲。平身吧，站好了听朕说话。"

胡濙口称："谢主隆恩！"爬起身来，用皇上的手帕捂着额上创口，恭恭敬敬等下文。

朱棣在心里盘算了一下，朱允炆对他已不构成威胁，如果现在他再将朱允炆抓来，岂不是等于告诉天下人，太祖钦定的继承人还在，自己二十多年做的是篡位得来的皇帝？朱棣暗暗摇摇头，说："此诗倘若真是我那侄儿所作，他对君位已经看淡了，他现在还遗憾的是，我们亲叔侄，为何不能学泰伯，而非要刀光剑影争天下呢？其实，朕也不愿亲人间相残，但他若不失败，他能是当今的泰伯吗？这些都不说了，说也多余。他有诗中这想法就好，朕知道了，就只当从未见过这张纸。你呢，也只当从未给朕禀过这件事，回朝好好做你的官便是了。"

胡濙大受感动，忍不住又跪了下去，说："臣不能再不说实话，臣得到这份诗稿已有十二年，臣也是看到了诗中的退让之意，才决定不回来禀报的。臣答应过老僧，决不泄露他的栖身场所，恳求皇上法外开恩，莫让臣做失信之徒，否则，臣无脸面立世，只能求皇上赐臣一死了。"

朱棣说："你先不要管朕让你死还是活，你还有几个问题未曾回答朕呢。"

胡濙想了想，说："哦哦哦，那老僧一日两餐素斋还是有的，臣回京前去探望他，他的身体大不如前了，假如臣估计不错，要不了太多日子，他也该圆寂了。"

朱棣沉默半晌，说："朕累了，你去吧，到礼部去当个侍郎吧。"

胡濙磕头谢恩，退了出去。

直到驾崩，朱棣再未提起老僧之事，好像真的从未听胡濙说过。

图书在版编目（CIP）数据

泰伯故事新编 / 卢群著. — 苏州 : 古吴轩出版社，
2016.3

ISBN 978-7-5546-0642-1

Ⅰ. ①泰⋯ Ⅱ. ①卢⋯ Ⅲ. ①历史故事—作品集—中
国—当代 Ⅳ. ①I247.8

中国版本图书馆CIP数据核字（2016）第040789号

组稿统筹：唐伟明
责任编辑：洪　芳
见习编辑：于业勋
装帧设计：唐　朝
责任校对：杨晶晶
责任照排：徐　铼

书　　　名：**泰伯故事新编**
著　　　者：卢群
出版发行：古吴轩出版社
　　　　　地址：苏州市十梓街458号　　　邮编：215006
　　　　　Http://www.guwuxuancbs.com　E-mail:gwxcbs@126.com
　　　　　电话：0512-65233679　　　　传真：0512-65220750
出 版 人：钱经纬
印　　刷：苏州日报印刷中心
开　　本：880×1230　1/32
印　　张：9.5
版　　次：2016年3月第1版　第1次印刷
书　　号：ISBN 978-7-5546-0642-1
定　　价：28.00元

如有印装质量问题，请与印刷厂联系。0512-65640827